Hans Ernst

Johanna und Andreas

Hans Ernst

Johanna und Andreas

Roman

rosenheimer

6., überarbeitete Auflage

Titelbild: Michael Wolf, München
Redaktionelle Bearbeitung: Dr. Elisabeth Hirschberger,
München
Satz: Buch-Werkstatt GmbH, Bad Aibling
Druck und Bindung: Wiener Verlag, Himberg bei Wien
Printed in Austria

ISBN 3-475-53017-1

Der Julitag liegt brütend heiß über dem Land. Auf der Straße von Scheitling nach Wendhofen geht ein junges Mädchen. Als Gepäck trägt sie eine mittelgroße Tasche bei sich, das andere hat sie am Bahnhof in Scheitling zurückgelassen. Das sollen sie nur holen, denkt Julia Niedermayer. Sie hat eine Karte heimgeschrieben, dass sie am sechsundzwanzigsten Juli mit dem Zwei-Uhr-Zug käme. Aber niemand hat sie abgeholt.

Julia ist nun zwei Jahre in einer klösterlichen Haushaltsschule gewesen und hat neben Kochen, Nähen, Kinderpflege auch noch Stenografie, Schreibmaschine und etwas Klaviergeklimper gelernt, von den besseren Umgangsformen, wie man sie im Leben braucht, ganz abgesehen. Zwar weiß Julia nicht, ob sie sich im bäuerlichen Leben, in das sie jetzt wieder zurückgekehrt, nicht bald wieder verlieren würden. Immerhin, sie hat das alles gelernt, und man weiß nie, wozu man es brauchen kann.

Einmal fährt das Bierauto der Palmbrauerei von Wendhofen vorbei und wirbelt eine Menge Staub auf. Julia dreht sich um und hebt die Hand vor den Mund, bis sich die Staubwolke verzogen hat.

»So eine Unverschämtheit«, sagt sie empört in den Wald hinein und denkt dabei an die Stille und Abgeschiedenheit des Klostergartens, in dem sie noch gestern um diese Zeit mit ihren Schulfreundinnen spazieren gegangen ist.

Das ist jetzt vorbei, jetzt beginnt das andere Leben wieder, und Julia fürchtet sich ein bisschen davor. Der

Wald lichtet sich, und der Blick zu den Bergen hin wird frei. Wie von einem feinen Schleier überzogen, stehen sie über dem dunklen Bergwald. Auf den Wiesen wird überall emsig gearbeitet. Man sieht Hemdsärmel und weiße Kopftücher aufleuchten, die hellen, abgemähten Wiesenflächen und hohe, duftende Heufuhren.

Das ist das Leben, das sie nun wieder erwartet, das harte Bauernleben, in dem kein Platz mehr ist für Steno und Schreibmaschine. Das wird sie überhaupt nie brauchen, denn einmal wird sie ja doch einen Bauern heiraten und dann auch mit einem weißen Kopftuch auf den Wiesen stehen.

Während Julia Niedermayer, die einzige Tochter des Hochreiterbauern zu Hochreit, dies alles überdenkt, hat sie den Marktflecken Wendhofen erreicht. Es ist ganz still um diese Nachmittagsstunde, nur beim Kramer Hoibl kläfft der weißhaarige Spitz, als Julia vorbeigeht, und beim Metzger Hierangl treibt gerade ein Metzgergeselle ein fettes Schwein ins Schlachthaus, das in schrillen Tönen quietscht, als ahnte es seinen Tod voraus.

Dieser kleine Marktflecken ist malerisch und liebenswert. Überall an den Häusern sind Blumen, die alte gotische Kirche auf einem Hügel ist von Kastanienbäumen umsäumt, nur der Turm ragt aus dem grünen Blätterdach empor. Störend wirkt in diesem vertrauten Gassengewirr höchstens der Kamin der Palmbrauerei und die unansehnliche graue Mauer hinter dem Sudhaus. Dafür ist der Marktplatz selber um so einladender, mit ein paar Blumenrondells vor dem Rathaus und einigen Ruhebänken unter sauber geschnittenen Vogelbeerbäumen. Gleich hinter dem Rathaus, wo es zum Lagerhaus geht und zur Molkerei, zeigen ein paar Wegweiser die Richtungen an. Nach der Mühle sechs Kilometer, nach dem Grottental, das in südlicher Richtung liegt, sieben Kilometer. Drei

Stunden sind es auf die Tumbleralm, sechs Stunden zur Hammerplatte.

Nach der Einöde Hochreit ist noch etwa eine halbe Stunde zu gehen und Julia rinnt der Schweiß über das Gesicht. Sie ist es nicht mehr gewohnt, so in der Hitze zu gehen und noch dazu bergauf. Und als sie knapp vor dem väterlichen Hof steht, atmet sie auf.

Es ist ein mächtiger, großer Hof mit dicken Mauern und verschwenderisch vielen Blumen an den Fenstern und auf dem kunstvoll geschnitzten Balkon, der sich um das ganze Haus zieht. Die Kronen einiger Trauerweiden, die hinter dem Hof am Entenweiher stehen, ragen über die Dächer der Wirtschaftsgebäude.

Das Tennentor steht weit offen, ebenso die Stalltüren. Sie hört das Wiederkäuen der Rinder. Ein paar Hühner picken in einer Schüssel, und ein Pfau stolziert langsam über den Hof.

Es scheint niemand daheim zu sein. Doch in dem Augenblick, als Julia auf die Haustür zugeht, tritt die Hochreiterin heraus und ist erstaunt.

»Julia, du? Kommst du heute schon? Warum hast du nicht geschrieben?«

»Ich hab doch geschrieben«, antwortet Julia vorwurfsvoll. Sie ist erschöpft und die Füße tun ihr in den schmalen Stöckelschuhen weh. »Eine Postkarte habe ich geschrieben, dass ich heute komme.«

»Wir haben keine gekriegt«, sagt die Mutter. »Jetzt komm nur gleich rein, Julia. Du wirst Hunger und Durst haben.«

»Bloß Durst. Und das ist eine Schlamperei von der Post, dass die Karte nicht angekommen ist!« Julia geht der Mutter voran in die Stube, in der es angenehm kühl ist. Sie trinkt ein Glas Himbeersaft in einem Zug leer und lehnt sich behaglich zurück.

»So, jetzt ist mir wohler. Durst haben ist wohl das Schlimmste im Leben.«

»Ich denke, dass es schon noch schlimmere Sachen gibt«, meint die Mutter und füllt ein zweites Glas. Sie ist eine große, stattliche Frau, schon etwas zur Fülle neigend, sehr rotwangig. In ihrem schwarzen Haar schimmert noch kein grauer Faden. Julia hat keinerlei Ähnlichkeit mit der Mutter. Sie ist blond, hat ein schmales, ebenmäßiges Gesicht mit einem Grübchen im Kinn. Ihre Augen liegen etwas tief und sind dunkelblau. Die Mutter muss ihre heimgekehrte Tochter immerzu anschauen.

»Ein bissel blass bist, kommt mir vor«, sagt sie dann. »Aber das wird schnell vergehen bei unserer Luft heroben! Die Hauptsache ist, du bist wieder daheim. Schön langsam wird mir nämlich die Arbeit im Haus zu viel.«

Julias Finger drehen verspielt das Glas. Jetzt hebt sie den Kopf.

»Wenn der Vater damit einverstanden ist. Aber so wie ich ihn kenne, wird es bei ihm gleich wieder heißen: Raus aufs Feld, raus in den Stall.«

»Nein, nein, ich hab schon mit ihm geredet. Du bleibst bei mir im Haus. Wofür, meinst du denn, haben wir dich auf die Schule geschickt?«

»Das war ja hauptsächlich dem Vater seine Idee.«

»Eben darum, weil er es so haben wollte, kann er dich doch nicht mehr in den Stall stecken. Lieber ging ja ich raus, und du bleibst im Haushalt. Du warst doch gern dort in der Schule?«

»Recht gern sogar, Mutter.« Julia öffnet ihre Handtasche um der Mutter das Entlassungszeugnis zu zeigen. »Da schau her. Überall Einser und Zweier. Sogar in der Buchhaltung, obwohl ich das nie brauchen werde.«

»Sag das nicht, Julia. Oft braucht man was, dann ist es gut, wenn man es gelernt hat. Aber da kommt der Vater.«

Der Hochreiter fährt mit einem mächtigen Fuder Heu in den Hof und über die Tennbrücke. Dann kommt er in die Stube.

»Richt Bier her für die Leute. – Ah! Das Fräulein Tochter ist auch schon da! Wie bist denn hergekommen?«

»Zu Fuß, weil mich niemand abgeholt hat.«

Der Hochreiter, ein groß gewachsener Mann mit einem hageren Asketengesicht, braun gebrannt, mit hellen Augen und einem festen Mund, weicht dem Blick der Tochter aus und schaut zum Fenster hinaus. Das hat er glatt verschwitzt. Der Postbote hat ihm Julias Karte gegeben, auf der sie ihre Ankunft mitgeteilt hat. Sie muss noch in seiner Jackentasche stecken. Natürlich gibt er das nicht zu und sagt jetzt leichthin:

»Heute hätten wir sowieso niemanden freimachen können. Und nach so viel schönem Leben in der Klosterschul hat dir so ein Fußmarsch doch grad gut tun müssen.«

»Dank schön, bei der Hitz! Und überhaupt, wo ich doch schon eine Karte geschrieben hab.«

Der Hochreiter nimmt einen Schluck Bier und lacht.

»Dann hast wenigstens gleich einen Vorgeschmack gekriegt, dass jetzt wieder ein anderer Wind pfeift. – Hast mir das Bier hergerichtet, Anna? Zwei Fuder haben wir noch aufzuladen und für morgen noch was zu mähen. Wenn du dich gern beschäftigen möchtest, Julia, kannst gleich mit mir rausfahren.«

»Sonst nichts mehr!«, setzt sich die Mutter sofort für die Tochter ein. »Zwei Stunden Fußmarsch bei der Hitze, und jetzt möchtest sie schon wieder raustreiben auf die Wiesen! Und wir haben doch ausgemacht, dass die Julia bei mir im Haus bleibt. Wozu hätte sie denn sonst das Kochen gelernt?«

»Ach so«, staunt der Bauer. »Ja, dann bin ich gespannt, was da in Zukunft für Schmankerl auf den Tisch kommen.« Er packt den Korb mit den Bierflaschen und trägt ihn hinaus.

Der Abend beginnt schon zu dämmern. Deutlicher als unter der flimmernden Sonne des Nachmittags zeigen sich jetzt die Berge. Etwa zwei Dutzend Enten watscheln schnatternd hinter dem Querstadel hervor und ziehen in den Schlag ein, der neben dem Hühnerstall liegt.

Wenig später kommen die Leute von Hochreit mit den hoch beladenen Fuhren von der Bergwiese herunter. Am Schluss fährt ein junger Bursche, dessen Gesicht von einem breiten Strohhut beschattet ist.

»Wer ist denn das?«, fragt Julia ihre Mutter in der Küche und schaut weiter zum Fenster hinaus.

»Das ist der Hannes. Den kennst du noch nicht. Er ist seit Ostern bei uns.«

»Ein neuer Knecht?«

»Ein Praktikant, oder wie man so was nennt. Der Vater ist recht zufrieden mit ihm. Es gibt nicht leicht eine Maschine, mit der sich der Hannes nicht auskennt.«

»Aber aus der hiesigen Gegend ist er nicht?«

»Nein. Ich weiß gar nicht, wo er her ist. Da musst den Vater fragen.«

»Ist ja auch nicht so wichtig«, meint die Julia, nimmt einen Stoß Teller und trägt ihn in die Stube. »Wie viel Bier?«, fragt sie dann.

»Wart damit, bis die Leut zum Essen kommen.«

Der Neue hat Julias Interesse geweckt. Immer wieder schaut sie zum Fenster hinaus. Sie sieht, wie ihr Bruder Matthias und der Fremde in den Stall gehen. Matthias ist um fünf Jahre älter als die Julia, schwarzhaarig und breit gebaut. Er sieht ganz der Hochreiterin gleich. Ein lustiger Bursch, immer zu Späßen aufgelegt.

Jetzt kommt der Fremde aus dem Stall und geht zum Brunnen. Zuerst trinkt er, indem er die hohle Hand unter den Wasserstrahl hält. Dann zieht er das Hemd über den Kopf und beginnt, sich prustend den Schweiß vom Körper zu waschen. Sein Körper ist braun wie Bronze, mit breiten Schultern, gewölbter Brust und starken Muskeln.

Das alles beobachtet Julia mit der Neugierde eines jungen Mädchens, das auf der Klosterschule monatelang kaum einen anderen Mann gesehen hat als den Pater Innozenz und den schon recht klapprigen Hausmeister Martin. Und weil sie im Kloster auch einiges über Hilfsbereitschaft gelernt hat, nimmt sie jetzt ein Handtuch aus dem Schrank und hängt es draußen über das Eisenrohr, aus dem das Wasser läuft.

Betroffen blickt der junge Mann auf und sagt staunend:

»Oh – ein neues Gesicht!« Er greift nach dem Handtuch. »Dankc viclmals.« Dann trocknet er sich zunächst das Gesicht ab und macht eine kleine Verbeugung.

»Gestatten – Steinwallner ist mein Name.«

»Und ich bin die Tochter vom Haus, die Julia«, sagt sie schlicht.

»Ach, die Nonne?«

»Was?«, fragt Julia mit gerunzelten Brauen.

»Der Matthias sagt immer so: meine Schwester, die Nonne.«

»Ach der! Der hat mich immer gehänselt. Aber ich war bloß in einer klösterlichen Haushaltsschule.«

»Und jetzt sind Sie wieder daheim?«

»Ja, jetzt bin ich wieder daheim. Und daheim sagt man doch du zueinander, oder nicht?«

»Sehr gern. Also – Hans heiße ich. Aber hier sagen alle Hannes zu mir.« Er hat sich nun vollends abgetrocknet und schlüpft wieder in sein Hemd. Dann zieht er einen

Kamm aus der Tasche und bringt sein Haar in Ordnung. Es ist dunkelbraun und leicht gewellt.

»Ich habe mir Sie – das heißt dich, ganz anders vorgestellt«, sagt er dann.

»So? Wie denn?«

»Viel jünger – nicht so erwachsen.«

»Danke für das Kompliment! Immerhin bin ich vorige Woche achtzehn geworden.«

»Donnerwetter«, staunt er und hätte gern noch etwas hinzugefügt, etwa, dass sie schön sei, viel schöner, als er es gedacht habe. Aber er ist kein gedankenloser Schwätzer, und außerdem ist Julia die Tochter des Hauses, und man kann nie wissen, wie es aufgefasst würde. Aber es wäre die Wahrheit gewesen, denn Julia hat sich in den Jahren zu einer Schönheit entwickelt. Doch vielleicht weiß sie das gar nicht. Nicht, wie ihre tiefliegenden blauen Augen strahlen, nichts vom schönen Schwung ihres Mundes und nichts vom Goldglanz ihres Haares. Julia spürt auch kaum die Röte, die über ihre Stirn fliegt unter dem staunenden Blick des jungen Mannes, der anscheinend bei dieser ersten Begegnung gleich alles aus diesem Mädchengesicht in sich aufsaugen will.

Zum Glück kommt in diesem Augenblick Matthias aus dem Stall und ruft in seiner gutmütig polternden Art:

»Ah, da schau her! Unser Nönnlein! Hast einen Klostersegen mitgebracht für meine schwarze Seel?«

»Nein, aber ein Flascherl Klosterlikör«, antwortet Julia, dreht sich auf dem Absatz herum, dass der Rock hoch aufwirbelt, und rennt ins Haus.

»Jetzt hab ich sie wieder steigen lassen«, lacht Matthias, krempelt die Ärmel seines Hemdes hoch und lässt das kalte Wasser über die Arme laufen. »Aber gut entwickelt hat sie sich! Was meinst du, Hannes?«

»Ich hab sie früher nicht gekannt«, antwortet Hannes.

»Da war sie so eine kleine Schmalgeiß, die nicht bis fünf hat zählen können. Und wenn man ihr einen Witz erzählt hat, ist sie rot geworden wie ein Bibergockl.«

Aus der Tiefe des Flures tönt die Stimme der Bäuerin:

»Zum Essen gehen!«

Wenig später sitzen, einschließlich der Julia, sieben Personen um den Tisch. Der Hochreiter und seine Bäuerin essen schon seit jeher in der Küche für sich allein, nicht weil sie sich etwas Besseres aufgetischt hätten, sondern weil es einfach so eingeführt ist.

Es ist nicht Absicht gewesen – es hat sich eben so ergeben, dass Julia neben den zwei Mägden so zu sitzen kommt, dass der Hannes ihr gegenübersitzt. Jedes Mal, wenn sie die Augen ein wenig hebt, trifft sich der Blick mit dem des Hannes, ganz unauffällig zwar, und doch wie unter einem geheimen Zwang.

Sonst geht es am Tisch immer recht schweigsam zu, heute aber überlegt Matthias schon lange, wie er die Schwester aufziehen könnte, weil sie so kerzengerade dasitzt, als hätte sie einen Besenstiel verschluckt. Und das Besteck hält sie auf eine so vornehme Art, wie sie es im Institut eben gelernt hat. Endlich hat er es, zwinkert vergnüglich und fragt dann scheinheilig:

»Rutschen die Brocken leichter runter, wenn du so bocksteif dasitzt? Hast das im Kloster so gelernt?« Er wartet schon ungeduldig, dass Julia rot wird, so wie früher, wenn er sie gehänselt hat. Aber Julia wird nicht mehr rot, sie ist nicht mehr das Kind, wie Matthias meint. Sie hat unter anderem auch gelernt, wie man sich zu verhalten hat, wenn man angepöbelt wird. Und so schaut sie den Bruder aus halb zugekniffenen Augen an und sagt mit betonter Höflichkeit:

»Bevor du über andere spottest, lieber Bruder, solltest du wissen, dass man bei Tisch anständig dasitzt und sich nicht hinlümmelt. Man führt das Essen zum Mund und nicht den Mund zum Essen. Es würde dir gut stehen, wenn du dich auch danach richten würdest, Bruder.«

Die Mägde kichern, die Knechte schmunzeln und lehnen sich unwillkürlich ein bisschen zurück, denn irgendwie waren auch sie gemeint. Nur der Hannes schaut sie wieder mit einem jener seltsamen Blicke an, die mehr verwirren können als Matthias' spöttelnde Worte. Matthias aber, zuerst leicht verdutzt, lacht schallend auf.

»Bravo, Schwester! Gut hast mir rausgegeben! Und wenn sie dir da drinnen dein Mundwerk so gut geschliffen haben, dann war das Schulgeld wenigstens nicht beim Fenster hinausgeworfen.«

»Hast du es zahlen müssen?«

»Das ging mir grad noch ab! Aber – du wirst doch nicht beleidigt sein, Julia? So hab ich's doch nicht gemeint.«

»Das weiß ich, Matthias, weil ich deine Art kenne.«

Der Hochreiter erscheint unter der Tür, stochert mit einem Zündholz in den Zähnen und setzt sich dann beim Ofen hinten auf die Bank.

»Morgen mähen wir die Plätschacherwiese. Und du, Matthias, fährst nach Scheitling und holst Julias Koffer von der Bahn.« Er sieht, dass einer von den Knechten den großen Fünfliterkrug nimmt und ihn wieder zurückstellt. Also ist er leer. »Julia, hol noch für jeden eine Maß Bier aus dem Keller. Der Tag war heiß.« Dann zündet sich der Hochreiter einen Stumpen an und geht hinaus auf den Vorhof.

Das muss man dem Hochreiter lassen: Er verlangt von seinen Leuten etwas, aber er gönnt ihnen auch etwas. Die gute Küche auf Hochreit ist bekannt, und wenn so ein glutheißer Tag gewesen ist wie heute, dann sollen die

Leute über das Zustehende hinaus ruhig noch einen kühlen Schluck Bier haben.

Die Julia holt also Bier aus dem Keller. Sie bringt die gefüllten Maßkrüge auf einem Tablett, und weil sie sich nicht genau an die Zahl gehalten hat, sind es zehn Krüge, ein ganz schönes Gewicht. Es ist wohltuend, dass wenigstens einer dies erkennt, aufsteht und helfend zugreift, noch bevor Julia das Tablett auf dem Tisch abstellen kann. Der Hannes ist es, der hilft und ihr das Gewicht abnimmt.

»Danke«, sagt Julia und verschenkt diesmal bewusst einen ihrer tiefen Blicke an den Mann, der nicht nur seiner Stellung als Praktikant wegen unter den anderen heraussticht.

Danach sitzen die Männer draußen auf der Hausbank, während die Frauen in der Küche aufräumen und im Stall noch mal nachsehen. Als dann endgültig Feierabend ist für alle, ist auch die Nacht da, und am Himmel strahlt hell und klar der Abendstern.

Hier kann man sich nicht an einen Achtstundentag halten. Hier hat er oft zehn und mehr Arbeitsstunden. Aber daran denkt niemand. Sie genießen ihren Feierabend in dem schönen Bewusstsein, dass nach fünf solch harter Tage ein freies Wochenende kommt.

Drei Tage dauert es nur, dann ist Julia wieder ganz daheim, ohne freilich leugnen zu können, zwei Jahre fortgewesen zu sein. Die Erziehung auf der Klosterschule hinterlässt ihre Spuren, das gerade Dasitzen zum Beispiel, die Art ihres Redens und dass man »Danke« zu sagen hat für jedes Entgegenkommen. »Danke« auch für den kleinen Strauß blauer Kornblumen, die der Hannes ihr vom Acker mitgebracht hat. Und da er ihr die Blumen heimlich gegeben hat, betrachtet Julia es auch als Geheimnis. Heimlichkeiten hat es auch hinter den Klostermauern gegeben, die man sich im Schlafsaal nach dem Erlöschen des Lichts zugeflüstert hat. Dinge zum Beispiel, in denen andere schon wissender waren als Julia. Aber Julia hat doch immer neugierig hingehört, wenn das »Rennpferd« von ihren Abenteuern erzählt hat. Das »Rennpferd« hatte diesen Spitznamen erhalten, weil sie hochbeinig war und eine rötlich schillernde Pferdeschwanzfrisur hatte, die ihr lustig um den Nacken baumelte. In Wirklichkeit hieß sie Susanne Hollerbach und war die Tochter eines Zementfabrikanten aus dem Inntal. Aber vielleicht waren die bunten Abenteuer der Susanne nur selbst erfundene Phantastereien, denn die Wirklichkeit sah doch ein bisschen anders aus.

Das erfährt Julia jetzt an sich selber, wenn dieser Hannes sie so sonderbar anschaut. Es geht mit dem besten Willen nicht, dass man dann – nach Susannes Rezept – zurückblinzelt und etwa sagt: »Du machst mich ganz verwirrt!« Oder: »Wenn du unbedingt meinst, dann heute Abend um halb acht ...«

Nein, das ist ganz anders. Es ist wie ein geheimnisvolles Aufblühen, eine Regung im Inneren, die ganz zart ist. Eine Knospe, die sich schüchtern zu entfalten beginnt. Und wenn der Hannes sie so schweigsam ansieht, dann ist es Julia zumute, als lege sich ein Zauber über sie, den sie durch kein unbedachtes Wort zerstören dürfe. Am allerwenigsten durch solche Worte, wie sie das »Rennpferd« für solche Situationen stets vorrätig hatte.

Julia hatte außer ihrem »Danke« kein Wort herausgebracht, als der Hannes ihr die Kornblumen heimlich zugesteckt hat. So verwirrt ist sie gewesen. Aber sie hat die Blumen ins Wasser getan. Sie stehen jetzt auf der Kommode in ihrer Kammer, und sie hat ein bisschen Angst vor dem Tag, an dem die Blumen verwelken werden, weil sie dann nichts mehr hat, das sie an ihr Geheimnis erinnert.

Es ist doch ein bisschen sonderbar mit diesem Hannes, der in seiner Art ganz anders ist als die Bauernburschen, die sie so kennt. Er kleidet sich sorgfältiger, spricht gewählter, und sein ganzes Auftreten und Benehmen stechen wohltuend von dem der anderen ab. Julia hat inzwischen alles über ihn erfahren können. Dass er aus dem Osten des Landes stammt, dass er zwei Jahre auf einer landwirtschaftlichen Schule gewesen ist, dass er jetzt sein Jahr als Praktikant hier ableistet und später einmal Verwalter auf einem großen Gut werden will. Sie weiß auch, dass er nachts oft noch lange wach sitzt und Bücher liest. Und da es zu ihren Aufgaben gehört, die Schlafkammern in Ordnung zu halten, interessiert sie sich für das, was der Hannes so liest. Hat sie aber erwartet, dass es vielleicht Romane sein könnten, so sieht sie sich arg enttäuscht, denn was da auf dem Nachtkastl aufgestapelt liegt, sind lauter Fachbücher über Agrarwissenschaft. »Der Landwirt im Zeitalter der Technik«, heißt eines. »Die Landwirtschaft als Grundlage der Volkswirtschaft«, heißt das andere.

Auch hat Julia schon bemerkt, dass der Vater, der selber ein anerkannter Agrarpolitiker ist und dessen Hof als Musterhof eingetragen ist, sich oft sehr angeregt mit dem Hannes unterhält. Jawohl, der Hochreiter ist diesem jungen Mann recht gewogen, hält viel von ihm und sagt seinem Sohn Matthias zuweilen: »Von dem kannst viel lernen, Matthias, und ich hoffe, dass du einmal so ein tüchtiger Bauer wirst, wie es der Hannes mit seinen zweiundzwanzig Jahren heute schon sein könnte, wenn er einen Hof hätte.«

Die Julia wünschte sich, sie könnte sich mit dem Hannes auch so oft unterhalten wie der Vater. Aber es will und will sich einfach keine rechte Gelegenheit dazu ergeben. So kommt der Samstag heran.

Die Julia hat gerade den Hof mit viel Wasser und einem rauen Besen blank gescheuert, dass die roten Pflastersteine wie Marmor schimmern.

Der Hochreiter kommt aus dem Haus und zündet sich eine Zigarre an. Dabei schaut er nach dem Wetter aus und meint:

»Recht lang wird das schöne Wetter nicht mehr halten. Das Gewölk da hinten im Westen gefällt mir nicht recht.«

Die Bäuerin reicht ihm vom Küchenfenster heraus einen Zettel, auf dem sie aufgeschrieben hat, was er an Fleisch mitbringen soll, wenn er jetzt nach Wendhofen zu seinem Samstagabendstammtisch geht.

»Fünf Pfund Rindfleisch, Zwerchrippen«, liest er. Dann »Sieben Pfund Schweinernes, nicht zu fett, und zwei Pfund Kalbfleisch vom Schlegel.« Der Hochreiter nickt und steckt den Zettel in sein Westentascherl. Dann macht er sich auf den Weg nach Wendhofen.

Kaum ist der Vater bei der Wegbiegung verschwunden, schiebt der Matthias sein Fahrrad aus dem Schuppen, putzt und ölt es, das heißt, er will es tun, und zwar auf dem frisch gescheuerten Hof.

»Ja freilich!«, regt sich Julia auf. »Deswegen hab ich den Hof gerade gescheuert, damit du ihn wieder dreckig machst!«

»Sei doch nicht gar so grantig«, brummt Matthias, schiebt aber sein Fahrrad von den Pflastersteinen herunter und beginnt seine Arbeit daneben.

»Ich bin nicht grantig«, erwidert die Julia ruhig. »Aber es schadet nichts, wenn du dich auch ein bissel an Ordnung gewöhnst.« Sie setzt sich auf den Brunnenrand und schaut dem Bruder zu. Nach einer Weile fragt sie neugierig:

»Fährst du heut noch fort, Matthias?«

Matthias zwinkert mit dem linken Auge und meint: »Das heißt man Leut ausfragen!«

»Ah geh, mir kannst es doch sagen. Fährst zur Schuller Moni, gell?«

»Na ja«, lächelt Matthias. »Wenn man die ganze Woche arbeitet, braucht man am Samstag halt auch ein bissel was fürs Herz. Das wird bei dir auch noch kommen.«

»Ich weiß nicht. Bloß an eins kann ich mich erinnern – dem Vater war das doch nie recht, das mit der Schuller Moni.«

Matthias ölt noch den Freilauf, dann wischt er sich die Hände an einem Lumpen ab, setzt sich neben die Julia auf den Brunnenrand und zündet sich eine Zigarette an.

»Ob es dem Vater recht ist oder nicht, mich stört das nicht. Ich kann doch nichts dafür, dass der Vater sich mit dem Schuller einmal gestritten hat. Soll ich die Moni deswegen sitzen lassen?«

»Nein«, sagt die Julia. »Wenn du sie gern hast, nicht.«

»Na also! Aber das beeindruckt ja unsern Vater nicht. Er meint immer, weil sonst alles nach seinem Kopf geht, kann er auch hier seinen Willen durchsetzen. Für mich, meint er, wär die Ploner Afra die Richtige. Dabei ist die um fünf Jahre älter als ich, und außerdem hat die Afra Haare auf den Zähnen. Ich kann dir bloß einen Rat geben, Schwester: Wenn es bei dir einmal so weit ist, dann lass dir in dieser Hinsicht nichts dreinreden. Das kann einem sonst das ganze Leben lang Leid tun.«

»Bis jetzt hat sich noch keiner für mich interessiert«, sagt die Julia ein bisschen traurig und denkt gleichzeitig an den Hannes und die blauen Kornblumen.

»Das kommt mittendrin, pass nur auf«, erklärt ihr der Bruder. »Die Lieb fliegt dich an, und dann zappelst wie in einem Netz.«

Julia schweigt und sieht zu, wie das Abendrot langsam zu erlöschen beginnt. Ein leiser Wind kommt auf und vom Entenweiher hinter dem Haus hört man die Frösche quaken. Matthias schiebt nun sein Rad hinter das Haus. Von dort aus kann er dann ungesehen verschwinden.

Nach einer Weile kommt auch die Hochreiterin aus dem Haus und setzt sich auf die Bank. Müde von der Arbeit des Tages spricht sie nicht viel, hat die Hände im Schoß liegen und stellt nur fest, wie wohltuend die Kühle des Abends nach diesem heißen Tag jetzt sei. Irgendwo in der Tiefe des Hauses singt eine von den Mägden: »Mein Schatz, das ist ein Jägersbursch ...«, worauf die Hochreiterin feststellt:

»Dem Falschsingen nach muss es die Rosl sein.«

Dann ist wieder Schweigen. Nur die Frösche quaken noch lauter. Glühwürmchen beginnen zu flirren und die ersten Sterne funkeln schüchtern am Himmel.

»Du musst morgen in die Frühmesse gehen«, sagt dann die Mutter. »Ich bin schon seit einem halben Jahr in keinem Hochamt mehr gewesen. Aber jetzt bist du wieder daheim und wir können uns abwechseln. Einen Sonntag kochst du und am anderen ich. Kannst gleich zeigen, was du gelernt hast. Und jetzt leg ich mich schlafen. Bleib nicht mehr zu lange sitzen.«

»Ein Viertelstünderl noch, bis alle Sterne da sind«, sagt die Julia und ist wieder allein. Obwohl sie es nicht will, denkt sie sofort wieder an den Hannes. Wo er wohl ist? Sie hat ihn seit dem Abendessen nicht mehr gesehen. Auf einmal spürt sie einen leisen Stich im Herz, eine bange Bedrücktheit überfällt sie, kleine Ängste jagen durch ihr Inneres, und die merkwürdigsten Bilder beginnen sie zu bedrängen. Sie sieht den Hannes bei einem Mädchen stehen und denkt an das, was der Matthias gesagt hat:

»Wenn man die ganze Woche arbeitet, braucht man am Samstag ein bissel was fürs Herz.«

Beim Matthias kann sie sich das ganz gut denken. Beim Hannes passt es nicht in den Rahmen ihrer Vorstellungen. Das macht sie so unruhig, dass sie am liebsten geweint hätte.

Vielleicht ist es ihr gar nicht ganz bewusst, dass sie aufsteht und zu gehen beginnt. Ganz langsam, die Hände hinter dem Rücken verschränkt, den Kopf zu Boden gesenkt, so wie es die Gewohnheit ihres Vaters ist, wenn er an den Sonntagnachmittagen über die Felder geht, tief in Gedanken versunken.

Die Frösche haben nun aufgehört zu quaken. Nur der Wind singt noch leise in den dünnen Fäden der Trauerweiden am Rand des Entenweihers. Als funkelndes Lichtspiel stehen die Sterne am hohen Nachthimmel. Und auf einmal durchfährt Julia ein so tiefer Schreck, dass sie beinahe einen Schrei ausgestoßen hätte. Nicht, weil da jemand auf der Bank unter der Trauerweide sitzt, sondern weil sie sofort erkennt, dass es der Hannes ist. Nun wendet er das Gesicht ein wenig. Die Nacht ist nicht so dunkel, dass sie das Aufleuchten in seinen Augen nicht gesehen hätte. Umkehren kann sie jetzt auch nicht mehr gut, und so sagt sie: »Ach, da bist du?« Das aber hört sich im lang gezogenen Unterton so an, als hätte sie ihn die ganze Zeit schon gesucht.

Hannes rückt ein wenig auf der Bank und Julia fasst es gleich so auf, dass sie sich neben ihn setzen soll.

»Ich sitze fast jeden Abend hier«, sagt er.

»Und ich habe mich immer gefragt, wo du sein könntest. Hörst du denn den Fröschen zu?«

»Nein, ich warte auf die Sterne. Manchmal ist auch der Mond da, und dann schimmert das Wasser hier so schön wie Silber.«

Julia hat sich nun gesetzt, verschränkt die Arme über der Brust und schaut ins Wasser, in dem sich die Sterne spiegeln. Eine wunderbare Stille ist um sie und sacht bewegen sich die Zweige der Trauerweiden im Wind. Und als begriffe Julia erst jetzt, dass diese Begegnung zu wirklichem Erschrecken Anlass geben könnte, atmet sie ein paar Mal die Luft ganz tief ein. Wenn es nur nicht so schwer gewesen wäre, den richtigen Ton zu finden. Das »Rennpferd« hätte in dieser Situation sicherlich gewusst, was zu tun oder zu reden wäre. Aber sie weiß es nicht, und es hört sich sicherlich recht kindisch an, wenn sie jetzt fragt:

»Gefällt es dir bei uns?«

Daraufhin wendet der Hannes ihr das Gesicht zu und legt den einen Arm auf die Lehne der Bank.

»Seit du daheim bist, ist alles viel schöner.«

»Ja? Wieso?«

»Ich weiß es nicht, Julia. Aber manchmal meine ich, dass jetzt das Leben heller wäre.«

»Ja – aber –«

»Doch, doch, Julia, das geht von dir aus. Du weißt das vielleicht nicht, aber ich weiß es. Und ich werde es immer wissen, auch wenn ich nicht mehr hier bin.«

Erschrocken sieht sie ihn an.

»Du willst doch nicht weg?«

»Noch nicht, aber einmal kommt der Tag. Und dann wird es mein Leben lang in meiner Erinnerung sein, dein Gesicht, dein Lächeln, und alles, was du sagst.«

»Wir haben so wenig Gelegenheit, miteinander zu reden.«

»Ja, das stimmt. Und vielleicht ist das ganz gut so, Julia. Für dich gut, wenn du nicht alles weißt, was ich dir zu sagen hätte.«

Nein, sie hatten bisher nicht viel miteinander reden

können. Aber wenn der Hannes schon mehr Erfahrung gehabt hätte, was die Mädchen betrifft, dann hätte er wissen müssen, dass man mit so einem Satz nur die Neugierde weckt. Und die Julia fragt auch sofort: »Und was hättest du mir zu sagen, Hannes?«

Hat sie sich getäuscht, oder ist sein Arm wirklich von der Banklehne abgerutscht, so, dass er jetzt zart und warm um ihre Schultern liegt? Auf alle Fälle, Julia schmiegt sich dieser Wärme gern entgegen und wiederholt ihre Frage:

»Was wolltest du mir denn sagen, Hannes? Zu mir kannst du alles sagen.«

Sein Gesicht ist auf einmal ganz nahe an dem ihren. Er schaut in ihre Augen und seufzt:

»Ach, Julia, du bist ein so seltsames Mädchen. Ich weiß nicht, wie ich es sagen soll: Dass ich dich nett finde, ist zu wenig. Dass ich dich – liebe – ja, jetzt ist es heraußen. Und ich habe es dir nie sagen wollen.«

»Warum denn nicht, Hannes? Täuschst du dich auch nicht? Wirklich lieben?«

»Es kann nichts anderes sein, Julia. Seit du jetzt heimgekommen bist, ist die Welt ganz anders geworden. Die Sterne leuchten schöner, die Arbeit ist ein Kinderspiel, und nur du geisterst durch meine Träume.«

Julia lehnt sich weit zurück, noch tiefer hinein in die Beuge seines Armes, und schaut zu den Sternen hinauf.

»Ich hab auch geträumt von dir«, flüstert sie dann.

»Wir dürfen immer nur träumen, Julia.«

Sie denkt eine lange Weile nach und wendet ihm das Gesicht zu. Ihre Stirnen berühren sich. In diesem Augenblick fällt ihr wieder ein Spruch ein, den Susanne, das Rennpferd, einmal recht altklug zum Besten gegeben hat.

»Von Träumen kann man nicht leben.«

Hannes nimmt ihr Gesicht in die Hände, hält es ein

wenig von sich ab, wie um jede Linie in sich einzuschreiben.

»Die Wirklichkeit ist aber grausamer, als du denkst, Julia.«

»Nein, die Wirklichkeit ist schön, Hannes. Es war schön, dass du es gesagt hast. Und vielleicht ist es auch in mir die Liebe, die mir Angst gemacht hat, du könntest auch, so wie Matthias, zu einem Mädchen gegangen sein. Ich weiß doch so wenig von dir. Komm, erzähl mir aus deinem Leben.«

Und geradeso, als hätte sich unbewusst schon seit Jahren in ihr alles Vertrauen zu diesem Mann angesammelt, bettet sie seinen Kopf jetzt in ihren Arm und bittet flüsternd:

»Erzähl, Hannes.«

Und wo nun alles so einfach und klar geworden ist, dass es aussieht, als wären sie schon lange ein Liebespaar, wo er so selig in ihrem Arm geborgen ist, fließt sein Herz über. Zuerst sagt er ihr nochmals mit der rührenden Einfalt eines Kindes, dass er sie liebe, schon von der ersten Stunde an, seit er sie gesehen habe. Dass er sich aber sofort gesagt habe, das müsse ein Traum bleiben, und wenn er für sonst nichts mehr leben dürfe, als für dieses Wandern im Traum.

»Denn schau, Julia«, spricht er weiter, »ein altes Sprichwort sagt, man darf die Rechnung nicht ohne den Wirt machen. Und wir beide würden eine Rechnung ohne deinen Vater machen.«

Julia schweigt und denkt daran, was Matthias ihr gesagt hat: Lass dir in dieser Hinsicht nichts dreinreden. Das kann dir sonst dein ganzes Leben lang Leid tun. Aber dann ist doch ein kleiner Hoffnungsschimmer da, und sie sagt:

»Mein Vater hält große Stücke auf dich.«

»Das würde sich in dem Augenblick ändern, wo er wüsste, wie es in mir jetzt aussieht und was du mir bedeutest. Ich müsste einen Hof haben, ja. Aber ich habe keinen Hof. Meine Eltern leben nicht mehr, eine Tante hat mich großgezogen. Sie hat auch die landwirtschaftliche Schule für mich bezahlt. Voriges Jahr ist auch sie gestorben.«

»Dann hast du niemanden mehr?« Es ist das pure Mitleid, das aus Julia spricht.

»Doch, einen Onkel noch, einen Bruder meines Vaters. Aber der ist in Amerika, hat dort eine Farm und ich könnte –«

»Dann nimmst du mich mit«, sagt Julia schnell.

»Das sagst du so leicht, Julia, und denkst an keine Schwierigkeiten.«

»Wir müssen nicht in der ersten Stunde gleich an Schwierigkeiten denken. Vielleicht kommt auch alles ganz anders. Mittendrin gefällt dir eine andere besser, eine, bei der es keine Schwierigkeiten gibt, und dann wäre es jedenfalls für mich besser, wenn ich alles nur geträumt hätte.«

Als sie sich aber dann küssen, denkt keiner mehr an einen Traum. Sie reißen die Wirklichkeit in ihr Inneres, und sie haben beide nicht gewusst, dass eine Nacht so kurz sein kann. Sie kehren erst wieder ganz in die Wirklichkeit zurück, als sich hinter den östlichen Bergen schon ein grauer Schimmer zeigt. Und das mag so um drei Uhr früh gewesen sein.

Es ist nicht mehr zu leugnen. Der Sommer ist vorbei. Schon färben sich im Bergwald die Bäume wieder gelb und rot und über die nächtlichen Almfelder geht röhrend der Brunftschrei der Hirsche. Auf der Kaindlhütte beginnt Sophie langsam und verdrossen, die Sachen zusammenzupacken, denn es könnte immerhin möglich sein, dass über Nacht Schnee fällt, und dann müsste sie ins Tal.

Die Kaindlhütte ist eigentlich keine Almhütte, sondern mehr eine Bergwirtschaft, die dem Palmbräu von Wendhofen gehört und nur den Sommer über geöffnet ist. Nur zwei Kühe und ein Fohlen hat Sophie nebenher noch zu betreuen, sonst aber ist die Hauptsache der Bierausschank, und im Sommer geht das Geschäft gar nicht schlecht.

Aber dieser Sommer ist wieder vergangen, und das, was Sophie sich von ihm erhofft hatte, ist wiederum nicht eingetreten. Sie weiß wohl, dass sie nicht mit Schönheit gesegnet und auch sonst mit allerlei Mängeln geschlagen ist. Sie ist kein großes Licht, ist von kindlicher Einfalt und hofft dennoch, dass doch einmal ein Mann über ihre Mängel hinwegsehen und sie ihm begehrenswert sein könnte.

Sophie Prentl ist bereits zweiunddreißig Jahre alt, nicht allzu groß, derbknochig, mit einer tiefen Narbe über dem linken Auge, die von einem Sturz über die Treppe herrührt. Sie stößt zudem ein wenig mit der Zunge an, und das bürdet ihr die meisten Hemmungen auf, denn es ist nicht gut, wenn hinter jedem Wort schon die Angst lauert, ob man das nächste auch noch herausbringen kann.

Das Mädchen bewirtschaftet nun schon sieben Sommer lang die kleine Bergwirtschaft, wo der Wasserfall rauscht und der Weg sich gabelt zur Hammerplatte und zum Grünstein. Der Palmbräu Ferdinand Kranbichler kommt etwa alle vierzehn Tage einmal herauf und rechnet mit ihr die Kasse ab. Er ist weitläufig mit Sophie verwandt und ist zugleich ihr Vormund gewesen, solange Sophie noch minderjährig war. Und wehe, wenn die Kasse einmal nicht auf den Pfennig gestimmt hätte! Da Sophie kein großes Licht ist, verrechnet sie sich manchmal, oft nützt auch einer ihre Gutmütigkeit aus und bezahlt statt drei nur zwei Halbe Bier. Sophie gleicht das mit dem aus, was man ihr als Trinkgeld schenkt. Und das ist nicht sehr viel.

In den letzten Wochen ist das Geschäft schon recht schleppend gegangen. Höchstens, dass noch ein paar späte Touristen vorbeikommen, Jäger und Holzknechte und manchmal auch ein Liebespaar, das die Einsamkeit sucht. Sophie steht dann am Herd und wirft unter gesenkten Brauen heraus zuweilen einen Blick auf die Bank hin, auf der das Liebespaar sitzt und sich törichte Worte zuflüstert. Ihr Herz krümmt sich dann vor Sehnsucht und Schmerz, denn es ist angefüllt bis an den Rand mit Liebe, die niemand haben will.

Am ärgsten treiben es die Holzknechte mit ihr, wenn sie etwas über den Durst getrunken haben. Da legt einer den Arm um ihre Schultern, Bierdunst in seinem Atem, Spott in seinen Augen.

»Komm her, du …«, sagt er.

Aber Sophie ist misstrauisch, sie sieht den Kerl prüfend an. Sie will geliebt werden, aber nicht auf solche Art. Und in ihrer Einfalt fragt sie:

»Willst du mich heiraten?«

»Heiraten?« Der Mann lässt sie los, schlägt sich auf die Schenkel, bekommt fast keine Luft mehr, so muss er lachen über diese Frage. »Habt ihr das gehört? Ob ich sie heiraten möchte, hat sie gefragt! Jawohl, ich heirate dich, wenn Pfingsten vor Ostern fällt! Hahaha!«

Nein, Sophie hat kein Glück auf der Welt. Jeder treibt sein Spielchen mit ihr und lacht über ihre naive Ehrlichkeit. Sie ist auf der Schattenseite des Lebens geboren und lebt frierend in diesem Schatten.

An einem dieser letzten Sonntage, als sie noch auf der

Hütte ist, kommt in der Dämmerung noch ein Liebespaar und fragt, ob es etwas zu vespern haben könnte. Eigentlich sagt nur der Mann vespern, das Mädchen sagt Brotzeit. Sophie kennt den Mann nicht, und bei dem Mädchen ist sie nicht ganz sicher. Sie sähe der Hochreiter Julia gleich. Aber diese Bauerntochter von Hochreit hat Sophie nur als kleines Schulmädchen in Erinnerung. Diese hier jedoch ist erwachsen und von einer Schönheit, wie man sie nur auf Illustriertenfotos sieht.

Natürlich hat Sophie etwas vorrätig und es dauert nicht lange, dann bringt sie auf einem großen Holzteller Selchfleisch, Hartwurst, Butter und Käse. Dazu in einem Körbchen dicke Scheiben Schwarzbrot. Sie kann die Menschen schon unterscheiden und hat schnell erfasst, dass es sich lohnt, für die beiden ein weißes Tuch über den Tisch zu breiten. Nur als sie nach Bier fragt, sieht der Mann sein Mädchen an, dann schüttelt er den Kopf.

»Wein haben Sie wohl nicht?«

»Einen Tiroler Roten.«

»Gut, dann zwei Schoppen davon.«

Sophie geht in den Keller und denkt: Nein, die Hochreiter Julia ist es nicht. Danach sagt der Mann: »Danke vielmals«, und auch das Mädchen nickt ihr freundlich zu. Das ist Sophie nicht gewohnt, dass man so freundlich zu ihr ist. Ob noch was abgehe, fragt sie dann. Nein, vorerst nicht.

»Dann geh ich jetzt in den Stall«, sagt Sophie. »Wenn ihr noch etwas braucht, dann ruft mich.«

Als Sophie später vom Stall hereinkommt, sitzen die beiden noch am Tisch. Der Mann hat den Arm um die Schultern des Mädchens gelegt und seine Wange ins Blondhaar geschmiegt. Sophie macht sich am Herd zu schaffen und wirft ab und zu einen Blick zu den beiden hin. Ihr Mund krümmt sich dann hilflos, und sie denkt, bloß ein einziges Mal müsste ein Mann mich auch so in den Arm nehmen und zärtlich und lieb zu mir sein.

»Hannes«, sagt das Mädchen zu ihm und sieht ihn mit aller Liebe an, »wir müssen uns auf den Heimweg machen.«

»Ach ja, leider«, seufzt er und zieht den Geldbeutel. »Liebe Frau, wir möchten bezahlen.«

»Liebe Frau« sagt er zu Sophie und nicht: »alter Trampel«, wie sie die Holzknechte zuweilen rufen, wenn sie betrunken sind.

»Habt ihr noch einen weiten Heimweg?«, wagt Sophie zu fragen.

»Es geht so«, antwortet Hannes und fügt hinzu: »Sind Sie denn immer so vertrauensselig? Wir hätten leicht verduften können, während Sie im Stall waren.«

Die Sophie schaut den Hannes lange an und schüttelt den Kopf.

»Nein, Sie könnten das nicht. Einige sind mir schon mit der Zeche davon, aber Sie – nein – Ihre Augen sind gut, Sie könnten das nicht.« Sie rechnet die Zeche auf einem Block zusammen und nimmt das Geld. Dann schaut sie zum Fenster hinaus. »Stockfinster ist es heut. Kein einziger Stern ist am Himmel.«

Als die beiden gegangen sind, schaut Sophie lange das Geld in ihrer Hand an. Gleich drei Mark Trinkgeld. Wann war das schon einmal passiert! Zwei noble Leute, denkt sie. Und zwei schöne Menschen. Gerade, als ob sie füreinander geschaffen wären.

Als sie die Tür öffnet und hinausschaut, müssen die beiden schon im Wald verschwunden sein. Einmal hört man einen Stein aufklirren, und von irgendwoher schreit ein Nachtvogel. Dann ist es wieder ganz still. Die Sophie wirft den hölzernen Querbalken vor und schaut auf die

Uhr. Es ist erst acht Uhr und draußen ist schon tiefste Nacht.

Das Hochamt ist zu Ende. Vor dem Friedhof steht eine Gruppe junger Männer zusammen, unter ihnen auch der Hochreiter Matthias. Den grünen Hut mit dem Gamsbart schief aufs Ohr gedrückt, steht er mit blitzenden Augen da und macht seine witzigen Bemerkungen, wenn die Mädchen vorbeigehen.

Drüben auf der anderen Seite, auf der Steintreppe zum Kaufhaus Loibl, stehen der Müller Anton Lindner und ein paar junge Bauern beisammen. Der Müller ist ein gut gewachsener Mann in den Dreißigern, mit einem handbreiten schwarzen Seidenflor am rechten Ärmel seiner grauen Trachtenjacke. Er trägt noch Trauer um seine Mutter, die vor kurzem gestorben ist.

Da zu seiner Mühle auch noch ein kleines Kraftwerk gehört, das eine Anzahl von Bauernhöfen mit Licht und Strom versorgt, will er dem jungen Hollinger gerade erklären, warum die Stromgebühren mit dem neuen Jahr etwas angehoben werden müssen, als er mitten im Gespräch abbricht und auf die andere Seite hinüberstarrt.

Dort kommt gerade die Hochreiter Julia die Stufen herunter, in der einen Hand die Handtasche, mit der anderen hebt sie den Saum ihres Rockes ein wenig hoch, denn sie trägt die lange, fließende Tracht des Tales. Bei jeder Bewegung schillert die Seide und die Goldquasten auf ihrem Hut zittern bei jedem Schritt. Sie erwidert ein paar Grüße mit einem leichten Kopfnicken, bleibt einen Augenblick bei ihrem Bruder Matthias stehen und geht erhobenen Hauptes davon.

»Ist das nicht die Hochreiter Julia?«, fragt der Müller den Hollinger.

»Die Julia, ja. Die hat sich gut gemacht, was?«

Der Müller streift bedächtig die Asche seiner Zigarre am Mauersims des Schaufensters ab.

»Wie lang ist sie denn schon wieder daheim?«

»Seit August schon, glaub ich.«

»So, so!« Der Müller nickt und wechselt, im halben Weggehen schon, das Thema. »Wegen deinem Stromverbrauch können wir noch reden. Vielleicht nimmst den Nachttarif, da kommt dich das Kilowatt um die Hälfte billiger.«

Er tippt an seinen Hutrand und geht über die Straße auf den Palmbräu zu, wo er auch seinen Wagen geparkt hat. Im gewölbten Flur schon strömt ihm der Duft von Bratwürsten entgegen. Dann stößt er die Tür zum Bräustüberl auf, schaut suchend herum und lächelt zufrieden, weil er den Hochreiter sitzen sieht. Zwar findet er neben ihm keinen Platz, aber doch am gleichen Tisch. Der Hochreiter unterbricht sich nur flüchtig: »Grüß dich, Müller!« Dann redet er weiter, und alle um ihn herum horchen ihm zu:

»Wenn die Regierung für die Landwirtschaft nicht mehr übrig hat als bisher, dann geht es mit dem Bauernstand immer mehr abwärts. Das Wichtigste wären verbilligte Darlehen. Einen Zinssatz von höchstens zwei Prozent für die Landwirtschaft. Aber schuld sind wir ja selber. Warum lassen wir uns alles gefallen!«

So geht Rede und Gegenrede. Der Hochreiter regt an und gibt Auskunft, er ist auf Draht, und es ist gut, wenn einer da ist, der auch den Behörden gegenüber kein Blatt vor den Mund nimmt.

Der Müller kann den Hochreiter erst draußen auf dem Parkplatz abfangen.

»Hochreiter, hättest einen Augenblick Zeit?«

Der Hochreiter schaut zunächst auf die Kirchenuhr. Dann meint er: »Daheim werden sie zwar wieder sauer sein, wenn die Knödel verkochen, aber so lang wirst du ja nicht brauchen? Was gibt es?«

»Deine Julia – ist sie jetzt wieder für ganz daheim?«

»Ich meine, sie war lang genug fort.«

»Das – weiß ich nicht. Bloß – hat nicht meine Mutter schon einmal mit dir über die Sache geredet?«

Der Hochreiter zieht die Stirn kraus, als könnte er sich nicht gleich erinnern, obwohl er ganz genau weiß, worauf der andere hinaus will. Dann nickt er.

»Sie hat einmal gemeint, dass meine Julia gut in die Mühle passen könnte.«

»Ja, und du hast ihr damals gesagt, dass du nichts dagegen hättest.«

»So? Hab ich das? Kann schon sein.«

»Mir wäre es ganz recht, wenn du nichts dagegen hättest.«

Der Hochreiter überlegt wieder. Dann lacht er.

»Du bist schon gut! Was soll ich denn dagegen haben? Hast mit der Julia schon geredet?«

»Eben noch nicht.«

»Dann musst es halt einmal tun.«

»Wäre es dir am kommenden Sonntag recht, Hochreiter?«

»Mir ist es immer recht. Und mit der Julia wirst dann schon einig werden.«

»Ich hab sie gesehen, nach dem Hochamt. Sie ist recht überheblich geworden.«

»Ah geh, was du dir nicht einbildest! Wirst doch vor so einem jungen Frauenzimmer nicht Angst haben?«

»Angst nicht, aber –«

»So wie du gewachsen bist!«, lacht der Hochreiter und streckt dem anderen die Hand hin. »Kommst halt am Sonntag einmal. Das andere ergibt sich doch alles von selber.«

»Ja, hoffen wir es. Servus, Hochreiter. Und wenn es dir nichts ausmacht, möchtest nicht schöne Grüße sagen daheim?«

»Was soll mir denn das ausmachen? Jetzt muss ich aber gehen. Servus, Müller. Halt, wie alt bist du eigentlich?«

»Achtundzwanzig.«

»So, so. Na ja, zehn Jahre Unterschied machen nichts aus.«

Der Hochreiter biegt gleich hinter der Kirche rechts auf den Feldweg ein, und der Müller lenkt seinen Wagen nach links zum Sträßlein, das zum Mühlengrund führt. Ein starker Westwind ist aufgekommen, stiebt über die Felder, und der schwere Geruch von Erde liegt in der Luft.

Der Wagen des Müllers rumpelt auf der unebenen Straße. Es gelingt dem Müller nicht immer, den zahlreichen Schlaglöchern auszuweichen.

Achtzehn ist sie, denkt der Anton Lindner, und sieht die Julia vor sich, wie sie so lichtumflossen die Steinstufen heruntergekommen ist. Das Bild hat sich ihm eingeprägt. Und auf einmal meint er, dass acht Tage eine lange Frist wären. Wer weiß, was in acht Tagen alles sein kann! Aber nein, es war für den nächsten Sonntag ausgemacht. Es sähe dumm aus, käme er heute schon.

In durchsichtigem Grün schlängelt sich neben der Straße der Bach dahin, der seine Mühle treibt und den Strom liefert. Die Büsche am Bachrand sind schon halb entlaubt und der Regenvogel ruft aus dem kahlen Geäst. Ja, die Luft riecht nach Regen. Im Inneren des Müllers aber ist ein Frühlingstag angebrochen, so hoffnungsvoll und glücklich fühlt er sich, und als er dann aus dem Wald kommt und seinen Besitz vor sich liegen sieht, spürt er sein Alleinsein wie eine schwere Last auf den Schultern.

Die Mühle und das Kraftwerk liegen links der Straße. Daneben ein paar kleinere Häuser, in denen seine Leute wohnen. Rechts droben auf dem Hang aber steht ein breites weiß getünchtes Haus, im Landstil zwar, aber doch herrschaftlich wirkend mit seinen zwei Erkern und dem sauber gepflegten Rasen davor. Ein weißer Kiesweg schlängelt sich dort hinauf. Es sieht aus wie ein Reich für sich, da oben. Eine Insel des Friedens und der Stille. Und wieder denkt der Müller an die Hochreiter Julia, wie schön es wäre, stünde sie jetzt schon unter der Tür, um ihn zu empfangen.

Aber es empfängt ihn niemand. Eine mürrische Haushälterin bringt ihm das Essen in die Stube und sagt, dass sie nichts dafür könnte, wenn alles ein bisschen verbrutzelt sei. Der Herr Lindner hätte eben früher heimkommen müssen.

Als der Hochreiter an diesem Sonntagnachmittag von seinem Mittagsschlaf erwacht und seine Frau am Tisch sitzen sieht, fällt es ihm wieder ein.

»Ach ja – dass ich es nicht vergesse, am nächsten Sonntag kommt der Müller.«

Die Hochreiterin liest gerade eine Zeitung und nimmt die Brille ab.

»Was will er denn?«

»Kannst dir das nicht denken? Ihr Frauen wittert doch sonst immer gleich alles!«

»Also wegen der Julia?«

»Sonst haben wir ja keine zu vergeben.«

Die Zeitung ist vergessen. Die Hochreiterin wird ganz zappelig vor Aufregung.

»Hat er gesagt, dass er wegen der Julia kommt?«

Der Hochreiter schaut auf seine Zehen herunter, die er auf dem Boden spielen lässt.

»Wegen dir wird er nicht kommen. Es mag schon ein paar Jahre her sein, da hat seine Mutter schon einmal so herumgeredet, dass unsere Julia für ihren Anton passen könnte.«

»Lässt sich leicht denken, dass er bald heiraten möchte, der Anton. Ich kenn ihn weiter nicht, nur was man so hört über ihn.«

»Auf das darfst gar nichts geben, was die Leute so tratschen. Der Moser von Dulling, hab ich gehört, der soll ihm seine Tochter direkt angeboten haben.«

»Das sieht ihm gleich«, erbost sich die Hochreiterin. »Dass sich die Leut nicht schämen! Gleich selber anbieten! Da hört sich doch schon alles auf!«

»Was regst dich denn so auf? Wir brauchen ihm ja nichts anbieten. Er selber hat mich gefragt, ob er am nächsten Sonntag kommen dürft.«

»Wegen der Julia?«

»Wegen der Julia.«

»So ein Glück! Ich hab mir schon immer was Besseres für unsere Julia gewünscht.«

»Jetzt bleib aber auf dem Teppich. Bring mir meine Pfeife und Zündhölzer.«

Als die Pfeife dann brennt, wird der Hochreiter sachlicher.

»Jetzt pass auf, Anna. Du darfst die Julia jetzt nicht gleich verwirren und ihr Flausen in den Kopf setzen. Aber du musst sie im Lauf der Woche schon langsam präparieren, vorbereiten, mein ich. Weißt ja wohl selber, was du sagen musst. Da seid ihr Frauen ja schlauer als wir. Und da die Julia noch keinen anderen im Kopf hat, kann ja alles nach deinem Wunsch gehen. Oder weißt du, dass sie schon für einen schwärmt?«

»Die Julia? Ach, woher denn! Die träumt noch nicht von einem Mann! Das müsst ich ja wissen!«

»Alles wird sie dir auch nicht auf die Nasen binden.«

»Das hätt ich gemerkt, so viel Spürsinn darfst mir schon zutrauen.«

»Umso besser. Aber was ist, krieg ich heut keinen Kaffee?«

Draußen geht ein Rieselregen nieder, der in den Bergen oben schon Schnee sein wird. In der Stube ist es wohlig warm. So recht ein Nachmittag, an dem die zwei Hochreiterleute Pläne schmieden können. Es kommen auch der Matthias zur Sprache und die Schuller Moni. Die Hochreiterin findet es bei dieser Gelegenheit an der Zeit, auch für den Sohn ein gutes Wort einzulegen und dämpft das wütende Aufbrummen des Bauern mit dem Hinweis:

»Er will ja nicht den Schuller, sondern seine Tochter. Sie soll fleißig sein und ein gutes Herz haben.«

»Wenn ihr Herz so gut ist wie das von ihrem Alten, dann gute Nacht!«

»Ich weiß schon, du bist halt beleidigt, weil er dich einen blöden Hammel geheißen hat.«

»Ist das vielleicht nichts?«

»Aber du hast ihn zuerst einen abgefeimten Bazi geheißen.«

»Weil er gesagt hat, die Kuh gibt sechzehn Liter Milch, und dann waren es bloß zwölf. Und wenn ich hundertmal Bazi sag, darf er mich deswegen einen gescherten Hammel heißen?«

»Blöder hat er gesagt.«

»Das ist gleich. Für den bin ich noch lang kein blöder Hammel.«

Die Hochreiterin holt nun den Kaffee aus der Küche und wechselt das Thema.

»Zunächst geht es jetzt um die Julia. Und diese gute Partie, die dürfen wir uns nicht auskommen lassen.«

Der Hochreiter tunkt sich ein großes Stück Guglhupf in den Kaffee und schnauft heftig.

»Tu nur du sie gut vorbereiten, nicht, dass die Julia am Sonntag dasteht wie der Ochs vom Berg.«

»Das lass nur meine Sorge sein!«

Zunächst sagt die Hochreiterin zur Julia noch gar nichts. Aber sie versäumt es nicht, Erkundigungen über den Müller einzuziehen. Sie fragt am anderen Tag gleich den Brotfahrer Michl, ob er mit seinem Brot auch in die Mühle komme und was denn der Anton Lindner sonst für ein Mensch sei.

»Ein Prachtmensch«, versichert der Brotfahrer und zählt eine ganze Menge Vorzüge auf.

Es kommt der Postbote auf den Hof, der weiß noch viel mehr Gutes zu berichten.

»Der Müller? So einen findest weit und breit nicht. Schlechtes kann man über den überhaupt nichts sagen. Die, die den einmal erwischt, die kann von Glück sagen! Die setzt sich in ein goldenes Nest!«

Hier findet es die Hochreiterin nun an der Zeit, etwas durchblicken zu lassen.

»Er interessiert sich für unsere Julia«, sagt sie. »Aber wir wissen noch nicht recht, ob wir zusagen sollen.«

Der Postbote bläst die Backen auf und ist beinahe entsetzt.

»Wie kann man sich denn bei einer solchen Partie nur eine Minute besinnen! Du müsstest einmal hineinkommen in das Haus! So was müsstest einmal sehen, Hochreiterin! Und einen Boden haben die im Wohnzimmer, der spiegelt direkt. Lauter helles Parkett, und ein Bad kannst da sehen – lauter Marmor-Kacheln!«

»Ja, was du nicht sagst!« Die Hochreiterin muss sich beherrschen, ihre Freude nicht allzu deutlich zu zeigen. »Na ja, enttäuscht wäre er von unserer Julia bestimmt nicht. Die hat was gelernt, weißt. Sogar Englisch kann sie zur Not.«

»Und gut gemacht hat sie sich«, lobt der Postbote. »So was sieht man selten. Na ja, bei so einer Mutter.«

Die Hochreiterin, sonst recht hellhörig, nimmt diese plumpe Anspielung gar nicht ernst, sie kennt den Müller nun schon besser, als wenn sie sich selber mit ihm ausgesprochen hätte. Sie hat sich ihr Bild jetzt gemacht, und nun kann sie an die Julia herangehen. Dass sie dabei nicht gleich plump mit der Tür ins Haus fällt, sondern zunächst ganz behutsam herumredet, beweist, dass sie neben aller bäuerlichen Pfiffigkeit auch eine Menge Fingerspitzengefühl besitzt.

Die Gelegenheit bietet sich am Freitagnachmittag. Die Leute sind draußen beim Streurechen, der Bauer ist nach Scheitling gefahren in eine Versammlung. Nur die Julia ist daheim und bügelt in der Stube. Die Hochreiterin schaut ihr zuerst eine Weile zu und fragt dann so nebenbei:

»Wie ist das eigentlich, Julia, hast du nicht auch Buchführung gelernt?«

Die Julia ist mit ihren Gedanken auf der Streuwiese gewesen und muss erst umschalten.

»Gelernt, ja. Aber ich werde es wahrscheinlich nie brauchen.«

»Oh, das kann man gar nicht sagen. Auch auf einem Bauernhof soll Ordnung sein in solchen Sachen. Aber – es könnte ja auch sein, dass du gar keinen Bauern heiratest.«

Die Julia stellt das Bügeleisen weg und schaut die Mutter unsicher an.

»Ja, das könnte schon möglich sein.«

»Vielleicht einen Geschäftsmann«, spricht die Hochreiterin eifrig weiter. »Ein schöneres Leben hättest da schon.«

»Oder vielleicht einen Gutsverwalter?«

Die Mutter streckt das Doppelkinn ein wenig vor und lächelt süß-sauer.

»Wie kommst denn auf so was?«

»Das ist mir halt grad so eingefallen.«

Nun wird die Mutter noch freundlicher, setzt sich auf die Bank und nötigt die Tochter, sich zu ihr zu setzen.

»Wir kommen sowieso so selten miteinander zu einer richtigen Unterhaltung. Weil halt immer so viel Arbeit auf einem Bauernhof ist. Wenn ich noch mal jung wäre, ich wüsste mir auch was Besseres, als einen Bauern zu heiraten.«

In dem einen hat die Mutter Recht, man kam so wenig zu einer richtigen Unterhaltung. Im anderen aber regt sich bei Juli sofort Widerspruch.

»Du wirst doch nicht sagen, Mutter, dass du den Vater nicht mögen hättest?«

»Von dem war keine Rede. Man redet ja bloß. Und darfst mir's glauben, Julia, recht viel Schönes hab ich nicht gehabt auf Hochreit. Arbeit und wieder Arbeit. Die Freuden waren spärlich gesäht. Und darum wünsche ich halt für dich ganz was anders.«

»So? Was denn zum Beispiel?«

»Zum Beispiel – ich möchte in gar nichts vorgreifen – aber beispielsweise so was wie den jungen Müller. Das wäre eine Partie.«

»Aha, jetzt kenn ich wenigstens so ungefähr deinen Geschmack.«

»Da könntest du eine Dame spielen.«

Die Julia wird hellhörig. Sie sieht die Mutter forschend an, so lange, bis die Hochreiterin unsicher wird. Dann sagt sie:

»Ist da vielleicht schon irgendwas abgemacht worden hinter meinem Rücken?«

»Geh, wie kommst denn darauf! Es könnte zwar sein, dass er mit dem Vater einmal gesprochen hat über dich, ich weiß das nicht.«

»Darum ist er am letzten Sonntag so breitbeinig beim Kramer auf den Steinstufen gestanden und hat mich angestarrt.«

»Na ja, das braucht dich doch nicht zu wundern. Es gehört sich zwar nicht für mich als Mutter, wenn ich es sag, aber du hast dich wirklich zu einer sehr attraktiven Frau entwickelt in den paar Jahren. Dass es da einem Mann die Augen aufreißt, wenn er dich sieht, ist ganz selbstverständlich.«

Julia muss lächeln über diese mütterliche Eitelkeit. Dass sie schön sei, das hat der Hannes ihr oft genug gesagt, nur sagt er es eben auf seine Weise, die nicht plump wirkt, sondern wie eine Zärtlichkeit.

Sie steht nun auf und greift wieder nach dem Bügeleisen, streicht damit ein paar Mal über einen Hemdsärmel und sagt dann:

»Meine Meinung, Mutter, wenn du sie hören willst, die ist ganz einfach und klar. Und das hab ich sogar in der Klosterschule gelernt: Man muss den Mann, mit dem man einmal Hochzeit halten wird, von ganzem Herzen lieben.«

»Ach ja«, lacht die Mutter ein bisschen gutmütig, so wie sie früher über einen kindlichen Scherz der Tochter gelächelt haben mag. »Das von der großen Liebe, das denkt man halt, wenn man so jung ist wie du. Später verliert sich das alles. Und wenn grad der junge Müller einmal kommen sollte – du musst ihm ja nicht gleich um den Hals fallen, bloß ein bissel freundlich sein.«

Nun erschrickt Julia doch und denkt sich, dass da etwas schon viel weiter gediehen sein wird, als sie es annehmen kann. Auf einmal weiß sie auch, dass die ganze

Unterhaltung jetzt nur ein vorsichtiges Vorbereiten auf das Kommende gewesen ist. Sie spürt einen leisen Ärger in sich aufsteigen und fragt schärfer, als sie eigentlich will:

»Wann kommt er jetzt wirklich, dein junger Müller?«

Die Mutter ist von dieser Frage überrumpelt und findet keine Ausrede mehr.

»Am Sonntagnachmittag.«

Die Julia nickt.

»Wirst doch ein bissel freundlich sein zu ihm?« Fast ängstlich klingt diese Frage.

»Warum soll ich unfreundlich sein? Er hat mir ja nichts getan. Noch nicht.«

»Dann ist ja alles gut! Es wird schon alles recht werden.«

Die Hochreiterin beeilt sich jetzt, hinauszukommen, weil sie sich vor weiteren Fragen fürchtet. Julia aber schaut nun zum Fenster hinaus, tief in Gedanken versunken. Schwere dunkle Wolken ziehen über die Berge her, und Julia meint, sie kämen gerade auf sie zu und wollten sie erdrücken. Gleich darauf aber lichtet es sich wieder etwas, denn sie sieht den Hannes mit einem Fuder Streu den Berg heraufkommen.

Nein, sie wird ihn um keinen Preis der Welt verraten. Gerade in diesem Augenblick fühlt Julia wieder, wie sehr sie ihn liebt.

Julia kennt den Müller Anton Lindner nur flüchtig, und als sie ihn am Sonntagnachmittag gegen drei Uhr vom Fenster ihrer Kammer aus in den Hof fahren sieht, denkt sie: er sieht eigentlich gut aus, aber der Hannes ist eben doch der Hannes – ihr Hannes.

Sie hat sich ein bisschen schöngemacht, hat das neue Winterkleid, das am Hals mit einer weißen Spitzenrüsche eng geschlossen ist, angezogen und die blonden Haare hoch aufgesteckt.

Drunten springt der Müller nun aus seinem sportlichen Auto. Wahrscheinlich hat er den Wagen ganz schön über den Berg heraufgejagt. Jetzt kommt der Vater aus dem Haus, geht mit ausgestreckter Hand auf den Müller zu und sagt:

»Bist schon da? Kommst grad recht zum Kaffee!«

Zusammen gehen sie in das Haus und es dauert nicht lange, da hört sie die Mutter rufen:

»Julia! Magst nicht runterkommen? Besuch haben wir bekommen.«

Julia öffnet das Fenster und schaut verzweifelt nach dem Hannes aus. Wenn sie bloß noch ein paar Worte mit ihm hätte reden können, sich gleichsam Kraft schenken lassen für die unerfreuliche Begegnung. Aber Hannes ist gleich nach dem Essen mit dem Robert, einem der Knechte, weggegangen zu dessen Eltern, die außerhalb Wendhofens ein Gut haben.

Auf einmal hat sie Angst, ihre Kehle schnürt sich zusammen und das Herz wird ihr auf einmal so schwer. Aber es hilft nichts, sie muss hinunter.

Auf der Treppe schon riecht sie den starken Kaffeeduft, und als sie die Stube betritt, sitzen der Vater, die Mutter und der Müller am weiß gedeckten Tisch. Der Müller steht auf und gibt Julia die Hand.

»Grüß dich Gott, Julia!« Mehr bringt er nicht heraus, er muss plötzlich schlucken und kann nichts weiter tun, als sie anzustarren.

»Grüß Gott, Anton Lindner«, sagt Julia und setzt sich vor die noch leere Tasse. Die Mutter schenkt gleich ein und nötigt den Müller, doch von dem Kuchen zu nehmen. Sie sagt auch noch, dass die Julia ihn gebacken habe, obwohl das gar nicht der Wahrheit entspricht.

Eine Unterhaltung kommt nur zäh in Gang, aber als sie einmal angekurbelt ist, fließt sie recht locker dahin, und es ist gar nicht so langweilig, dem Müller zuzuhören. Er prahlt nicht mit seinem Reichtum und kann so angeregt über alle Neuerungen in seiner Mühle erzählen, dass sogar Julia mitunter eine Frage einwirft. Dann sieht er sie jedes Mal dankbar an und antwortet ihr sachlich und verständlich. Die Mutter nickt dann dazu, gerade, als wollte sie wieder sagen: Siehst du, wie gut es ist, dass du Buchhaltung gelernt hast, denn der Müller hat gerade erzählt, dass er im Kontor eine habe, auf die er sich leider nicht völlig verlassen könne. Aber was seine umfangreiche Landwirtschaft betreffe, da habe er einen guten Griff gemacht mit dem neuen Pächter. Er selber könne sich um die Landwirtschaft nicht mehr kümmern, seit er die großen Mehlaufträge übernommen habe.

»Wie groß ist denn die Landwirtschaft bei dir?«, will die Julia wissen. Wieder schaut er sie dankbar an und antwortet:

»Nicht ganz dreihundert Tagwerk, mit dem Wald natürlich.«

»Aha. Und was zahlt einer da an Pacht im Monat?«

Es ist ganz wunderbar für den Müller, der mit so vielen Hemmungen hergefahren ist, auf all diese Fragen erschöpfende Antworten geben zu können. Und dabei schaut er sie immerzu an, als ob er sagen wolle: Brauchst überhaupt keine Sorge zu haben, Julia, bei mir kriegst ein schönes Leben.

Und die Zeit geht dahin. Die Julia will einmal aufstehen und das Geschirr abräumen, aber die Mutter kommt ihr zuvor.

»Bleib nur du sitzen. Das mach schon ich.«

»Bring eine Flasche Wein mit!«, ruft ihr der Hochreiter nach. Dann zündet er sich eine Zigarre an, pafft ein paar Rauchwolken gegen die Decke und wendet sich der Julia zu, schaut sie lange an, dann den Müller und wieder die Julia. Bis er endlich sagt:

»Wenn du es noch nicht gemerkt hättest, Julia, der Müller ist heut gekommen, weil er fragen möcht –« Er stockt und schaut wieder den Müller an. »Sag es ihr halt selber.«

Der Julia stockt der Atem und dem Anton Lindner fliegt eine heiße Röte über die Stirn. Er schluckt wieder so verdächtig, dann hebt er die Augen.

»Ich will dich nicht drängen, Julia, aber hast ja gehört vorhin, was bei mir abgeht, seit die Mutter gestorben ist. Ich bräucht halt bald eine Frau ins Haus, und da hab ich gemeint, ob nicht du –«

Er kann nicht mehr weiterreden unter Julias zwingendem Blick.

»Das kommt aber überraschend«, sagt sie, verschränkt die Finger ineinander und spielt aufgeregt damit. »Schon ganz überraschend«, wiederholt sie.

»Hat die Mutter dir denn noch keine Andeutungen gemacht?«, platzt der Hochreiter heraus, dem die Situation peinlich zu werden beginnt.

»Die Mutter? Nicht direkt.«

»Man kann sich halt auf nichts mehr verlassen!«, meint der Hochreiter und geht nun auch unter dem Vorwand hinaus, dass er sich wohl selber um den Wein kümmern müsste.

Nun sind sie allein, und das ist wohl schon von Anfang an so geplant gewesen. Sie sitzen sich gegenüber und schweigen. Zu gerne hätte der Müller über den Tisch nach ihren Händen gefasst, aber er getraut sich nicht.

»Hab ich dich recht erschreckt?«, fragt er dann.

»Erschreckt nicht«, antwortet die Julia und denkt, dass es am besten wäre, ihm jetzt zu sagen, dass ihr Herz bereits einem anderen gehöre. Aber dann fällt ihr ein, dass dann mit einem einzigen Schlag alles zerstört wäre. Nein, der Hannes hat schon Recht: Sie müssen ihr Geheimnis noch wahren bis zu einem günstigen Augenblick und solange es eben geht.

»Du hast mich nicht erschreckt«, wiederholt sie. »Aber nimm es mir nicht übel – du kennst mich ja kaum, und es ist alles wirklich so überraschend für mich.«

»Du musst mir heute noch keine Antwort geben, Julia. Auch morgen noch nicht. Vergiss aber nicht, Julia, dass ich mich schon lange für dich interessiere, du hast das bloß nie wissen können. Als ich dich am letzten Sonntag nach langer Zeit wieder gesehen habe, da hab ich bloß mehr den einen Gedanken gehabt: die muss Müllerin werden und sonst keine.«

In diesem Augenblick kommt Julia ein rettender Gedanke. Sie weiß plötzlich, womit sie die entscheidende Antwort hinausschieben kann. Sie wartet nur ein bisschen, damit es nicht so spontan, sondern wohl überlegt klingt.

»Für eine Hochzeit – und ich denke dabei an eine große Hochzeit, wie sie Wendhofen noch nicht erlebt hat, müsstest du erst noch das Trauerjahr für deine verstorbene Mutter vorübergehen lassen.«

Anton Lindner hält diese Worte für eine halbe Zusage. Er beginnt zu rechnen. »Jetzt haben wir November. Das wäre dann im Juni.«

Die Julia wird einer Antwort enthoben, weil der Hochreiter mit der schon geöffneten Weinflasche kommt. Julia nimmt Gläser aus dem Schrank und schenkt ein. Sie stoßen miteinander an und der Hochreiter sagt: »Auf eine glückliche Zukunft«, während draußen in der Küche die Mutter zu Tränen gerührt auf der Herdbank sitzt und dem Matthias, der hereinkommt, nur stockend berichten kann, welch ein Freudentag heute sei.

Als es draußen schon dunkel ist, will der Müller aufbrechen. Ja, sonst nichts mehr! Ohne Abendessen? Heute könne er ja doch nicht mehr viel anfangen.

Jetzt kann die Julia zeigen, was sie gelernt hat. Sie richtet eine kalte Platte her, die einer erstklassigen Hotelküche würdig wäre. Die Wurstblättchen sind fein gerollt, mit Butterringeln und Essiggurken ringsum garniert. Dazwischen etwas Käse und ein paar Salatblättchen. Dem Müller ist so was zwar nicht fremd, aber er wirft der Julia doch einen bewundernden Blick zu.

Um der Wahrheit die Ehre zu geben, der Julia gefällt der Müller nicht schlecht. Sein Gesicht ist ohne Härte, die Augen sind gut und still, nur um seinen Mund ist ein strenger Zug, der davon zeugt, dass schon frühzeitig Verantwortung auf seine Schultern gelegt worden ist. Starb doch sein Vater schon, kaum dass Anton zwölf Jahre alt war.

Als es dann zehn Uhr schlägt, lässt sich der Müller nicht mehr halten. Er steht auf, gibt allen die Hand und bedankt sich für die Bewirtung. Bloß der Julia streckt er nicht die Hand hin und sie fasst es so auf, dass sie ihn hinausbegleiten soll. Der Vater hätte ihr erst gar nicht den heimlichen Rippenstoß zu geben brauchen.

Anton Lindner geht zum Wagen und Julia wartet darauf, dass er jetzt etwas sagt, das in seiner Art bedeutender sein müsse als das, was der Hannes ihr schon alles liebend gesagt hat.

Die Nacht ist nur von wenigen Sternen erhellt und ein schneidender Wind reibt sich an den Kanten des Hofes.

»Julia«, sagt Anton Lindner und hält wieder inne, weil sie den Kopf so ruckartig hebt, als wolle sie ihn an weiteren Worten hindern. »Ich warte also auf dich.«

»Irrst du dich aber auch ganz bestimmt nicht, wenn du meinst, dass nur ich es sein kann?«

Er schüttelt den Kopf und fasst nach ihrer Hand, streichelt darüber.

»Warte auch du auf mich, Julia. Es geht ja nur um ein Dreivierteljahr. Das ist nicht so lang. Versprich mir das, Julia.«

»Was soll ich versprechen?«

»Dass du – ich meine, es könnte ein anderer kommen, der es besser versteht als ich, der mir mit dem Mundwerk überlegen ist. Du sollst aber nicht vergessen, Julia, dass ein Herz voller Liebe auch das Seine wert ist, eine Treue, die ich dir garantieren kann.«

»Ja, ja«, antwortet Julia schnell. »Ein Herz voller Liebe ...« Sie verstummt und wartet darauf, dass noch mehr käme. Er aber, als fehle ihm der Mut zu einer Zärtlichkeit, drückt ihr nochmal die Hand und steigt in den Wagen. Er fährt sofort los und bringt den Wagen auch nicht mehr zum Stehen, obwohl er von allem das Wichtigste vergessen hat. Das Gefährt verschwindet in der Nacht, nur das leichte Motorengeräusch ist noch eine Zeit lang zu hören.

Julia steht noch eine Weile im Hof und stellt fest, dass eine grenzenlose Leere in ihr ist. Dafür steigt dann etwas wie Angst in ihr auf, weil der Hannes noch nicht heimgekommen ist. Oder ist dieses Gefühl, das sie so sehr bedrückt, gar keine Angst, sondern blanke Eifersucht? Es fällt ihr nämlich ein, dass der Robert, mit dem der Hannes weggegangen ist, eine recht hübsche Schwester hat, die beim Tierarzt Röhrl angestellt ist und von der man weiß, dass sie ein bisschen leichtsinnig ist.

Die Eifersucht plagt sie noch, als sie längst im Bett liegt und nicht einschlafen kann. Die Augen zur Decke aufgeschlagen, von der vor lauter Dunkelheit nichts zu sehen ist, liegt sie da und überlegt, was sie morgen dem Hannes alles sagen wird. Zwar wird sie ihre Eifersucht nicht zugeben, aber vielleicht könnte sie ihm auch sagen, dass eine unerschütterliche Treue auch was wert ist.

Ja, das wird sie ihm sagen. Wenn es nur schon Tag wäre! Aber gerade als das Sehnen nach dem Tagwerden am stärksten werden will, senkt sich der Schlaf über Julias Lider.

Trübe, nebelverhangene Tage, Schnee auf den Höhen und Hochwasser im Tal, so kriecht die Zeit in den Advent hinein. Julia aber geht wie in einen neuen Frühling hinein. In ihren dunkelblauen Augen liegt jetzt oft ein so wunderbar verklärtes Leuchten, als spiegle sich ein verzauberndes Licht darin.

Mit den beiden jungen Menschen ist es gekommen, wie es hat kommen müssen. Aus den scheuen Zärteleien ist eine still glühende Liebe geworden, die die Welt um sie versinken lässt. Und wie alle Liebenden, so haben auch sie ihre Geheimzeichen gefunden. Wenn Hannes nach dem Mittagessen das Besteck nicht in den Teller, sondern neben den Teller legt, dann heißt das so viel wie: Ich muss dich heute Abend dringend sprechen. Julia streicht sich dann mit dem rechten Zeigefinger über die Augenbraue, zum Zeichen, dass sie ihn verstanden hat.

Und so sitzen sie dann in einer Nacht wieder einmal draußen im warmen Stall auf einer Bank. Hannes hat am Mittag einen Brief mit ausländischen Marken bekommen, und darum geht es jetzt. Sie müssen ganz leise sprechen, und deshalb flüstert die Julia:

»Der Brief? Was ist mit dem Brief? War er nicht aus Amerika?«

Hannes nickt. »Mein Onkel hat geschrieben. Er will, dass ich bald rüberkomme.«

»Ja, aber nur mit mir«, antwortet sie schnell.

»Wirklich, Julia?«

»Natürlich, für mich ist das alles klar.«

»Für dich ja. Für deinen Vater wird die Sache schon komplizierter sein. Ach, Julia, manchmal habe ich Angst, dass alles mit einem Schlag zu Ende sein könnte.«

»Du machst dir zu viele Sorgen, Hannes, und Sorgen zerstören langsam jedes Glück. Du vergisst, dass ich dich über alles lieb habe. Ist das nichts?«

»Doch, Julia, das ist viel. Es füllt mein ganzes Leben aus. Und doch weiß ich nicht, ob ich genug Kraft habe. Mein Jahr hier als Praktikant muss ich ableisten, dann erst könnte ich selbständig werden. Hier geht alles so langsam. In Amerika, schreibt mein Onkel, kommt man viel schneller vorwärts. Und dann ist ja auch das andere noch da: Der Müller wartet.«

Auf der anderen Seite drüben räkelt sich schnaubend eine Kuh hoch. Die Kette rasselt misstönend. Weiter hinten in der Tiefe grunzt ein Mutterschwein. Dann ist es wieder ganz still.

»Es ist gut für uns«, sagt Julia, »dass er wartet. Für uns ist es gut. Gut ist auch seine Geduld, es wäre furchtbar, käme er jeden Sonntag. Du, Hannes, manchmal kommt es mir vor, als hätte der Vater bereits gemerkt, wie es um uns beide steht, und akzeptiert es stillschweigend.«

Johann Steinwallner, der Hannes, ist nicht so zuversichtlich. Er kennt die ungeschriebenen Gesetze des bäuerlichen Milieus besser und fühlt instinktiv, dass es über kurz oder lang zu einer Auseinandersetzung kommen wird. Er will bloß in Julias zuversichtliche Stimmung keinen Schatten werfen.

»Niemand wäre glücklicher als ich, Julia, wenn du Recht hättest.«

Und so vergeht eine lange Zeit. Im Stall ist es heuwarm. Zuweilen schlägt ein Pferd gegen die Planke.

Dann schrecken die Liebenden auf, um sich anschließend erneut in die Arme zu sinken, bis ihnen ein Hahnenschrei kündet, dass der Morgen naht.

So kommt Weihnachten heran. Der Müller kommt am Heiligen Abend schon am Nachmittag und bringt für Julia ein schmales Goldringlein mit einem Aquamarin. Hannes hat den gleichen Ring beim Uhrmacher Federlein in Wendhofen im Schaufenster gesehen, fährt am Heiligabend noch mit den Skiern in den Ort hinunter und ersteht, obwohl schon Ladenschluss ist, durch die Hintertür eintretend, den gleichen Ring, bloß mit dem Unterschied, dass für den reichen Müller nur ein höheres Trinkgeld gewesen ist, was den Hannes fast seine ganze Barschaft kostet. So kann Julia ihn tragen, ohne irgendwo den Verdacht zu erregen, dass es eben doch ein anderer Ring sei. Die Hochreiterin betrachtet ihn ganz genau und sagt dann ganz andächtig:

»Einen guten Geschmack hat er schon, der Müller. Das muss man ihm lassen.«

Am zweiten Weihnachtsfeiertag ziehen Julia und Hannes mit ihren Skiern bald nach dem Mittagessen hoch hinauf ins Gebirge. Losgelöst von der bedrückenden Enge des Hofs, leben sie ganz in dem Wunder dieses schönen Wintertages, spuren über die Hänge und jagen drüben in sausender Schussfahrt wieder hinunter.

»Ach«, seufzt Hannes einmal, als sie rastend auf einem Hügel stehen, »wenn es bloß immer so bleiben könnte.«

Statt einer Antwort legt sie die Arme um seinen Hals und birgt ihr Gesicht an seiner Wange.

Heiße Küsse im weißen Schnee. Von den Höhen pfeift ein kalter Wind und durch die schneebeladenen Tannen geht zuweilen ein dumpfes Rauschen. Die beiden sausen den Hang wieder hinunter, nehmen die Kehren mit unerhörtem Schwung und fahren dann langsam auf die Waldschänke »Haslbürg« zu, hinter deren Querschuppen sie zum Stehen kommen.

»Hunger?«, fragt Hannes.

»Und wie!«, antwortet Julia.

Sie lehnen Ski und Stöcke an die Hauswand und betreten die kleine wohlig durchwärmte Gaststube. Sie sind um diese Zeit die einzigen Gäste und die Wirtin von der Haslbürg tut so, als freue sie sich über den Besuch der beiden jungen Menschen.

»Einen Glühwein und heiße Würstl. Mit Kraut oder ohne Kraut?«

»Ohne Kraut«, sagt Julia schnell, denn sie entdeckt in der Ecke bei der Schänke eine Menge Spinnweben, und die Wirtin selber sieht auch nicht gerade appetitlich aus.

Kaum ist die Wirtin draußen, beginnen die beiden schon zu schäkern. Julia will wissen, welche Leibspeise der Hannes habe, und fragt:

»Was hast du denn besonders gern, Hannes?«

»Am liebsten deine Küsse.«

»Na, dann komm halt her, du Strolch!«

Der Glühwein kommt eher als die Würstchen. Danach sind sie wieder allein und sie nützen dieses Alleinsein zur Gänze aus, indem sie sich allerlei törichtes Zeug zuflüstern und sich ihren Zärtlichkeiten hingeben.

Es dämmert schon, als sie aufbrechen und in sausender Fahrt auf Hochreit zufahren. Die Hoflampe brennt bereits, eine Magd schiebt gerade einen Karren voll Mist auf den Haufen, unter der Hoflampe bei der Haustür steht ein wenig breitbeinig der Hochreiter und will gerade nach Wendhofen zum Sonntagsbier gehen. Ganz schmal klemmt er die Augen zusammen und sieht den beiden entgegen. Hell und fröhlich klingt Julias Lachen in der kalten Luft. Für Sekunden schießt ein schwarzer Gedanke in das Gehirn des Bauern. Sein Kinn schiebt sich wie unter einer Anstrengung vor, dann löst sich die Starrheit in seinen Zügen, so schnell wie sie gekommen war.

»Ausgeschlossen!«, sagt er vor sich hin. »So ein verrückter Gedanke!«

Im selben Augenblick hält Julia knapp vor seinen Füßen, stemmt die Skistecken vor sich hin und schüttelt den Kopf, dass die blonden Haare wie Gold im Schneelicht aufleuchten.

»Das war heut schön, Vater!«

Der Hochreiter schaut zuerst seiner Tochter in die Augen und dann dem Hannes, der daneben steht. Er sieht nichts als zwei fröhliche Gesichter, von Schnee und Kälte gerötet. Dann nickt er:

»Schön ist viel im Leben, aber nicht immer vernünftig.« Er zieht seine Taschenuhr. »Es ist recht spät geworden.«

Man weiß nicht, hat er seinen Stammtisch oder das späte Heimkommen der beiden gemeint. Noch einmal schaut er sie prüfend an, dann geht er. Als er außer Hörweite ist, sagt Hannes:

»Mir kam es jetzt grad so vor, als ob er in uns hineingesehen hätte.«

»Und wenn?«, fragt Julia und schiebt wie im Trotz die Unterlippe vor. »Einmal muss er es ja doch erfahren, wie es um uns zwei steht.«

Julia hat keine Ahnung, wie nahe dieser Zeitpunkt bereits herangerückt ist.

Einen Tag nach Heiligdreikönig geht der Hochreiter nachmittags in den Holzschlag hinauf, um nachzusehen, wie weit seine Leute sind. Heuer hat er noch ein paar Holzknechte mehr eingestellt, weil mehr geschlagen werden soll als sonst. Gilt es doch, die Julia auszusteuern, und da kann man sich doch nicht lumpen lassen. Zwar hat der Müller noch nie ein Wort von der Mitgift erwähnt, aber er ist schließlich auch ein guter Rechner, der weiß, was er zu erwarten hat.

Zuerst begegnet ihm der Matthias, der die bereits geschälten Stämme neben dem Fahrweg aufschichtet. Im Holzschlag selber liegen noch eine Menge gefällter Bäume kreuz und quer übereinander, und gerade zittert wieder ein Wipfel und stürzt rauschend nieder.

Dieser Hannes, der die Arbeit überwacht, ist doch ein tüchtiger Bursche mit Ehrgeiz, denkt der Hochreiter. Man kann ihn überall einsetzen. Er steht dann mit ihm vor dem gefällten Riesen und stochert mit der Spitze seines Stocks auf einen kleinen braunen Punkt.

»Auch schon krank«, sagt er. »Und hat so gesund ausgeschaut. Grad wie es bei den Menschen auch oft ist. Einen Meter runterschneiden«, schafft er dann noch an und misst den Stamm mit schmalen Augen. »Könnte drei Kubikmeter haben, was meinst du, Hannes?«

»Höchstens zweieinhalb.«

Sie unterhalten sich noch ein wenig. Der Hochreiter misst mit dem Metermaß die Länge und Höhe des aufgestapelten Scheitholzes und nickt zufrieden. Das Holz steht in diesem Jahr etwas besser im Preis.

Nach ungefähr einer Stunde macht er sich wieder auf den Heimweg. So tief ist er in Gedanken versunken, dass er gar nicht merkt, dass er vom Weg abgekommen ist. Auf einmal steht er vor der Waldschänke Haslbürg.

Obwohl er Lust hat auf einen scharfen Schnaps, überlegt er sich eine Weile, ob er eintreten soll. Seit Jahren hat er diese Waldschänke nicht mehr betreten, weil er einmal eine Auseinandersetzung mit den Wirtsleuten gehabt hat. Ihre Tochter ist kurze Zeit bei ihm in Dienst gewesen, aber er hat ihr kündigen müssen, weil sie zu aufdringlich hinter den Knechten her gewesen ist. Die Alten haben ihm sein Durchgreifen lange verübelt. Aber der Hochreiter denkt, so wie bei ihm die Sache längst vergessen ist, so könnte sie auch bei den Wirtsleuten vergessen sein.

Die Wirtin sitzt im Ofenwinkel und strickt. Wie alle Weitsichtigen schiebt sie die Brille tiefer auf die Nase, um den Eintretenden erkennen zu können. Dann verzieht sie ihr schwammiges Gesicht zu einem Grinsen zuckersüßer Freundlichkeit.

»Da kommt ja ein ganz seltener Gast! Grüß dich, Hochreiter.«

Der Hochreiter schiebt sich hinter einen der Tische.

»Ein Stamperl Schnaps hätt ich gern.«

»Ist schon recht. Da haben wir einen ganz besonders guten.«

Der Bauer stürzt das Glas in einem Zug hinunter und bestellt sich ein zweites.

»Da hast du Recht, der Schnaps ist wirklich gut. Wo hast du den her?«

»Vom Daxer in Moos.«

»Vom Daxer? Darf der jetzt wieder brennen? Vor ein paar Jahren haben sie es ihm doch verboten wegen Steuerhinterziehung. – Wo steckt denn dein Alter heut?«

»Nach Wendhofen ist er runter zur Post. Ein Päckchen muss er aufgeben für die Amelie.«

»Für die Amelie? Wo steckt sie denn jetzt?«

»Beim Grasserwirt in Kolling. Der ist recht zufrieden mit ihr.«

»Was die Arbeit betrifft, war ich es auch. Da kann man ihr nichts nachsagen. Aber das andere halt.«

»Komisch, jetzt hört man gar nichts mehr davon.«

»Jetzt hat sie sich halt die Hörner schon abgestoßen. Und – einmal muss ja der Mensch auch gescheiter werden.«

Stille. Nur die Uhr tickt, und hinten tropft es vom Wasserhahn eintönig in eine Schüssel. Die Wirtin strickt, dass die Nadeln klappern. Auf einmal hebt sie das Gesicht und ist wieder voller Freundlichkeit.

»Deine Julia hat sich aber gut gemacht.«

»Meine Julia? Ja, fesch ist sie geworden, gelt?«

»Das kann man wohl sagen! Ich hätte sie beinahe nicht mehr erkannt.«

Der Hochreiter trinkt aus und lässt sich nochmal einschenken.

»Wo hast du sie denn gesehen?«

»Ach, sie waren ja erst am letzten Sonntag bei mir da. Ich hab ihnen Glühwein machen müssen, und heiße Würstel haben sie gegessen.«

»Wer?«

»Deine Julia und ihr ... Ich weiß nicht, ob es ihr Freund war oder –«

»Schmarren!«, unterbricht sie der Bauer scharf. »Meine Julia ist dem Müller versprochen, und alles andere, was du dir da zusammenreimst, ist ausgewachsener Blödsinn.«

»Kann sein. Ich hab mir bloß gedacht, die beiden gehören zusammen, weil sie sich gar so abgebusselt haben.«

Der Hochreiter schiebt seinen Hut aus der Stirn. Kalter Schweiß rinnt ihm plötzlich unterm Hutband hervor.

»Wer hat sich abgebusselt? Und ausgerechnet vor dir hätten sie das getan? Das glaubst ja selber nicht.«

»Vor mir freilich nicht. Aber wenn es wieder recht still geworden ist, dann hab ich durchs Küchenfenster reingespitzt. Und – wenn ich ganz ehrlich sein will, Hochreiter, die zwei passen so gut zusammen, als wenn die Tauben sie zusammengetragen hätten.«

Der Bauer presst die Kinnladen zusammen, als hätte er eine Nuss zu beißen. Am liebsten hätte er laut hinausgeschrien vor Zorn. Aber er erkennt noch rechtzeitig am Gesicht der Wirtin, welche Genugtuung es ihr bereitet, ihm das unter die Nase zu reiben. Es ist ihre kleine Rache. Darum beherrscht er sich und sagt in leichtem Ton:

»Na ja, sind halt junge Leut, da wird nicht viel dahinter sein.«

»Dasselbe hab ich von meiner Amelie auch immer gesagt.«

»Deine Amelie war erstens nicht mehr so jung, und zweitens hat sie es so arg getrieben, dass ich sie habe fortschicken müssen.«

Da steht die Wirtin auf und sagt, sich keinen Zwang mehr auflegend, mit breiter Gehässigkeit:

»Eine Heilige ist deine Julia auch nicht. Bei ihr wird bloß mit anderem Maß gemessen, weil sie vom reichen Hochreiter ist.«

Der Bauer steht auf, greift in seinen Hosensack und wirft ein Geldstück auf den Tisch.

»Wie bei mir gemessen wird, das wirst du ja sehen.«

Ohne Gruß verlässt er die Gaststube und schlägt krachend die Tür hinter sich zu. Seine Julia, ausgerechnet seine Julia muss ihm das antun! Es ist nur ein Glück, dass er die Wirtschaft betreten hat! Wer weiß, wie lange sie ihn sonst noch an der Nase herumgeführt hätten! Aber die sollen sich gewaschen haben! Was bildet sich dieser Hannes überhaupt ein! Es ist gut, dass er die beiden jetzt nicht vor sich hat. Wo hat er denn nur seine Augen gehabt? Hat er nicht am Sonntag, als die beiden heimgekommen und vor ihm gestanden sind, ein ungutes Gefühl gehabt? Man sollte sich mehr auf sein Gefühl verlassen.

Er bleibt stehen und überlegt, was er nun tun soll. Natürlich mit eisernem Besen auskehren. Der Hannes muss fort vom Hof. Wäre ja noch schöner! Je länger er aber nun dasteht und überlegt, desto mehr kommt er zu der Auffassung, dass man die Sache auch ohne großen Streit und Geschrei aus der Welt schaffen könnte. Nur etwas Pfiffigkeit gehört dazu, um die er nie verlegen ist.

Etwas beruhigter setzt er seinen Weg fort und erreicht bald seinen Hof. In dem Augenblick, als er ihn betritt, merkt er, dass sich auch der letzte Rest von Zorn in ihm gelegt hat. Er ärgert sich gar nicht einmal mehr über die spöttische Bemerkung von der Heiligen, die nach Ansicht der Schänkwirtin seine Julia nicht sei.

Der Hochreiter hätte sich den Kopf gar nicht so zu zerbrechen brauchen, denn der Zufall kommt ihm so wunderbar zu Hilfe, dass er es selber kaum fassen kann.

Auf dem Fensterbrett in der Stube liegt noch die Post, die Zeitung, eine Drucksache vom Lagerhaus und ein Brief von der Kusine aus Brannenburg, in dem sie mitteilt, dass sie seit einiger Zeit kränklich ist. Sie ist die Taufpatin der Julia und fragt, ob die Julia nicht auf ein paar Tage zur ihr kommen könne.

»Na also«, nickt der Hochreiter zufrieden vor sich hin und faltet den Brief zusammen, »besser könnt es ja gar nicht gehen!«

In diesem Augenblick betritt Julia mit einem Korb voll Flickwäsche die Stube und setzt sich damit auf die Ofenbank.

»Warst du im Holzschlag oben, Vater?«

»Ja, war ich auch«, antwortet der Hochreiter und betrachtet seine Tochter aus gesenkten Brauen heraus, als sähe er jetzt zum ersten Mal, wie schön sie geworden ist. Dann nimmt er den Brief zur Hand.

»Die Brannenburger Kusine hat geschrieben. Krank ist sie.«

Julia blickt schnell auf.

»Schwer krank?«

»Bei dem Alter kann man nie sagen, was morgen sein wird. Jedenfalls verlangt sie nach dir. Da – kannst es selber lesen.«

Zögernd geht Julia zum Tisch vor und nimmt den Brief. Dann sagt sie:

»Die ist schon gut! Ich soll sie besuchen! So leicht kann ich auch nicht weg.«

»Warum nicht? Was hält dich denn?«

»Es ist so viel Flickwäsche da, Daxen sind zu hacken, und die oberen Zimmer möcht die Mutter stöbern. Allein wird es ihr zu viel.«

»Das hat doch noch ein paar Tage Zeit, und wenn du Müllerin bist, muss es auch allein gehn.«

Ein Schatten fliegt über Julias Gesicht, der Vater sieht es wohl. Dann geht sie wieder zum Ofen, rückt ein paar Fäustlinge an der Ofenstange etwas weiter hinüber und tut sinnlos noch ein paar Dinge.

»Also«, sagt der Hochreiter, »dann fährst morgen früh mit dem Sechsuhrzug. Der Matthias kann dich nach Scheitling zur Bahn fahren. Schaust halt einmal nach, wie weit es fehlt bei der Kusine. Vielleicht hat sie gar im Sinn, dir was zu vererben, weil sie nach dir verlangt. Wenn du ein paar Tage dort bist, siehst schon, was los ist.«

»Ein paar Tage gleich?«, fragt die Julia erschrocken.

»Das ist nicht lang. Du versäumst hier gar nichts um die Jahreszeit. Oder meinst du, dass ausgerechnet in den zwei Tagen der Müller kommen könnte? Das wäre Zufall, denn unter der Woche hat er keine Zeit. Es bleibt also dabei. Morgen früh fährst du.«

Ein paar Stunden später sitzen sie beim Abendessen. Der Hochreiter, der schon früher gegessen hat, sitzt beim Ofen und tut so, als sähe er die heimlichen Blicke nicht, die Julia und Hannes wechseln. Da sagt die Julia ohne Anlass:

»Dann fahr ich also morgen früh mit dem Sechsuhrzug und komm erst übermorgen zurück.«

Aha, denkt der Hochreiter, auf diese Weise hat sie ihn nun verständigt. Schau einmal an, wie ausgekocht meine Julia ist! Laut aber sagt er:

»Jawohl, wie abgemacht. Und du, Matthias, fährst sie an die Bahn.«

»Dann muss ich heut noch meine Sachen zusammenpacken«, meint die Julia.

»Wegen der paar Tage brauchst du nicht so viel mitzunehmen«, sagt jetzt die Mutter, worauf der Hochreiter meint:

»Lass sie nur, man kann nie wissen, was dazwischenkommt.«

Der Hannes legt sein Besteck neben den Teller und Julia streicht sich mit dem Zeigefinger über die Augenbraue. Vielleicht ist es noch nie so wichtig gewesen, sich zu sprechen, wie an diesem Abend. Aber sie haben kein Glück. Der gütige Stern, der ihnen so oft geleuchtet hat, ist am Erlöschen.

Eine Kuh will kälbern, und der Bauer selber ist es, der im Stall die Stunden durchwacht, obwohl das Magdarbeit gewesen wäre. Er dreht auch die große Hoflampe an und lässt sie die ganze Nacht brennen, obwohl er sonst immer einen Heidenlärm schlägt, wenn jemand vergisst, sie abzudrehen. Einmal, es ist schon spät, tritt Julia unter die Haustür, und sofort steht auch der Bauer im Hof und schaut in den Himmel, als ob er die Sterne suchen wollte, die sich heute hinter einer dunklen Wolkendecke verbergen.

Was die beiden auch versuchen, sie können sich einfach nicht mehr treffen. Auch um fünf Uhr früh, als der

Matthias vorfährt und die Schwester mit dem Köfferchen in den Wagen verfrachtet, steht der Hochreiter daneben und sagt ruhig:

»Sag einen schönen Gruß zur Kusine und ich wünsch gute Besserung.«

»Werd es ausrichten«, piepst die Julia ganz armselig und schaut sich die Augen aus. Der Hannes steht wohl unter der Stalltür, aber er kann ja nicht zu ihr kommen und geht eine halbe Stunde später schon mit den Knechten in den Holzschlag. Es ist noch so finster, dass sie Taschenlampen brauchen. Der Hannes stapft hinterdrein, die Axt in der Armbeuge, den Kopf zu Boden gesenkt und das Herz so schwer, als drückte ein Zentnerstein es nieder.

Um diese Zeit steht auch die Bäuerin auf und fragt den Hochreiter erstaunt:

»Bist denn du heut Nacht gar nicht im Bett gewesen?«

Wütend starrt er sie an, haut die Küchentür zu, damit ihn niemand hört, und schreit:

»Schließlich muss ich ja die Augen offen halten, wenn du als Mutter schon nichts siehst!«

»Schrei mich doch nicht so an. Was sollt ich denn gesehn haben?«

Der Hochreiter geht in der Küche auf und ab, versucht, sich zu beruhigen.

»Sag einmal, wo hast du die ganze Zeit deine Augen gehabt? Hast denn du nie was gemerkt, dass unser Fräulein Tochter die schönste Liebschaft mit dem Hannes hat?«

Die Frau starrt ihn an, als hätte er ihr, einer Unschuldigen, soeben zehn Jahre Kerker aufgebrummt. Dann ringt sie nach Luft und stöhnt:

»Da muss ich mich hinsetzen, sonst trifft mich der Schlag! Das kann doch nicht wahr sein!«

»Es ist aber wahr!«

»Du meine Güte, wenn das der Müller erfährt! Was tun wir denn da bloß?«

»Das wirst schon sehen, was ich tu! Wäre ja noch schöner! Jede Magd und jeden Knecht hab ich rausgeworfen, wenn ich was gemerkt hab. Und bei meiner eigenen Tochter soll ich die Augen zumachen? Die Julia kann ich freilich nicht rausschmeißen, also muss der Hannes gehen.«

»Nein, nein, so was! Und hat mir so einen guten Eindruck gemacht, der Hannes! Jetzt tut er uns so was an!«

»Red doch nicht so dumm daher! Ein Scheitl allein brennt nicht! Da ist schon sie selber auch schuld, am meisten sogar. – Sei still, es kommt jemand.«

Eine Magd kommt in die Küche und holt den Kälbertrank. Danach reden die beiden noch weiter, bis der Matthias von der Bahn zurückkommt. Er kommt recht ausgefroren in die Küche, denn draußen hat es heute gut zwanzig Grad unter Null. Die Mutter gießt ihm gleich eine Tasse mit heißem Kaffee ein und der Hochreiter sagt:

»Fährst dann in den Holzschlag rauf und sagst dem Hannes, er soll sofort zu mir kommen.«

Verblüfft schaut Matthias auf.

»Dann hättest ihn doch gleich nicht raufgehn lassen brauchen.«

»Das hat seinen Grund gehabt. Tu, was ich dir sag!«

Als der Vater draußen ist, fragt Matthias:

»Was hat er denn heut?«

»Ach, mein Bub! Es ist was passiert! Hast denn du auch nie was gemerkt, dass es zwischen der Julia und dem Hannes was gibt?«

Matthias schmunzelt vor sich hin und schlürft wieder voller Behagen.

»Sie mögen sich halt gern. Sonst weiß ich auch nichts. Zuschaun haben sie mich freilich nicht lassen.«

»Was soll jetzt bloß werden?«

»Kennst du den Vater so schlecht? Der weiß schon, was er will. Umsonst muss der Hannes nicht heimkommen, mitten unterm Vormittag.«

Eine halbe Stunde später fährt der Matthias in den Wald hinauf.

Es hat tatsächlich eine grimmige Kälte an diesem Vormittag, als gegen zehn Uhr der Hannes vom Holzschlag herunterkommt. Die beiden dick vermummten Mägde, die er vor dem Haus trifft, wissen nichts, als er fragt, was denn los sei.

Aber Hannes hat so eine dumpfe Ahnung, besonders, weil die Bäuerin ganz schnell verschwindet, als er die Küche betritt, um seine wollenen Fäustlinge an die Herdstange zu hängen.

Dann betritt er die Stube. Der Bauer sitzt am Tisch, hat einen Stoß Papiere vor sich und den Füller in der Hand. Jetzt hebt er flüchtig den Kopf und ähnelt in diesem Augenblick einem Charakterdarsteller auf der Bühne, der auf Wirkung bedacht ist.

»Ah, du bist schon da? Eine Saukälte hat es heut. Setz dich doch, ich bin gleich fertig.«

Dann schreibt er weiter, eine ganze Weile, bis er das Blatt vor sich hin und her schwenkt, damit es trocknet. Dann wieder die gleiche Freundlichkeit:

»So, Hannes, jetzt komm her. Hier ist deine Versicherungskarte, hier dein Lohn für den ganzen Monat noch – und da ist auch dein Zeugnis.«

Hannes steht wie vom Schlag gerührt, begreift ganz plötzlich, dass die Hoflampe in dieser Nacht nicht zufällig gebrannt hat, begreift in diesem Augenblick überhaupt alles. Trotzdem fragt er:

»Was soll das heißen? Bist du mit meiner Arbeit nicht mehr zufrieden?«

»Mit deiner Arbeit? Doch. Sehr sogar! Aber es sind da Sachen vorgekommen, die mir nicht passen.«

»Was für Sachen?«, fragt Hannes, obwohl er genau weiß, was der Bauer meint.

»Nun gut. Wenn du es unbedingt wissen willst: Du hast meiner Julia den Kopf verdreht, und das kann ich nicht dulden. Sie ist dem Müller so gut wie versprochen und trägt seit Weihnachten seinen Ring.«

»Seinen Ring?«, fragt Hannes und es hört sich an wie Hohn. Dann reißt er sich zusammen und greift nach seinen Papieren. Erst als er alles in seiner Tasche verstaut hat, sagt er trotzig:

»Du weißt ja gar nicht, ob die Julia den Müller will.«

Kaum merklich zuckt es um den Mund des Bauern.

»Das lass nur meine Sorge sein. Schau, ich hätte einen großen Krach schlagen können. Warum denn? Es braucht niemand zu wissen, warum du gehen musst. Ich hab dir, wie du sehen kannst, das Zeugnis so geschrieben, dass einer ein Esel sein müsste, wenn er dich nicht auf der Stelle nähme. Nur darf es nicht in der Nähe sein. Je weiter du weggehst, desto besser ist es für dich und die Julia. Lass es dir auch nicht einfallen, etwa nachts herzukommen. Noch heute lege ich mir einen scharfen Hund zu. So, das wäre nun eigentlich alles.«

Jetzt wallt es in Hannes erst so richtig zornig auf.

»Weißt du denn überhaupt, was die Julia dazu sagen wird?«

»Vielleicht wird sie flennen wie kleine Kinder, wenn man ihnen ein Spielzeug wegnimmt. Aber das gibt sich mit der Zeit. Über alles wächst Gras, und jede Wunde vernarbt. Wenn eine Zeit vergangen ist, wirst vielleicht auch du einsehen, dass ich richtig gehandelt habe.«

»Nein, das werde ich nie einsehen. Ich will dir bloß noch eins sagen, Bauer. Ich hab die Julia lieb, und ich weiß auch, dass ich ihr alles bedeute. Du zerstörst etwas sehr Wertvolles. Jetzt weiß ich auch, warum du mir die Julia aus den Augen geschafft hast.«

»Warum denn?«

»Weil du gefürchtet hast, sie könnte mit mir gehen.«

»Ach, du Narr! Es war reiner Zufall, dass die Kusine geschrieben hat. Aber ich hätte auch einen anderen Weg gefunden, mir eine unliebsame Szene zu dritt zu ersparen. So – und nun lass es dir gut gehen.«

Der Hochreiter räumt die übrigen Papiere am Tisch zusammen und sperrt sie samt Schreibzeug in das Wandschränkchen. Als er sich wieder umdreht, ist die Stube leer.

Für einen Augenblick tut ihm der Bursche Leid. Er hat ihn immer gern gemocht und viel von ihm gehalten. Aber das hätte für ihn doch kein Privileg sein dürfen, dass er der Julia den Kopf verdreht.

»Es ist schon richtig so, wie ich es gemacht habe«, sagt er zu sich selber und schenkt sich einen Schnaps ein.

Etwa eine halbe Stunde später sieht er, wie Hannes mit einem schweren Rucksack bepackt aus dem Haus geht, die Skier anschnallt und, ohne sich nochmal umzusehen, zum Hof hinausfährt. Seine Spur verliert sich dann weit drunten im zugefrorenen Moor.

Am nächsten Tag gegen zwei Uhr kommt die Julia bereits zurück. Das Heimweh hat sie überfallen, nicht nach dem wirklichen Daheim, sondern nach dem Hannes, bei dem sie sich geliebt und geborgen fühlt.

Der Hochreiter sagt gar nichts über ihre frühe Rückkehr, fragt nur, wie es der Kusine gehe.

»Oh«, sagt die Julia, »ein bisschen Husten und Katarr,

und da meint sie schon, sie müsst sterben. Der Doktor hat selber gesagt, in ein paar Tagen wäre sie wieder gesund. Seit wann haben wir denn einen Hund?«

»Seit gestern Nachmittag!«

Kein Wort sagt der Hochreiter, dass er den Hannes entlassen hat. Auch die Mutter schweigt darüber, aber sie ist seltsam verstört, und Julia wird immer unruhiger. Immer wieder schaut sie auf die Uhr, sie müssen doch bald aus dem Holzschlag zurückkommen.

Endlich lösen sich aus dem Waldrand droben Schatten. Der Matthias ist es mit einer Fuhre Daxen, obendrauf sitzen die Knechte. Der Robert springt als erster herunter und will ins Haus. Da verstellt ihm Julia den Weg.

»Wo ist der Hannes?«

Robert zuckt unbehaglich die Schultern.

»Wo er jetzt ist, das weiß ich nicht. Auf alle Fälle ist er seit gestern nicht mehr bei uns.«

Julia steht wie eine Statue, ganz unbeweglich, wie von einem Hexenspruch gebannt. Eine lange Zeit. Sie spürt nicht den schneidenden Ostwind, empfindet nur die schreckliche Leere in ihrem Innern. Dann dreht sie sich rasch um und reißt die Stubentür auf.

»Wo ist der Hannes, Vater?«

Der Hochreiter streift gerade die schweren Schuhe ab und schlüpft in die Filzpantoffeln.

»Mach die Tür zu, es zieht!«

Krachend fliegt die Tür hinter Julia zu.

»Wo der Hannes ist, will ich wissen!«

»Der Hannes? Fort ist er.«

»Warum?«, fragt Julia und ist noch sehr stolz bei dieser Frage.

»Das solltest ausgerechnet du mich nicht fragen, Julia.«

Da bricht ihr Stolz zusammen, und nur mehr schreiende Angst ist in ihrer Stimme, die so laut ist, dass auch die Mutter von der Küche herüberkommt.

»Du hast ihn fortgejagt, Vater!«

»Wir sind im Guten auseinander gegangen. Der Bursche war vernünftiger als du und hat eingesehen, dass es keinen Weg geben kann von ihm zu dir.«

Schweigen. Julia wird aschfahl im Gesicht. Sie spürt eine Enge im Hals, sodass sie nicht mehr laut herausschreien kann, wie sie es will, sondern nur mehr ganz leise herausbringt:

»Das werde ich dir nie vergessen, Vater.«

»Julia, sei doch vernünftig«, schaltet sich die Mutter ein und ist wirklich ganz Güte dabei, ganz Mütterlichkeit. »Schau, das hätte doch nie einen Sinn gehabt.«

»Ach, was wisst denn ihr! Ich kann dir nur sagen, Vater, dass du gewaltsam in mein Leben eingebrochen bist. Ich kann dir aber auch sagen, dass es noch nicht aller Tage Abend ist und dass ich ihn finden werde.«

»Gut, dass du mir das sagst«, antwortet der Bauer. »Ich werde mich danach richten.«

Er sagt das in aller Ruhe, weil ihm eine Drohung aus so jungem Mund albern erscheint, aber er erschrickt dann doch vor Julias Blick, der eiskalt und voller Verachtung auf ihm liegt. Unbehaglich fährt er sich mit den Knöcheln ein paar Mal übers Kinn. Dann will er es noch einmal in Güte versuchen. Aber seine ersten Worte prallen schon an der leeren Wand ab, denn Julia hat die Stube bereits verlassen.

Draußen im Stall findet sie den Bruder auf der Haferkiste sitzend.

»Matthias, sei wenigstens du ehrlich – wie war es genau?«

Matthias schaut die Schwester an.

»Ich kann dir wirklich nicht sagen, Julia, wie es zugegangen ist. Vor den Leuten soll es so aussehen, als ob der Hannes von selber gegangen wäre. Schau, Julia, ich hab dich schon einmal warnen wollen, als ich das gemerkt hab mit euch beiden. Aber ich hab dir nicht wehtun wollen. Und jetzt ist es halt doch so gekommen, wie es hat kommen müssen.«

»Ach so, man will den Schein wahren. Der Hannes soll also von selber gegangen sein! Weißt du, Matthias, am liebsten würde ich ganz laut die Wahrheit herausschreien, dass es alle wissen, weil ich mich keine Minute schäme, dass ich ihn liebe!«

»Nützt es was, meinst du?«

Vielleicht, überlegt sich Julia, nützt das wirklich nichts. Doch sie hat plötzlich ihren Entschluss gefasst. Weit kann der Hannes noch nicht sein, und sie wird ihn so lange suchen, bis sie ihn findet. Und zwar will sie gleich heute Nacht noch den Hof verlassen. Der Vater soll nur sehen, dass sie sich über seinen Willen hinwegsetzen kann.

Als sie aber Schlag zehn Uhr mit einem Koffer ihre Kammer verlassen will, ist die Tür von außen zugesperrt.

Nun begreift Julia erst voll und ganz. Sie weiß nun auch, weshalb der scharfe Schäferhund gekauft worden ist.

In der dritten Nacht schlägt er wütend an. Mit einem Sprung ist Julia am Fenster und reißt es auf. Im selben Augenblick wird auch die Hoflampe angedreht und der Hochreiter öffnet die Haustür.

»Ist jemand da?«, ruft er laut, sodass das Echo dröhnend zurückfällt.

Ja, es ist jemand da. Julia sieht den Schatten unter den kahlen Obstbäumen genau, der sich jetzt rückwärts bewegt. Sie weiß auch, dass es nur der Hannes sein kann, und hätte erst gar nicht seine Stimme zu hören brauchen, die den auf ihn gehetzten Hund scharf zurückweist.

»Hannes!«, ruft Julia laut und angstzitternd in die Nacht hinaus.

Und zwischen dem wütenden Kläffen des Hundes kommt es schon von weither:

»Julia – liebste Julia – ich kann nichts dafür ...«

Dann wird es still. Der Hund kommt zurück und wird von seinem Herrn wieder an die Kette gelegt. Die Haustür schlägt zu. Julia aber liegt wie leblos auf ihrem Bett und ihr ist, als wäre die dunkelste Nacht über sie gestürzt und jedes Licht für immer erloschen.

Am anderen Morgen geht sie ruhig, als wäre überhaupt nichts geschehen, durch das Haus. Sie ist nur erschreckend blass und hat Ringe unter den Augen. Ihr Wille aber ist stärker denn je, und eine Stimme in ihrem Inneren sagt ihr, dass sie den Hannes eines Tages doch finden wird. Dass er bei Nacht und Kälte gekommen ist, ist ihr ein Beweis, dass er sie nicht vergessen hat und nie vergessen wird.

Bleischwer ziehen sich die Tage dahin. In jeder Nacht ist ihre Kammer von außen verschlossen und Julia lächelt nun schon über die törichte Maßnahme des Vaters, den sie nicht mehr anders ansieht als mit schmal geklemmten Augen und voller Verachtung.

Dass sie dabei immer mehr herunterkommt, merkt sie vorerst nicht. Das geht so lange, bis sie eines Morgens so müde und zerschlagen ist, dass sie nicht aufstehen kann und die Mutter nach dem Doktor schickt, der gar nichts finden kann und an dem Zustand herumrätselt, in den Julia sich hineingesteigert hat, in jene selbstzerstörerische Gleichgültigkeit, in der sie sich ähnlich wie jener frierende Schusterbub sagt: »Grad recht geschieht mir, dass mich so friert, warum kauft mein Vater mir keinen Mantel.«

Der Doktor kommt nun jeden Tag und findet Julia immer gleich apathisch vor. Als er sie dann einmal fragt, ob sie in letzter Zeit irgendeine schwere seelische Erschütterung durchgemacht hätte, da lächelt sie so unergründlich, dass der Arzt meint, aus diesem Schweigen heraus eine Diagnose stellen zu können, und eine Luftveränderung vorschlägt.

Julia ist sofort dazu bereit. Nichts kommt ihr gelegener als dies. Weil sie aber den Widerstand des Vaters erwartet, sagt sie:

»Sie müssen es aber dem Vater so plausibel machen, Doktor, als hänge von einer Luftveränderung mein ganzes Leben ab.«

»Diese Vermutung liegt sogar sehr nahe«, meint der Arzt und geht hinunter, wo ihn die Hochreiters schon erwarten.

»Nun?«, fragt der Bauer so lang gezogen, als erwarte er auf dieses kurze Wort eine ganze Menge an Auskunft.

»Das Beste wäre eine Luftveränderung. Höhenluft vor allem. Wenn Sie irgendeinen Bekannten hätten, wo sie hinkönnte, das käme natürlich weit billiger, als wenn man sie in ein Heilbad schicken müsste.«

»Muss es unbedingt sein, Doktor?«

»Ich glaube ja, Hochreiter. Allem Anschein nach hat die Julia eine schwere seelische Erschütterung durchzumachen. Ist Ihnen vielleicht etwas bekannt?«

»Nicht, dass ich wüsste. Aber wenn Sie meinen, Luftveränderung« – der Hochreiter sieht seine Bäuerin an. – »Dann schreib doch gleich heute an deine Schwester nach Lofer, ob sie bereit ist, Julia für eine Weile bei sich aufzunehmen.«

So kommt es, dass Julia eine Woche später von ihrem Vater in einen Zug gesetzt wird, der nach Bad Reichenhall fährt, wo sie in den Bus nach Lofer umsteigen muss.

Als sie sich am Abend vorher vom Doktor verabschiedet, lächelt sie wieder auf so eigentümliche Weise, als wüsste sie um irgendetwas Geheimnisvolles, in das nur sie allein eingeweiht ist.

Dieser Sommer gleitet so ausgeglichen über das Land wie selten einer. Die ganze Woche über strahlt die Sonne, und geradeso, als ob es ein ungeschriebenes Gesetz wäre, zieht sich am Samstagmittag ein Gewitter zusammen, schenkt der Erde, was sie an Regen braucht, und lässt anschließend wieder einen schönen Sonntag aufziehen.

Nur der Herbst kommt diesmal schon recht früh, und der Palmbräu schickt der Sophie Botschaft auf die Kaindlhütte, sie möge allmählich zusammenpacken und herunterkommen. Überhaupt ist diese Almwirtschaft nicht mehr so rentabel, seit auf dem Grünstein das große Unterkunftshaus gebaut, die Haslbürg renoviert und ein Besitzer draufgekommen ist. Wer geht da schon noch in die abgelegene Kaindlhütte! Der Palmbräu hat zwar im Sinn, auch sie zu renovieren, aber dann müsste auch eine andere Wirtschafterin hinauf als die Sophie.

Es ist also wieder einmal so weit. Sorgfältig packt Sophie alles zusammen, scheuert und putzt alles und denkt mit Wehmut an den vergangenen Sommer.

Es ist Nacht geworden. Die Sterne funkeln an einem glasklaren Himmel. Zuweilen hört man ein Lachen vom Grünsteinhaus herunter. Der Wind trägt es heran, ganz hell und ungebrochen im Echo. Es erstirbt erst im Rauschen des Wasserfalls, der auch die anderen Geräusche der Nacht übertönt; das Flüstern der Zweige, den Ruf der Nachtvögel aus den dunklen Wipfeln.

Sophie legt den hölzernen Querbalken vor die Tür und macht in der Küche das Licht an. Dann sitzt sie auf der Kante des Herdes, die Füße auf einen hölzernen

Schemel gestellt. Sie hat ihr Haar gelöst, das jetzt dünn und armselig auf ihre Schultern fällt und sie flicht sich Zöpfchen. Dabei seufzt sie laut vor sich hin.

Ach ja, morgen muss sie wieder hinunter ins Tal, ins Haus des reichen Vetters, der ihr eine kleine Kammer über dem Malzhaus zugewiesen hat. Die Kammer ist so lieblos wie die Menschen, die sie dort unten wieder umgeben werden. Wenn das Jahr anfängt, hofft sie auf ein gutes Wort, wenn das Jahr zu Ende geht, wartet sie immer noch vergebens darauf. Nein, niemals ein gutes Wort, nie ein Lob, nie einen Dank. Nur Trampel hin und Trampel her, der nichts als »fressen« will und nichts dafür leistet.

Vom Stall herein hört man eine Kette klirren. Eine große Fliege brummt im Raum und schlägt klatschend gegen den grünen Milchglasschirm der Lampe. Sophie rutscht vom Herd, schlüpft in die Pantoffeln und geht in den Stall hinaus. Sie richtet die Streu und schaut nach, ob alles verschlossen ist.

Dann betritt sie ihre Kammer. Im Luftzug, der vom offenen Fenster hereinströmt, bewegen sich die Vorhänge und legen sich lautlos wieder zurück, als Sophie die Tür hinter sich schließt.

Das Lärmen des Wasserfalls steigt aus der Tiefe. Nur darum kann Sophie bei offenem Fenster nicht schlafen. Aber als sie hingeht, um es zu schließen, spannt sich ihr Gesicht in horchender Aufmerksamkeit.

Was war denn das?

Horch …? Ist er jetzt nicht wieder da, dieser seltsame Laut, ganz leise aufsteigend aus der nächtlichen Stille unterm Dach und doch so fordernd, dass er das Brausen des Wasserfalls manchmal übertönt? Gerade unter dem Fenster wimmert es wie der klagende Ruf eines Vogels, der in großen Ängsten ist.

Unter dem Fenster ist das gespaltene Holz aufgeschichtet. Sophie beugt sich jetzt weit hinaus, greift hinunter, ihre Hände tasten sich den wimmernden Lauten entgegen, berühren ein wollenes Bündel und heben es vorsichtig hoch. Und da erschrickt Sophie bis in die Tiefe ihres Herzens hinein, obwohl es ein fröhliches Erschrecken ist, denn was ihr aus dem Wollbündel so jämmerlich entgegenschreit, ist nichts anderes als die Stimme eines Kindes.

Wahrhaftig, es ist ein kleines Baby, ein faltiges Gesichtlein, ohne Ausdruck noch, das kleine Mündchen bitterlich im Weinen verzogen.

Schnell schließt Sophie das Fenster und legt das Kind aufs Bett. Dabei fällt ein kleiner Zettel aus der Decke, auf dem geschrieben steht:

»Nimm es. Es soll leben, aber ich kann es nicht bei mir behalten.«

Ein Findelkind also. Sophie begreift es nicht. Sie kann sich weder die Not noch die Scham vor der Umwelt vorstellen, die eine Mutter dazu bringen, sich auf diese Weise von ihrem Kind zu trennen.

Und plötzlich erwachen in Sophie alle mütterlichen Instinkte. Sie schürt das Feuer in der Hütte an, erhitzt Wasser und wickelt das Kind aus den Tüchern. Sie sieht, dass es ein Bub ist und badet ihn. Aber auch danach nimmt das Schreien kein Ende, bis Sophie endlich erkennt, warum das Kind so schreit. Sie träufelt ihm warme Milch ein, bis es ganz ruhig wird und satt ist.

Doch alles, was sie tut, geschieht aus dem Unterbewusstsein. Sie tut es einfach mit der Bereitschaft eines Menschen, dem es angeboren ist, zu heilen und zu helfen.

Morgen, denkt sie, werde ich es mit hinunternehmen ins Tal und werde es auf der Gemeinde melden. »Man hat es mir unters Fenster gelegt«, wird sie sagen.

Ist es denn nicht ein großes Glück gewesen, dass sie es hat schreien hören? Wie leicht hätte dieses Bündel hinter dem Holzstoß hinunterfallen können! Es wären vielleicht einige Scheite hinterher gefallen, das Schreien wäre verstummt und ausgelöscht. Niemand hätte etwas gewusst davon, weil diesen Holzstoß bestimmt jahrelang niemand umgeschichtet hätte. Ein Kind wäre einfach von der Welt verschwunden, so verschwunden wie ein Segel hinter dem Horizont oder eine Wolke hinter dem Grünstein.

Sie nimmt den Buben zu sich ins Bett. Ach, wie ist das warm und mollig, der kleine Atem geht so mild und weht so gut über Sophies Gesicht, die, auf den Ellbogen gestützt, halb aufrecht sitzt und immerzu das Köpfchen betrachtet mit einem Entzücken, das ihr herbes Gesicht still und schön macht. Und sie wacht die ganze Nacht.

Am anderen Morgen zieht Sophie talwärts. Sie kommt sich wie verwandelt vor, und ihr ist zumute, als wären die Äste der Tannen Engelsflügel, die dieses verlassene Menschenkind zu ihr getragen haben. Sie hat es in Tüchern an ihre Brust gebunden und sie trägt es so behutsam, als sei es etwas Zerbrechliches. Noch mal durchlebt sie die ganze Süße der vergangenen Nacht, als dieses Büblein so wohlig geschlummert hat in ihrem Arm.

Für einen Augenblick ertappt sich Sophie bei dem Gedanken, das Kind als ihr eigenes auszugeben. Doch erschrickt sie davor wie vor etwas Ungeheuerlichem. Wie könnte sie diese große Lüge durch ihr Leben tragen? Nein, sie wird schon die Wahrheit sagen, wie sie immer in ihrem Leben die Wahrheit gesagt hat.

Es ist auf dem Holzstoß draußen gelegen, wird sie sagen. Es war Nacht und das Kind hat geweint. Und hier, dieser Zettel ist dabeigelegen. Lest es nur selber.

Vielleicht lässt man mir das Kind, wenn ich darum bitte, sinniert sie weiter. Ich werde es bestimmt lieb haben, nimmt sie sich vor. Ich will es behüten, will alles mit ihm teilen und, wenn es sein muss, auf meinen Anteil verzichten. Ich will es an mein Herz nehmen wie eine leibliche Mutter, weil so ein verlassenes Wesen viel mehr Liebe braucht als ein anderes.

Was der Palmbräu und alle anderen Menschen dazu sagen werden, wenn sie nun mit einem Kind von der Alm heimkommt, daran denkt sie jetzt nicht, oder sie ist der Meinung, dass alle ein Findelkind nur lieben und unterstützen werden.

Nun lichtet sich bereits der Wald, Äcker und farblose Wiesen, auf denen die Herbstzeitlosen blühen, ziehen sich bis Wendhofen hinunter. Sophie begegnen die ersten Menschen. Es ist der Talerbauer mit seiner Tochter Lena, die beide neben dem Weg auf ihrer Wiese arbeiten. Neugierig treten sie auf den Weg heraus.

»Ich glaub gleich gar, du trägst ein Kind im Arm?«, fragt der Mann.

Seine Tochter tritt nahe an Sophie heran, zieht frech das Tüchlein von dem Bündel weg und bestätigt voll Entrüstung: »Tatsächlich, es ist ein Kind!«

Es ginge den Talerbauern gar nichts an, denn Sophie hat ihm noch nie etwas zuleide getan. Aber er sieht seine Tochter an und sagt:

»Dazu ist sie nicht zu dumm.«

Sophie zieht vor Schmerz die Brauen zusammen.

»Man hat es mir unters Fenster gelegt«, sagt sie. »Seine Mutter kann es nicht behalten.«

Der Bauer fällt ihr lachend in den Satz.

»Unter das Fenster? Das hast du dir aber schön ausgedacht! Und du meinst, wir sind so dumm und glauben das? Recht schlecht sein und dann verleugnen wollen!«

»Es hilft ihr aber nichts«, unterstützt ihn die Lena. »Sie kann das Kind nicht verleugnen, es sieht ihr nämlich recht ähnlich.«

»Ja? Ist das wahr?«, fragt Sophie. Sie wird von einem ungeheuren Gedanken erfasst. »Sieht es mir wirklich ähnlich?«

»Jawohl, es schaut genauso dumm aus wie du«, antwortet Lena boshaft.

»Danke«, sagt Sophie. Sie ist keineswegs beleidigt, nein, sie wiederholt: »Danke, Lena.«

Dann geht sie weiter, etwas rascher, um den Kühen nachzukommen. Sie hat den Kopf tief gesenkt und schaut unverwandt in das kleine Gesicht, von dem die Lena gesagt hat, dass es dumm aussähe. Dieses Gesicht aber sieht noch nach gar nichts aus, es ist ein ganz und gar unfertiges Menschengesicht, ohne bestimmten Ausdruck, voll flaumiger Weichheit, in allem nur angedeutete Linien.

Aber: »Du kannst es nicht verleugnen«, hat Lena gesagt. »Es sieht dir nämlich sehr ähnlich.«

Und obwohl Sophie keine große Menschenkenntnis besitzt, eines begreift sie sofort: Man muss die Menschen bei dem lassen, was sie glauben wollen.

Man hat ihr die Wahrheit nicht geglaubt, man würde ihr aber glauben, wenn sie lügt. Ja, man hat ihr die Lüge in den Mund gelegt, sie braucht nichts zu wenden und zu deuten daran, braucht nur stumm und ergeben zu nicken auf das, was man ihr so bereitwillig unterschiebt.

Schon nähert sie sich jetzt dem großen Gebäudekomplex der Palmbrauerei, zieht an der langen Vorderfront vorbei in den Hof, wo rechts die Stallung liegt, in der Mitte das Sudhaus und im linken Winkel das Malzhaus. Ein süßlicher Geruch von Hopfen und Malz liegt über dem Hof und die Stalltür steht schon weit offen.

Ferdinand Kranbichler, der Besitzer der Palmbrauerei, sitzt in seinem Büro und hebt den Kopf, als er das Gebimmel der Kuhglocken vernimmt. Dann steht er auf, tritt ans Fenster und stutzt.

Was ist denn das? Trägt die Sophie nicht etwas auf dem Arm? Kranbichler stößt ruckartig den massiven Kopf vor und traut seinen Augen nicht. Langsam legt er die Zigarre weg und geht hinunter in den Hof.

»Komm einmal her, Sophie. Was hast du denn da?«, fragt er mit der schneidenden Schärfe, die Sophie von jeher gefürchtet hat. Heute aber zuckt sie nicht zusammen. Nein, sie zieht das Schultertuch ein wenig zurück und lächelt glückselig.

»Ein kleines Kind«, flüstert sie.

»Ein was? Ein kleines Kind? Da hört sich doch schon alles auf!«

Ferdinand Kranbichler fragt erst gar nicht lange, wem das Kind gehört und was es damit für eine Bewandtnis hat. Nein, er hebt gleich mit einer zornigen Bewegung die Hand hoch.

Danach weiß er selber nicht, was ihn daran gehindert hat, zuzuschlagen. Ist es der eigentümlich starre Blick aus Sophies Augen gewesen oder der zischende Laut aus ihrem Mund: »Rühr mich nicht an, ich rate es dir im Guten.« Er weiß nicht, warum er die Hand sinken lässt und knirscht mit den Zähnen. In diese Stille hinein sagt Sophie laut und deutlich:

»Das Kind gehört mir, und niemand kann es mir nehmen.«

Da dreht Ferdinand Kranbichler sich um und geht ins Haus. Sophie lächelt still hinter ihm her. Ihr ist, als habe sie soeben ihren ersten Sieg über ihn errungen. Merkwürdig, welche Kraft einem so ein kleines Kind zu schenken vermag. Jedenfalls hat Sophie alle Furcht vor Ferdinand Kranbichler verloren.

Großer Familienrat im Wohnzimmer beim Palmbräu, das sonst eigentlich nur an hohen Feiertagen benützt wird oder wenn man einmal privat eine Gesellschaft gibt, für die die Gasträume unten sich nicht eignen.

Schöne Biedermeiermöbel geben dem Raum eine freundliche Note. Die Stimmung allerdings ist schlecht. Herr Kranbichler geht aufgeregt auf und ab und muss von seiner Frau Franziska ein paar Mal getadelt werden, weil er die Asche seiner Zigarre so achtlos auf den Teppich fallen lässt.

Am untersten Ende des Tisches sitzt Rudolf, der Sohn, ein eingebildeter junger Mann, den das Geschehen eigentlich nur am Rand berührt. Aber man hat ihn hinzugezogen, damit auch er seine Meinung in dieser peinlichen Sache abgeben kann.

»Das Merkwürdige ist dabei«, sagt jetzt Kranbichler, stehen bleibend, »dass ich sie nicht mehr schlagen kann.«

Rudolf, der bisher seine Fingernägel betrachtet hat, hebt lässig den Kopf und meint:

»Wenn unbedingt geschlagen werden muss, mir liegt nichts daran, Papa. Ich nehme dir das gerne ab. Am besten wäre aber nach meiner Meinung ein Lederriemen, da kann man nichts abschlagen damit.«

Das ist ein deutlicher Seitenhieb auf den Alten, der vor Jahren einmal mit einem Stock Sophies linken Arm unterhalb des Ellbogens gebrochen hat, als sie ihn abwehrend über den Kopf halten wollte.

Da sagt Franziska mit steinerner Ruhe:

»Es wird überhaupt nicht geschlagen, verstanden! Sophie kommt mit einem Kind von der Almwirtschaft herunter. Wenn an dem Vorfall etwas peinlich ist, dann nur, dass sie leider keinen Vater angeben kann. Da das Kind nun einmal da ist, kann man es nicht so einfach wieder verschwinden lassen. Ich kann mir nicht helfen, irgendwie habe ich Respekt vor der Sophie bekommen. Im Übrigen hat man kein Recht, zu verdammen, wenn man nicht –«

»Soll ich ihr vielleicht noch eine Belobigung aussprechen?«, braust ihr Mann auf.

»Bitte, unterbrich mich nicht«, sagt Franziska mit Würde. »Ich wollte noch sagen: wenn man selber keine weiße Weste hat und kein reines Herz.«

Kranbichler streift daraufhin sehr bedächtig die Asche von seiner Zigarre und zieht wie unter einem körperlichen Schmerz die Stirn kraus, denn er weiß genau, dass dies auf ihn gemünzt gewesen ist.

»Tja«, meint er nach einer Weile mit Entschlossenheit. »Wir können die Sache drehen und wenden, wie wir wollen. Ich könnte sie natürlich fortjagen, jawohl, das könnte ich, dann wären wir wenigstens mit dieser fatalen Angelegenheit nicht mehr belästigt. Denn hängen bleiben tut zwangsläufig auch an uns etwas, weil sie ja – wenn auch erfreulicherweise recht weitläufig – mit uns verwandt ist und –«

»Mit dir«, unterbricht ihn Franziska, als wolle sie sich von dieser Verwandtschaft möglichst weit distanzieren. »Mit dir ist sie verwandt.«

»Also schön!«, gibt er zu. »Als sie Waise wurde, haben wir sie zu uns genommen. Das war meine Pflicht als Vormund. Dass sie mir meine Fürsorge so vergelten würde, konnte ich nicht ahnen. Jedenfalls bleibt von ihrer Schande auch an uns etwas hängen, wenn wir die Dinge laufen lassen. Darum habe ich vorgesorgt und habe für drei Uhr«, er zieht seine Taschenuhr und lässt den Deckel aufspringen – »für drei Uhr den Sudmeister herbestellt. Er soll die Sophie heiraten, sofort.«

Stille. Herr Kranbichler hat etwas laut gesprochen, um auf diese Art vielleicht seinen Willen durchzusetzen, obwohl in diesem Hause eigentlich nichts ohne die Zustimmung Franziskas geschieht. Aber hier lächelt sie nur, richtet mit einer Handbewegung ihr schönes, lockeres Haar und schweigt. Nur der Rudolf fragt:

»Den Sudmeister Haller, der mit dem Höcker?«

»Genau den.«

»Das gibt einen netten Nachwuchs!«, spöttelt Rudolf und zündet sich eine Zigarette an.

Der alte Kranbichler räuspert sich.

»Bitte, Franziska, deine Meinung?«

»Ich stelle fest, dass du zuweilen auch einen vernünftigen Gedanken hast. Will er denn überhaupt?«

»Ich hab gestern über eine Stunde lang auf ihn eingeredet. Er will es sich noch überlegen, sagt er. Aber es war ihm so weit ganz recht.«

»Hoffentlich hat er es sich in der Zwischenzeit nicht wieder anders überlegt«, meint Franziska. Und darauf kann Herr Kranbichler keine Antwort mehr geben, weil es bereits an der Tür klopft.

Der Sudmeister Haller tritt ein. Er ist fünfundvierzig Jahre alt, ein Mann mit großen Minderwertigkeitskomplexen seines kleinen Höckers wegen. Aber in seinem Fach ist er tüchtig. Palmbräubier ist sehr beliebt, und es muss schon wirklich gut sein, weil Josef Haller jeden Tag seine sechs Maß trinkt, und zwar ganz beharrlich trinkt, weil sie ihm im täglichen Deputat zugeschrieben sind.

Da Herr Kranbichler über den eigentlichen Zweck gestern schon lange genug gesprochen hat, stößt er jetzt nur mit hoch gezogenen Brauen das kurze Wörtchen »Nun?« heraus.

Josef Haller dreht seinen Hut verlegen in den Fingern, dann fährt er sich mit der einen Hand über das bereits schütter werdende Haar und meint:

»Es bleibt dabei. Ich heirate die Sophie.«

»Ich hab es nicht anders erwartet«, sagt Herr Kranbichler und wird recht jovial: »Komm, Josef, setz dich doch nieder. Ja, setz dich nur in diesen Polsterstuhl. Wir wollen die Sache noch einmal gründlich besprechen. Ich habe es mir so gedacht: Ihr bekommt drei Zimmer über dem Sudhaus. Da du, soweit ich es beurteilen kann, immerhin eine recht tüchtige Frau bekommst, würde also die Beköstigung in meinem Haus wegfallen. Dafür erhältst du den tarifmäßigen Stundenlohn. Die Sophie bekommt noch extra was, wenn sie die zwei Kühe betreut und die Schweine füttert. Du könntest also schon zufrieden sein.«

Josef Haller schweigt eine Zeit lang, streicht ein paar Mal über seinen ungepflegten Bart und rechnet anscheinend. Dann schaut er seinen Dienstherrn an.

»Das Bierdeputat muss aber bleiben.«

Herr Kranbichler versichert ihm, dass es weiterhin bei den sechs Maß bleibe, wappnet sich aber innerlich gegen weitere Ansprüche. Der Sudmeister hat aber keine weiteren Ansprüche mehr, und so behauptet Herr Kranbichler nochmals, dass er mit der Sophie eine brave und tüchtige Ehefrau bekäme.

»Nebst Zugabe«, witzelt Kranbichler junior.

Frau Franziska sagt gar nichts, sie schaut sich nur den Mann an, der sich gewissermaßen opfert, um die Ehre des Hauses zu retten. Da sagt der Kranbichler:

»Wegen der Zugabe musst du dir nichts denken, Josef. Die Leute werden sowieso annehmen, dass du der Vater bist.«

Er dürfe aber nicht vergessen, meint Franziska, dass es nicht einfach sei, was er da auf sich nehmen wolle. Es spricht sogar ehrliche Besorgnis aus ihr. Weil der Josef sich aber gegen diese Scheinvaterschaft nicht auflehnt, sondern in seiner gleichgültigen Art sagt: »Den Bamsen nimm ich halt dann auf meinen Namen, Kinder mag ich ja gern«, gibt Franziska ihre Besorgnis schon wieder auf, weil man nach ihrer Meinung einen Menschen, der sich so willenlos den Wünschen anderer fügt, seinem Schicksal überlassen soll. Sie unterlässt es jetzt auch, dem Sudmeister noch Kaffee anzubieten, was sie ursprünglich beabsichtigt hat, und wirft nur noch gelangweilt die Frage ein:

»Und was sagt Sophie zu allem? Wird sie mit eurem Plan einverstanden sein?«

Herr Kranbichler sieht seine Frau einen Augenblick verdutzt an.

»Das wäre ja noch schöner!«, sagt er. »So eine Partie macht sie in ihrem Leben nicht mehr! Im Übrigen lass das nur meine Sorge sein.«

»Ich habe wirklich nicht die Absicht, dir diese Sorge abzunehmen«, sagt Franziska und geht hinaus. Für sie ist die Angelegenheit bereits erledigt.

Ferdinand Kranbichler hat sich die Sätze genau zurechtgelegt, damit sie folgerichtig kommen und bei Sophie weder Schreck noch Ablehnung hervorrufen können. Aber als er ohne anzuklopfen – wie käme er auch dazu – die Tür öffnet, bleibt er doch einen Augenblick unter dem Rahmen stehen und schaut gebannt auf das Bild, das sich ihm bietet. Sophie sitzt mit dem Kind auf dem Arm unter dem dürftigen Licht der Lampe, ein Leuchten im Gesicht, das tief aus ihrer Seele herauszuströmen scheint.

Darum schließt er jetzt die Tür behutsam, setzt sich auf die Kante des Bettes, faltet die Hände über dem Bauch und betrachtet eine ganze Weile das Bild da vorne unter der Lampe.

»Ja, ja«, sagt er dann, und es hört sich eher wie ein mitleidiges Seufzen an. Er weiß plötzlich, dass er die Worte nicht so hart setzen wird, wie er es vorgehabt hat. Am besten ist es, man streicht die Vorwürfe weg und kommt gleich auf das Eigentliche.

»Also, hör einmal zu, Sophie«, beginnt er, »du wirst doch zugeben müssen, dass etwas geschehen muss. Und darum hab ich den Fall in die Hand genommen, wie ich ja immer nur dein Bestes im Auge gehabt habe.«

Er räuspert sich und schaut die Sophie an. Ihr Gesicht ist starr, in ihren Augen steht die Angst eines Tieres, das sich einer Gefahr gegenübersieht. Fest drückt sie jetzt das kleine Kind an sich.

Dann spricht Kranbichler weiter und entwickelt seinen Plan. Sophie wehrt sich nicht dagegen, macht keinen Einwurf und begehrt nicht auf. Vielleicht hört sie auch gar nicht genau hin, sondern ist nur von dem Gedanken beherrscht: Ich darf das Kind behalten. Er hat nichts davon gesagt, dass das Kind weg muss. Und sie denkt keinen Augenblick mehr daran, dem Herrn Vetter und Vormund die reine Wahrheit zu sagen, und nimmt es ohne Erröten auf sich, als er abschließend sagt:

»Viel hab ich ja nie erwartet von dir. Am wenigsten ein uneheliches Kind.« Dann steht er auf, zupft sich ein Federchen vom Ärmel und fügt noch hinzu: »Du hast mich doch verstanden wegen dem Sudmeister?«

»Ja.«

»Ich war einmal dein Vormund und darum kann ich es auch heute noch nicht lassen, für dich zu sorgen. Das siehst du auch jetzt wieder.«

»Ja. Es ist nur – wenn mich aber der Sudmeister nicht nehmen will?«

»Mach dir deswegen keine Sorgen. Ich habe schon alles mit ihm besprochen. Nur eins möchte ich jetzt noch wissen –« Er tritt näher an Sophie heran. »Wer ist nun eigentlich wirklich der Vater dieses Kindes?«

Hier kann Sophie ohne Beklemmung die Wahrheit sagen:

»Ich weiß es nicht.«

Darauf sagt Kranbichler voller Abscheu:

»Was? Das weißt du nicht einmal? Gratuliere! Für so verdorben hätte ich dich eigentlich nicht gehalten. Umso mehr kannst du dem Sudmeister dankbar sein, dass er dich trotzdem nimmt.«

»Ja«, antwortet Sophie voller Ergebenheit.

Ihre Nachgiebigkeit stimmt ihn wieder versöhnlich, sodass er sogar einen Blick auf das Kind wirft.

»Schau an«, sagt er. »Es ist gar nicht so hässlich. Ich verstehe zwar nicht viel davon, aber meiner Meinung nach ist es ein recht hübsches Kind.«

Dann geht er. Sophie atmet wie erlöst auf und lässt die Tür offen stehen. Da fällt ihr gerade noch ein:

»Das mit den drei Zimmern, das muss schriftlich gemacht werden.«

»Schau, schau«, brummt Ferdinand Kranbichler. »Du bist klüger, als du aussiehst. Es wäre besser, wenn du auf der Alm oben auch so klug gewesen wärst. Aber meinetwegen, halten wir es schriftlich fest.«

Dann tritt er hinaus in den dunklen Hof, über dem auch zur Nachtzeit immer ein Geruch von Malz und Hopfen liegt.

Ganz benommen geht Sophie in das Stübchen zurück. Als der Palmbräu kam, war sie darauf gefasst gewesen, dass er sagen würde, der Balg müsse aus dem Haus. Sie hat aber auch gewusst, dass sie sich niemals von dem Kind getrennt hätte. Und nun hat sich alles so wunderbar gefügt, und Sophie akzeptiert beinahe freudig das, was der Palmbräu über sie bestimmt hat. Nur, dass der Sudmeister Josef Haller zu ihr selber noch nichts gesagt hat, das macht sie unsicher.

Zu ihren Aufgaben gehört es auch, jeden Morgen die Kammer des Sudmeisters in Ordnung zu bringen. Dabei muss sie immer durch das Maschinenhaus gehen. Ein altgewohntes Bild, seit Jahren schon. Der Sudmeister geht mit einem Ölkännchen umher und schmiert die Transmissionen, oder er steht vor dem großen Bottich und betrachtet das Thermometer. Noch nie hat er es der Mühe wert gefunden, sich nach der Sophie umzudrehen, wenn sie durch das Maschinenhaus geht. Und jetzt soll er sie heiraten. Darüber muss sogar Sophie ein wenig lächeln. Und weil der Kleine so gut schläft, verlässt sie leise das Zimmer und geht die Stiege hinunter. Sie will mit dem Mann reden, auf alle Fälle will sie wissen, wieso er dazu kommt, sie zu heiraten. Sie muss vor allem wissen, wie er zu dem Kind steht.

In der hintersten Ecke des Bräuhofs sieht sie das erleuchtete Fenster und klopft an. Der Vorhang wird zurückgeschoben, und hinter der Scheibe taucht das bärtige Gesicht des Sudmeisters auf.

»Ich will mit dir reden, Sudmeister.«

Die Tür ist nicht zugesperrt und Sophie kann eintreten. Sie findet nichts dabei, dass sie zu nächtlicher Stunde in die Kammer des Mannes kommt. Sie will ja nichts weiter von ihm als Klarheit.

»Ja«, sagt er, »das ist gut, dass du zu mir kommst. Ich wollte nämlich morgen mit dir sprechen.«

»Unangenehme Sachen soll man nicht auf die lange Bank schieben«, sagt Sophie und setzt sich zu ihm.

»Der Palmbräu war gerade bei mir«, beginnt Sophie. »Er meint, dass wir zwei heiraten sollen.«

Josef Haller nickt und greift nach seinem Bierkrug.

»Magst auch was trinken?«

Sie nimmt einen kleinen Schluck und gibt ihm den Krug zurück.

»Mir hat er es auch gesagt. Es fragt sich bloß, ob du mich willst. Zwingen darf man einen Menschen zu nichts«, sagt er.

»Es geht jetzt weniger um mich. Es ist – wegen dem Kind.«

Der Sudmeister trinkt zuerst, schaut dann tiefsinnig in den leeren Krug.

»Da kann man nichts machen. Das Kind ist nun einmal da.«

»Ja, das ist da und – wird immer bei mir bleiben. Das muss ich dir gleich sagen, Sudmeister.«

»Ich hab nichts dagegen.«

»Wenn du mir später deswegen Vorwürfe machen willst, dann ist es besser, wir gehen erst gar nicht zusammen.«

»Vorwürfe?« Josef Haller schüttelt den Kopf. »Du musst bei mir auch über manches wegsehen, über meinen Höcker zum Beispiel.«

»Mir ist nicht wichtig, wie ein Mann äußerlich ausschaut, sondern wie er innerlich ist. Ein gutes Herz soll er haben, und – ich glaube – du hast es, Sudmeister.«

»Na ja, schlecht sollst du es nicht haben bei mir. Wir sind ja alle zwei unser Lebtag arme Teufel gewesen. Aber – hat er dir das auch gesagt wegen der drei Zimmer?«

»Ja, und ich habe gesagt, dass wir das schriftlich haben wollen.«

Sieh einmal einer an. Nun sagt sie schon »wir«! Der Sudmeister hört das sofort heraus und lächelt. Mit diesem »wir« meint sie schon das Gemeinsame, das Zusammengehörende, und er könnte sie jetzt ruhig um die Hüfte nehmen. Aber es fehlt ihm der Mut und er will sie nicht erschrecken. So sagt er nur:

»Natürlich, schriftlich. Und du brauchst nicht mehr

Sudmeister zu mir zu sagen. Kannst mich ruhig Josef oder Sepp nennen.«

»Sepp«, sagt sie leise. Dann steht sie auf, streckt ihm die Hand hin und sieht ihm in die Augen. »Ich werde dir immer dankbar sein, Sepp.«

Das rührt ihn so, dass ihm das Wasser in die Augen kommen will. Um diese weiche Regung zu verbergen, nimmt er schnell den Krug und führt ihn zum Mund, obwohl er schon leer ist. Danach zieht er Sophie zu sich auf die Holzbank, damit sie ganz nahe bei ihm sitzt. Und als Sophie nach einer Stunde wieder geht, ist sie über nichts so sehr beglückt wie über das Taktgefühl des Sudmeisters Josef Haller. Nein, kein Wort, woher das Kind kommt, keine Frage, wer der Vater des Kindes ist.

Am Nachmittag des nächsten Tages, als es schon dämmerig wird und das Kind schon tief schläft, geht Sophie zum Pfarrhof. Dort wird es ihr schon schwer fallen zu lügen, und es wird schon besser sein, wenn sie wenigstens dem Pfarrer die Wahrheit sagt.

Der Pfarrer ist noch jung und erst einige Jahre in Wendhofen. Er ist aufgeschlossen und ein ausgezeichneter Psychologe, der die bäuerliche Lebenseinstellung kennt. Natürlich ist er über alles ausreichend informiert worden, was diese Sophie betrifft, und er kann sich ihren Besuch sofort deuten. Eine ganze Weile betrachtet er sie schweigend, als sie so schüchtern unter der Tür steht und nicht recht weiß, wohin sie ihre Hände tun soll. Nein, er will ihr über ihren Fehltritt keinen Vorwurf machen, er will sie nur trösten, wenn sie Trost braucht.

»Kommen Sie, setzen Sie sich«, sagt er ruhig und mit Wärme in der Stimme. »Und sprechen Sie sich ruhig aus, wenn Sie etwas auf dem Herzen haben.«

Zögernd setzt sich die Sophie in den großen Lehnstuhl, auf den er gedeutet hat. Von der unerwarteten

Hilfsbereitschaft betroffen, nimmt Sophie sich vor, nun doch die Wahrheit zu sagen. Sie wird ihm sagen, dass man ihr das Kind wirklich unter das Fenster gelegt hat und dass sie es unter allen Umständen behalten will. Das wird er doch sicher verstehen.

»Ich weiß nicht, ob der Herr Pfarrer weiß, wie es wirklich zugegangen ist, dass mir das Kind ...«

Da hebt der Pfarrer abwehrend die Hand und unterbricht sie:

»Doch, doch, ich weiß schon. Freude machen Sie mir freilich nicht damit, aber in Gottes Namen, das Kind ist nun einmal da, und Sie müssen ihm eine gute Mutter sein. Unser Herr Jesus hat auch keinen reuigen Sünder von sich gewiesen – ich erinnere nur an die sündige Magdalena. Warum sollte ich es tun? Ist das Kind schon getauft?«

»Nein, Herr Pfarrer, deswegen bin ich eigentlich gekommen. Es ist ein Büberl, Herr Pfarrer.«

»Wie soll er denn heißen? Haben Sie schon darüber nachgedacht«‘

»Andreas soll er heißen.«

»Andreas? Schön, schön. Andreas ist einer von den Aposteln, die für ihren Glauben Schwerstes gelitten haben. Vielleicht wird Ihr Sohn auch einmal so glaubensstark wie sein Schutzpatron. Also, Taufe dann morgen Nachmittag um drei Uhr. Geht das?«

»Ja, Herr Pfarrer. Und – warum ich eigentlich noch gekommen bin. Der Sudmeister Haller und ich – wir wollen halt sobald wie möglich heiraten.«

»Gut, gut.« Der Pfarrer schaut in seinem Terminkalender nach. »In vierzehn Tagen, das wäre ein Samstag. Sagen wir um sechs Uhr früh, weil ihr ja wahrscheinlich doch kein großes Aufsehen wollt.«

Sophie kann jetzt wieder gehen. Der Pfarrer öffnet ihr

selber die Tür und gibt ihr die Hand. Dann steht sie draußen. Es ist inzwischen dunkel geworden. Sophie atmet ein paar Mal tief auf, hebt die Schultern und lässt sie wieder sinken. Es ist wirklich nicht ihre Schuld, wenn sie mit der Wahrheit nicht durchkommt. Sie wollte hier wenigstens die Wahrheit sagen, aber er hat sie ja nicht ausreden lassen. Gut, so soll es also für alle Zeiten dabei bleiben. Dies ist die letzte Instanz gewesen, die ein Recht auf die volle Wahrheit gehabt hätte.

Als sie in der Gemeindekanzlei noch Licht sieht, geht sie auch dort gleich hinein. Sie hat jetzt kein Minderwertigkeitsgefühl mehr, steht in unerschütterlicher Offenheit vor dem etwas blassen Gemeindeschreiber und sagt:

»Ich möchte mein Kind anmelden.«

»Dein Kind?«, sagt der Schreiber und kratzt sich den Nacken. »So, so, anmelden willst du es. Es ist nicht mehr zu früh. Ein Knabe ist es, was man so hört. Wie heißt er denn?«

»Andreas!«

»Und du? Na ja, das weiß ich sowieso. Wann ist das Kind geboren?«

Sophie gibt den Tag an, an dem sie es gefunden hat.

»Name des Vaters?«

»Der Vater? Josef Haller. Sudmeister von Beruf.«

Bedächtig malt der Mann in das große Gemeindebuch und blinzelt dabei in Sophies Gesicht.

»Der Sudmeister! Das sieht man ihm gar nicht an, dass er so ein Held ist. Ihr geht wohl schon lange miteinander?«

»Das geht Sie nichts an«, antwortet Sophie frostig und kehrt auf dem Absatz um. An der Tür fällt ihr noch gerade ein: »Du kannst auch gleich das Aufgebot schreiben, da wir in vierzehn Tagen heiraten.«

Dazu müsse noch ein Formular ausgefüllt werden

und es müsse auch der Sudmeister persönlich erscheinen.

»Ich werde es meinem Josef sagen«, antwortet Sophie ein wenig von oben herab, da sie jetzt überhaupt das erste Mal etwas zu sagen hat in ihrem Leben. Dann geht sie.

Ein paar Tage noch geht das Gerede über Sophie und ihren Fehltritt geschäftig unter den Menschen des Tales hin und her. Es ist gerade nichts anderes vorgefallen, das man zerpflücken könnte.

Da hat man immer gemeint, diese Sophie könnte nicht bis fünf zählen. Und dieser Sudmeister erst! Wer hätte das gedacht! Da sieht man wieder, wie tief die stillen Wasser sind.

Sophie erfährt von diesem Gerede nichts, der Sudmeister nur einen kleinen Teil, aber das stört ihn nicht. Er lässt sich von den Bräuhausknechten zu dem prächtigen Sohn Andreas gratulieren und macht dazu eine so lässige Handbewegung, als stünde ein solcher Prachtjunge bei ihm auf der Tagesordnung.

Im Übrigen wird er der Sophie mit jedem Tag gewogener, sieht, wie sie mit großem Eifer die drei Zimmer putzt und pflegt und sogar neue Vorhänge aufmacht. Alles für die Familie. Nie hat er geglaubt, auf solch einfache Weise zu einer Frau zu kommen. Er bekommt einen gewissen Schwung. Er kann jetzt hingehen und seinen Arm um Sophies Hüfte legen, wenn sie ins Bräuhaus kommt. Sophie ist eigentlich ganz gut gebaut. Auch das darf er nun wissen. Und er lässt seinen Schnauzbart sauber zurechtstutzen und streicht von seinem täglichen Bierdeputat drei Liter weg, damit an seinem Hochzeitstag niemand, den er einlädt, Durst zu leiden braucht.

Es ist der letzte Samstag im Oktober, als Sophie ihre Hochzeit feiert. Als hätte selbst der Himmel eine Freude daran, lässt er einen Spätherbsttag aufblühen, der alles nochmals verschenkt an Farbe und Schönheit.

An diesem Samstag kommt die Bauerntochter Julia Niedermayer nach Hochreit zurück. So wie damals hat sie niemand abgeholt, sie hat diesmal auch den Tag ihrer Heimkehr nicht mitgeteilt. Und vielleicht hat sie den weiten Fußweg von Scheitling her gebraucht, um in aller Ruhe noch mal über alles nachzudenken, was geschehen ist, seit sie von der Haushaltsschule heimgekommen ist. Und das ist viel, so viel, dass mancher in seinem Leben nicht so viel mitmacht.

Ob sie nun wieder ganz gesund ist, bleibt abzuwarten. Die Leute auf dem Hof finden, dass sie immer noch erschreckend blass aussieht, jedoch schöner denn je sei. Und wenn man sie lange genug angesehen hat, dann kann man zu der Meinung kommen, sie hätte bei der Tante auf dem Salzburger Einödhof das Lachen verlernt.

Nun ist sie also wieder zu Hause. Sie hat den jungen Mann, der ihretwegen verjagt worden ist, nicht vergessen, aber so weit in den hintersten Winkel des Erinnerns verbannt, dass sie wieder mit ihren stolzen Schritten über den väterlichen Hof gehen kann, ohne befürchten zu müssen, es könnte ihr jemand ansehen, dass ihr ganzer Stolz nur eine Maske ist.

Matthias, den sie beim Heimkommen als Ersten begrüßt hat, erscheint plötzlich mit seinem Fahrrad wieder im Hof.

»Wo bist denn du gewesen?«, fragt Julia.

Matthias drückt nicht lange herum und gesteht, dass ihn die Mutter gleich nach ihrer Heimkehr nach Wendhofen hinuntergeschickt habe, damit er dem Müller Julias Heimkehr mitteile.

Anton Lindner. Julia schaut vor sich hin und belächelt im Stillen die Geduld und Ausdauer dieses Mannes, der es sich in den Kopf gesetzt hat, auf sie zu warten. Er soll nicht umsonst gewartet haben. Sie ist nun bereit, dem Leben das abzugewinnen, was es noch zu bieten hat.

An diesem Samstag kommt der Hochreiter etwas später heim als sonst und ist von der plötzlichen Heimkehr der Tochter genauso überrascht, wie die anderen es waren. Vielleicht hat er auch ein bisschen über den Durst getrunken, weil er vor lauter Verblüffung unter der Tür stehen bleibt und die Tochter anschaut. Endlich legt er das Netz mit dem Sonntagsfleisch beiseite und geht auf sie zu.

»Schau, schau, meine Julia ist wieder da! Du schaust gut aus!«

Julia lächelt müde und gibt dem Vater die Hand.

Lachend lässt sich der Hochreiter auf die Ofenbank nieder und beginnt, seine Schuhe auszuziehen.

»Heut hat es etwas länger gedauert mit dem Heimkommen bei mir«, erklärt er dabei. »Denkt euch bloß, die Palmbräu Sophie und der bucklige Sudmeister halten heute Hochzeit miteinander! Ich hätte mich kaputtlachen können, als die beiden miteinander getanzt haben.«

»Warum?«, fragt Julia mit kalter Strenge.

»Warum?« Der Vater sieht sie einen Augenblick verdutzt an. »Ja, das weiß ich eigentlich selber nicht. Es war halt so ein komischer Anblick.«

»Stell dir vor, das hab ich dir noch gar nicht erzählt«, mischt sich die Mutter ein. »Die Palmbräu Sophie hat einen Buben von diesem Sudmeister. Soll sogar ein recht hübsches Kind sein, hat der Brotfahrer erzählt.«

»So?«, fragt Julia wieder so kalt und unpersönlich, fügt noch hinzu: »Warum auch nicht?«

»Freilich, warum auch nicht«, spricht der Vater nach, dann schlüpft er in seine Hausschuhe und steht auf. »Und wie steht es sonst? Wie war es bei der Tante?«

»Ich hab der Mutter schon alles erzählt. Viel Arbeit halt, weil sie auch Fremde haben.«

»Hauptsache, die Luftveränderung hat was genützt. Hast den andern vergessen?«

Da schaut ihm Julia in die Augen und schüttelt den Kopf.

»Vergessen nicht. Aber – wie sagst du gleich immer, wenn ein junger Apfelbaum in seiner Rinde verletzt wird?«

»Was ich da sag? Das vernarbt schon wieder.«

»Es ist vernarbt, Vater.«

»Ich hab gewusst, dass du vernünftig wirst in der Distanz!«

»Weil du es so gewollt hast, Vater«, antwortet Julia noch, dann geht sie schnell hinaus.

Der Hochreiter schaut hinter ihr her und nickt.

Wäre ja noch schöner, wenn sie sich das noch nicht aus dem Kopf geschlagen hätte. Der »narrische Vogel«, dieser Hannes, hat freilich gemeint, die Julia mit seinen drei oder vier beschwörenden Briefen verlocken zu können, mit ihm nach Amerika zu gehen. Die Briefe hat er gelesen und vernichtet. Das Gewesene ist Vergangenheit und wird nie mehr Gegenwart werden.

Damit hat er Recht, denn Julia hat darauf verzichtet, ihr Schicksal in die eigene Hand zu nehmen. Sie ist wirklich abgerückt von ihrer hoffnungslosen Verliebtheit in einen Mann, dem sie nicht fürs Leben hat gehören dürfen. Wahrscheinlich hat sie in einer verzauberten Welt gelebt. Aber nun ist sie in die Wirklichkeit zurückgekehrt, hat alles abgestreift, was bedrückend gewesen ist, und trägt in ihrem tiefsten Inneren ein Geheimnis, das immer ihr Geheimnis bleiben muss. Ihr Gefühlsleben hat sich dadurch allerdings versteinert, und alle Dinge des Alltags prallen an ihr ab wie an einer Mauer aus Granit.

Am anderen Tag kommt der Müller schon frühzeitig auf den Hochreiterhof. Er kommt von Wendhofen herauf zu Fuß, den Kopf ein wenig gesenkt, mit Sehnsucht im Herzen. Matthias hat ihn gestern gefragt: »Kommst? Die Julia ist wieder da!«

Als der Hof schon in Rufnähe vor ihm liegt, sieht er zufällig auf den sonnenbeschienenen Hang hinter dem Hof. Dort oben, im schützenden Schatten eines Nussbaumes, der fast noch all seine Blätter trägt, wenn auch schon flammendgelb, sieht er die Julia auf der Bank sitzen.

Und der Müller geht gleich am Hof vorbei, geht den Hang hinauf geradewegs auf die Bank zu, auf der sie sitzt, in einem dunklen Winterkleid, einen Schal mit langen Fransen um die schmalen Schultern.

Sie rührt sich nicht, schaut ihm entgegen und sagt, als er fast atemlos vor ihr steht: »Ich habe dich erwartet, Anton.«

Wie ein Wunder starrt er sie an, und es kommt ihm vor, als hätte er sie schon eine Ewigkeit nicht mehr gesehen. Er streckt ihr die Hand hin, in die sie kalt und teilnahmslos die ihre legt.

»Setz dich doch«, sagt sie dann und rückt zur Seite. Das macht ihm Mut.

»Du warst so lange fort, Julia, und – nicht einmal hab ich dich besuchen dürfen.«

Ihre dunkelblauen Augen hängen an seinem Gesicht, als wolle sie jetzt noch abwägen, ob sie ihm bedingungslos ja sagen dürfe. Dann sagt sie zu ihm:

»Ich bin dir dankbar, Anton, dass du auf meinen Wunsch Rücksicht genommen hast. Ich hab diese Zeit für mich gebraucht, um – mir ganz klarzuwerden. Aber jetzt bin ich ja wieder da.«

»Ja, jetzt bist du wieder da«, flüsterte er bewegt, fasst

dabei nach ihrer Hand und streichelt sie unentwegt. »Du weißt nicht, Julia, wie ich mich nach dir gesehnt habe. Deine Hand – ich weiß nicht, Julia, sie ist so kalt …«

»Findest du? Es kann sein, dass auch meine Gefühle erkaltet sind.«

Um seine Mundwinkel geht ein leises Zucken.

»Aber du empfindest doch etwas für mich, Julia?«

Sie schaut ihn wieder an und denkt, dass er jetzt eigentlich nicht so hätte fragen sollen. Er müsste sie jetzt in seine Arme reißen, sie hätte es ihm nicht verwehrt. Es ist ganz gleich, was mit mir geschieht, denkt sie, wenn nur etwas geschieht, das die Vergangenheit zudeckt oder auslöscht.

»Soll ich denn jetzt noch länger warten müssen, Julia?«, fragt er flehend.

Da lächelt sie ein kleines, verlorenes Lächeln, ihr Kopf senkt sich ergeben gegen seine Schulter hin, und sie flüstert:

»Wenn du willst, Anton, dann können wir morgen schon Hochzeit feiern. Du musst mich nur nehmen, so wie ich bin. Ob ich etwas für dich empfinde, hast du mich gefragt. Ich weiß es nicht, Anton. Dass ich dir immer schon gut gewesen bin, das weiß ich, dass ich dir treu sein werde, das verspreche ich dir. Wahrscheinlich werde ich dich auch lieben – du musst mir nur Zeit lassen.«

Der Müller, anstelle sie jetzt jubelnd in seine Arme zu nehmen, bettet seinen Kopf in ihren Schoß. Und so sieht er nicht die Tränen in den aufgerissenen Augen des Mädchens, als er ihr verspricht, dass alles recht werden würde, sie solle sich ihm nur anvertrauen, er werde sie behüten und beschützen, und sie würden Kinder haben, zu ihrer beider Freude. Und wenn es ihr recht wäre, so könnten sie am besten heute noch gleich zum Pfarrhof gehen, um das Aufgebot zu bestellen.

»Heute oder morgen, es ist mir alles recht, Anton.«

Danach gehen sie beide zum Hof hinunter. Ein Windstoß kommt über die Hügel und rüttelt die gelben Blätter vom Nussbaum herunter. Der Müller hat den Arm um Julias Schultern gelegt und sie hat den Kopf an seine Brust gebettet. So gehen sie langsam am Entenweiher vorbei, der verlassen und grünlich schillernd daliegt. Das Licht der Sonne spiegelt sich blendend darin, und es kann sein, dass Julia deswegen die Augen schließt.

Sie kommen in den Hof, der Hochreiter, der sie vom Fenster aus sieht, öffnet die Zigarrenschachtel und zündet sich eine von den dicken schwarzen Brasil an, die er sonst nur an höchsten Feiertagen raucht. Und die Hochreiterin rennt sofort in die Küche, um das Kaffeewasser aufzustellen.

Am Sonntag darauf verkündet der Pfarrer von der Kanzel:

»Zum heiligen Sakrament der Ehe haben sich versprochen: der Müller Anton Lindner, Besitzer der Mühle, und Julia Niedermayer von Hochreit.«

»Na also!«, sagen die Leute danach. Die Hochreiter Julia nimmt er also! Das Rätselraten hat damit ein Ende, und manche Hoffnung wird an diesem Sonntag begraben.

Die Ehe des Sudmeisters Josef Haller, von der man überhaupt nichts erwartet hätte, ist glücklicher geworden, als die beiden es vielleicht selber erhofft hatten. Liebestrunkenheit hat die beiden erfasst. Sie schweben ein paar Wochen förmlich auf einer Wolke von Glück und stürzen auch danach nicht wieder jählings in die Tiefe, sondern leben zufrieden auf einem festen Boden gegenseitiger Zuneigung. Der Sudmeister hat den Buben uneigennützig aufgenommen, und dafür ist Sophie ihm voller Dankbarkeit zugetan.

Ihre Wohnung spiegelt vor Sauberkeit, der Sudmeister hat endlich seine Ordnung und ist in jeder Hinsicht versorgt. Manchmal nimmt er auch den kleinen Andreas auf den Arm und trägt ihn durch die Stube.

Und immer mehr verwachsen diese sich liebenden Eheleute mit dem Gedanken, dass dieser Junge ihr gemeinsames Kind sei, bis sie es selber glauben.

Die Wochen gehen dahin, und gegen Weihnachten ändert sich Sophies Wesen auf eine seltsame Art. Es kommt etwas Horchendes in ihr Gesicht, so, als wäre sie von etwas Unsichtbarem berührt worden. Dann weiß sie es genau, und eine große Freude erfüllt sie.

Ihren Mann trägt diese Neuigkeit auf eine neue Woge des Glücks, seine magere Brust hebt sich voll Stolz, er gewöhnt sich einen anderen Gang an und sein Gesicht strahlt. Er ist ohnehin ein ganz anderer Mensch geworden, seit er die Sophie hat. Seine Hemden sind jetzt schneeweiß und sauber gebügelt, zu seiner Arbeit im Bräuhaus trägt er jetzt einen ordentlichen Arbeitsmantel, und auch sonst hat er viel verloren von seinen Komplexen.

»So, so«, sagt er. »Wir werden also dann im Sommer zu viert sein. Aber das sag ich dir gleich, den Andreas werden wir genauso lieb behalten.«

Es ist das Schönste und Größte, was Josef ihr hätte sagen können. Und von da an liegt auf Sophies Gesicht ein helles Leuchten. Wie eine Verklärte geht sie durch diesen Frühling in den Sommer hinein, so tief empfindet sie das Glück, einem eigenen Kind das Leben zu schenken. Nie ist sie glücklicher gewesen als in der vorletzten Stunde der Johannisnacht, als neben ihr im blütenweißen Bettzeug ein an allen Gliedern gerade gewachsenes Mädchen liegt.

Mit großen leuchtenden Augen sieht sie dann auf ihren Mann, der sich in einer linkischen Verlegenheit über das Bett beugt, um zu sehen, was seine Sophie ihm nach diesen drei qualvollen Stunden, in denen trotzdem kein Schrei laut geworden ist, geboren hat. Und Sophie erlebt dann die ungeheure Spannung in seinem Gesicht, als er behutsam unter das Deckbett greift und mit den Fingerspitzen den kleinen Körper abtastet, vom Nacken über den Rücken hin. Dann richtet er sich mit feuchten Augen auf. Sophie greift nach seiner Hand.

»Es ist nichts«, sagt sie. »Vollkommen eben ist es.«

In dieser Angst haben sie beide gelebt, über die ganzen Monate hin. Das Kind könnte vielleicht auch einen kleinen Höcker haben. Aber es ist vollkommen gerade gewachsen.

»Ich danke dir, Sophie«, sagt er ergriffen. Dann geht er leise hinaus und zahlt aus Freude über dieses glückliche Ereignis den Bräuhausknechten, die gerade von einem Johannisfeuer zurückkommen, noch einen Umtrunk.

Drei Tage später wird das Mädchen auf den Namen Johanna getauft, weil in der Nacht der Geburt dieser Name auf dem Kalender gestanden hat. Und diesmal macht tatsächlich die Palmbräuin Franziska Kranbichler die Taufpatin, stiftet das reich mit Spitzen besetzte Taufkissen und hält dieses kleine Menschlein mit großer Würde über das Taufbecken.

Die Jahre haben es so eilig in ihrem Kommen und Gehen, dass man sie kaum noch nachrechnet. Im Bräuhaus zu Wendhofen wachsen Andreas und Johanna gesund heran. Es sind zwei außergewöhnlich schöne Kinder, mit hellblondem Haar – und das ist kaum zu begreifen, wenn man Sophie kennt und an den Höcker des Sudmeisters denkt.

Sophie, ja, seht nur die Sophie! Sie legt so großen Wert darauf, dass ihre Kinder immer sauber gekleidet sind und sich anständig benehmen. Sie werden in den Kindergarten geschickt und im Herbst darauf kommt Andreas bereits in die Schule. Johanna erlebt ihren ersten Schmerz, weil sie Andreas dorthin nicht begleiten darf. Aber die Zeit steht nicht still. Ein Jahr darauf geht auch Johanna bereits zur Schule. Sie ist ein kluges Kind, lebhaft und unerschrocken, denn als Andreas während der Pause auf dem Schulhof mit ein paar Buben ins Raufen kommt, stürzt sich Johanna sofort in das Knäuel und verdrischt den Buben vom Molkereipächter nach Strich und Faden.

Sophie wird deshalb vom Lehrer vorgeladen und dabei erfährt sie, dass die beiden sich nicht nur körperlich durchzusetzen wissen – was ja nun leider im Fall des Pächterbuben über das Maß gegangen sei. Nein, auch sonst seien die beiden begabt. Besonders beim Andreas sei dies bemerkenswert und es wäre zu überlegen, ob man ihn später nicht auf eine höhere Schule schicken sollte.

Sophie freut sich über dieses Lob, verspricht, die Kinder in ihrer Rauflust zu bremsen und geht davon.

Sie ist in den Jahren etwas fülliger geworden, aber das steht ihr sehr gut. Die ruhige Beständigkeit ihres Glücks hat sie innerlich befreit, sie stößt jetzt auch nicht mehr so mit der Zunge an, und wenn sie aus dem Laden geht, sagt die Lebensmittelhändlerin: »Habe die Ehre, Frau Haller. Beehren Sie mich wieder.«

Nicht mehr »Sophie«, nichts mehr an Geringschätzigkeit. Nein, Frau Haller ist sie, die Frau des Sudmeisters Haller, die nie einen Pfennig aufschreiben lässt.

Natürlich geht auch bei Sophie nicht alles glatt. In mancher Nacht liegt sie wach, starrt gegen die Decke und denkt darüber nach, wer wohl die Mutter vom Andreas sein mag. Dann legt sich zentnerschwer die Angst auf sie, und wie mit tausend Nadeln bohrt der Gedanke, ob vielleicht nicht doch einmal diese Mutter auftauchen und das Kind fordern wird. Das wäre das Bitterste, das ihr jemals angetan werden könnte, denn – Andreas liebt sie über alles. Für ihn gibt es keinen Menschen, der ihm mehr bedeuten könnte. Der Vater kann den Kindern nur die kurzen Stunden seines Feierabends schenken. Die Kinder hängen auch an ihm abgöttisch, denn er hat nie ein böses Wort für sie, er spielt zwei Stunden mit ihnen am Abend, dann bricht er ab und geht zu Bett, denn für ihn beginnt der Tag bereits um drei Uhr früh.

Eines Tages, als Sophie die Kinder in den nahen Stadtwald hinübergeschickt hat, um Tannenzapfen zu sammeln, begegnet den beiden eine wunderschöne Reiterin. Sie hält das Pferd mit einem Zügelruck an und springt herab.

»Zu wem gehört denn ihr beiden?«

»Zum Sudmeister Haller«, sagt Andreas forsch, während Johanna kaum zu atmen wagt. Die schöne Frau streichelt nun mit ihrer weißen Hand zuerst dem Mädchen Johanna übers Haar und gleitet unvermittelt über Andreas' Wange. Dabei kniet sie nieder, schaut dem Buben tief in die Augen, so, als suche sie etwas in seinen blauen Sternen. Dann steigt sie wieder auf das Pferd und reitet davon.

Johanna, die noch vollständig in die Welt ihrer Märchen eingesponnen ist, flüstert ganz benommen von dieser Begegnung:

»Das war die Waldfee Elfenschön.«

»Schmarrn«, sagt Andreas. »Das war die Müllerin.«

Johanna hat starke Zweifel und schwärmt weiter:

»Ein gewöhnlicher Mensch kann gar nicht so schön sein.«

»Schön ist sie, ja – aber unsere Mutter ist schöner.« Andreas sagt das mit tiefer Überzeugung. Für ihn gibt es keinen schöneren und keinen besseren Menschen als seine Mutter.

Johanna widerspricht ihm nicht mehr. Aber in ihrem Köpfchen spinnt sie das Märchen von der Waldfee Elfenschön weiter. Sie erzählt zu Hause sofort der Mutter von dieser Begegnung. Und Sophie lächelt, sie will das Kind in seinem Märchenglauben lassen und nickt, als Johanna noch wissen will, ob es wahr sei, was Andreas ihr erzählt hat, dass die Müllerin sehr reich sei.

»Ja, reich ist sie schon«, bestätigt die Mutter. »Und doch ist sie ärmer als ich, denn ich habe euch zwei Kinder.«

»Aber wir haben kein Pferd, auf dem man durch den Wald reiten kann.«

»Ich glaube, die Müllerin würde auch lieber ein Kind haben, als auf ihrem Pferd durch den Wald reiten.«

Das ist für die Kleine zu hoch. Sie trippelt davon und geht zu ihrem Vater ins Sudhaus. Dort ist es so wohlig warm, es riecht nach Malz, und es summt und brummt in dem großen Raum, als wäre es ein großes Bienenhaus. Der Vater nimmt sie mit auf seinen Gängen, lässt sie vom Bierschaum nippen und kauft ihr an der Schänke eine Wurst. Oh, er ist doch ein wunderbarer Vater! Johanna lässt sich ihren Glauben nicht nehmen, dass der Vater in seinem Höcker Flügel versteckt hielte, die er, wenn er es wollte, nur auszubreiten brauche, um zum Himmel zu fliegen.

Und wieder vergeht eine Reihe von Jahren. In einem Frühjahr stirbt plötzlich der Palmbräu Ferdinand Kranbichler und sein Sohn Rudolf übernimmt die Herrschaft. Es beginnt ein schärferer Wind zu wehen.

Dieser Wind weht durch alle Gebäude. Er weht durch die Gasträume, über das Treppenhaus bis zu den Fremdenzimmern, die neu eingerichtet werden. Der Palmbräu soll kein gewöhnlicher Gasthof mehr sein, sondern ein Hotel, das erste Haus am Platz.

Als dort vorne alles gemäß den Wünschen des jungen Herrn geregelt ist, weht der frische Wind weiter durch die Brauerei, über den Sudhof bis in die Malzkammer hinein, in der Andreas, gerade vierzehnjährig, lustlos seine ersten Lehrlingsarbeiten verrichtet. Das helle Köpfchen, das alle seine Lehrer für sehr begabt hielten, sollte Bierbrauer werden, weil seine Eltern bei aller Sparsamkeit das Geld für Internat und Studium nicht aufbringen können.

Rudolf Kranbichler hat nicht umsonst auf der Brauerschule gelernt. Er will das Erlernte nun in die Praxis umsetzen. Die Leistung muss gesteigert werden, er spricht von neuen Maschinen und sagt zu seinem Sudmeister Haller, dass man das Bier um ein bis eineinhalb Prozent mehr verschneiden müsse. Die Leute würden das gar nicht merken. Im Übrigen bürge der Name Palmbräu für die Qualität.

Hier haben die beiden schon ihre erste Auseinandersetzung. Josef Haller ist störrisch, und wenn er störrisch ist, dann sieht es geradeso aus, als schöbe er seinen Höcker noch höher hinauf. Er antwortet, dass nach seiner Meinung die Qualität für den Namen zu bürgen habe. Und neue Maschinen? Ja, ganz recht und schön. Aber bevor sie kommen, möge Herr Rudolf doch zuerst die beschädigten Sicherheitsvorrichtungen an der Transmission dort in Ordnung bringen lassen, ehe einmal ein Unglück passiere.

Herr Rudolf notiert sich das sofort, aber nichts wird repariert. Er hat zur Kenntnis genommen, dass der Sudmeister nicht so will, wie er. Na schön, das muss man sich merken.

Der verstorbene Ferdinand Kranbichler war ein strenger Chef. Sein Nachfolger aber hat weit schlechtere Eigenschaften. Er ist arrogant, egoistisch und neidisch bis in die Seele hinein. Als der Müller um diese Zeit ein wertvolles altes Gemälde erwirbt, muss Herr Rudolf ebenfalls eins vom gleichen Maler haben, obwohl er mit Malerei nichts anfangen kann.

Aber was nun den Sudmeister betrifft, der bekommt den grenzenlosen Geiz des jungen Herrn fast jeden Tag zu spüren. Auch Sophie merkt, dass sich die Lage zu ihren Ungunsten verändert. Eines Tages steigt Herr Rudolf die Stiege zu ihrer Wohnung hinauf und erklärt ihr, dass die Wohnung von vier Personen zu abgenutzt werde. Er müsse ihr diese zusätzliche Abnutzung durch das zweite Kind in Rechnung setzen.

Dabei hat er aber ganz vergessen, dass er nicht mehr die Sophie vor sich hat, die er als Bub hat anspucken können, wenn es ihm gerade eingefallen ist. Nein, Sophie antwortet ihm sofort sehr scharf, dass sie sich auf die verbrieften Rechte berufe. Die Wohnung sei kostenlos und dabei habe es zu bleiben.

Herr Rudolf zieht schmerzlich die Augenbrauen hoch:

»Wenn ich schon von verbrieften Rechten höre! Aber ich werde in den Papieren meines verstorbenen Vaters nachsehen.«

Sophie spürt deutlich die Gefahr, die ihr von dem jungen Herrn droht. Doch der Sudmeister will es ihr ausreden. Er tut ein wenig großspurig, gaukelt ihr ein wenig Macht vor, die er gar nicht besitzt. »Ich brauche ihm nur einen einzigen Sud zu vermurksen«, sagt er, »dann hat er einen großen Schaden und eine Warnung zugleich.« Zwar weiß Josef Haller ganz genau, dass er das nicht tun wird, aber er will seiner Frau Sophie eine Stütze sein in ihren wachsenden Sorgen. Es ist wirklich eine ideale Ehe, ein wunderbares Zusammenleben, je älter sie werden.

Aber dann ist dieser Traum mit einem Schlag zu Ende.

Beim Schmieren der Transmissionsstange kommt Josef Haller mit seinem Kittel dem großen Schwungrad zu nahe, wird davon erfasst und zu Tode geschleift, noch ehe Andreas mit einem Schreckensschrei den Sicherungshebel herunterreißen kann.

Da die Sicherheitsvorrichtung schadhaft gewesen ist, trifft den jungen Herrn zweifellos einige Mitschuld. Aber Herr Rudolf weist sie entschieden zurück, sagt, er hätte davon nichts gewusst, und der Sudmeister hätte ihm das sagen müssen, dann wäre es sofort in Ordnung gebracht worden. Jawohl, er lehnt jede Verantwortung ab, sagt aber dafür drei Tage später am offenen Grab als Chef des Hauses ein paar markige Worte über die treue Pflichterfüllung des Sudmeisters Josef Haller und legt einen großen Kranz aus Latschenzweigen nieder. Damit glaubt er, seiner Pflicht vollauf Genüge getan zu haben, und lässt das Freibier für die vier Bräuhausknechte, die ihren toten Sudmeister auf den Friedhof getragen haben, von Sophie bezahlen.

Das Schicksal der Witwe Sophie und ihrer zwei unmündigen Kinder berührt ihn nur am Rand. Das Leben geht weiter, ist seine Devise. Es wird ein neuer Sudmeister kommen, und der wird dann die Wohnung drüben beanspruchen. Was geht ihn die Sophie an? Sie wird sich eben wieder mit einem Raum begnügen müssen. Am liebsten hätte er ihr das gleich am Begräbnistag eröffnet. Aber seine Mutter, Frau Franziska Kranbichler, hat Bedenken und sagt ihm, dass man das der Leute wegen nicht tun könne.

Und hier hat Franziska zweifellos Recht, denn die

Leute stehen in diesen schweren Tagen eindeutig auf Sophies Seite. Man hat es doch erlebt, welch tüchtige Frau sie ist, ein leuchtendes Beispiel für andere. Das Mitempfinden mit ihrem Unglück ist ehrlich. Von mancher Seite wird Hilfe angeboten.

»Nein, danke«, sagt sie. Und doch tut ihr dieses Mitgefühl wohl, und sie trägt niemanden etwas nach, was man ihr früher auch angetan haben mochte.

Dann geschieht aber eines Tages etwas, woran Sophie nicht im Traum gedacht hätte. Im Bräuhof zieht der neue Wagen des Müllers eine Schleife, hält vor dem Sudhaus, es steigt der Mühlenbesitzer Anton Lindner aus. Er knöpft seine Jacke zu und schaut an der grauen Mauer zu den Fenstern hinauf.

Sophie scheuert gerade auf den Knien den Boden der Wohnküche, als es anklopft und der Müller eintritt. Natürlich kennt sie ihn, wer sollte ihn auch nicht kennen.

Ein bisschen verwirrt steht Sophie auf, wischt mit der Schürze über einen Stuhl und bedeutet ihm Platz zu nehmen.

»Bin so frei«, sagt Anton Lindner und legt seinen Hut auf den Küchentisch. Als er Platz genommen hat, sieht er sich im Raum um und nicht. »Gepflegt wohnst du hier. Respekt! Wirklich gemütlich!«

Sophie weiß natürlich, dass der Mann nicht gekommen ist, um ihr das zu sagen. Und weil sie nicht mehr so schüchtern ist wie früher und auch einiges gelernt hat, fragt sie freundlich:

»Und was verschafft mir die Ehre Ihres Besuches?«

Der Müller blickt betroffen auf bei so viel unerwarteter Höflichkeit und fragt nun genauso höflich, ob es gestattet sei, dass er sich eine Zigarre anzünde.

»Ja, bitte«, sagt Sophie und bringt gleich einen Aschenbecher.

Der Müller zündet zuerst seine Zigarre an, zögert noch einige Züge lang und beginnt dann:

»Warum ich gekommen bin, das wäre eigentlich schnell gesagt – und doch auch wieder nicht. Man hört so allerhand. Der junge Kranbichler soll dir das Leben sauer machen?«

»Es geht«, sagt Sophie. »Bis jetzt bin ich noch fertig geworden mit ihm.«

»Er sitzt auf einem hohen Ross, der junge Herr. Aber, um zur Sache zu kommen: Man hört, dass dein Sohn – wie heißt er gleich wieder?«

»Andreas«, antwortet Sophie und ist voller Spannung.

»Ganz richtig, Andreas. Er soll außerordentlich begabt sein, hört man. Auch der Rektor Schurr sagt das und ist der Meinung, dass er das Zeug für eine höhere Schule hätte.«

Sophie gerät nun doch in einige Verwirrung.

»Ja, aber – so viel hat mein Mann, Gott hab ihn selig, auch nicht verdient.«

Der Lindner macht eine wegwerfende Handbewegung.

»Das wäre das Wenigste. Pass einmal auf, Sophie, ich bin bereit, die Ausbildungskosten zu übernehmen. Eigentlich ist es mehr meine Frau, die sich so warm dafür einsetzt.«

Immer verwirrter wird Sophie. Das kommt zu überraschend.

»Und er dürfte dann studieren, was er will?«, fragt sie schüchtern.

»Das käme darauf an, wozu er eine besondere Begabung hat. Zwingen soll man keinen Menschen zu etwas. Meine Frau meint, der Bub soll sich bald einmal bei uns sehen lassen, dann könnte man alles ausführlich besprechen.«

Oh, dieser Zwiespalt plötzlich, diese Freude und Angst zugleich! Andreas soll aus dem muffigen Bräuhaus herauskommen! Aber darf sie denn ihren Jungen fortlassen? Angst ist plötzlich da, große, grauenhafte Angst, dass sie ihn dann verlieren könnte.

Aber darf sie ihm ein Hemmschuh sein? Darf sie ihm aus Egoismus den Weg in eine bessere Zukunft verbauen? Ist es nicht geradezu ihre Pflicht, ihm den Weg zu ebnen?

»Gut«, sagt sie schließlich. »Ich will mit Andreas sprechen. In erster Linie kommt es doch auf ihn an, ob er weiterlernen will. Er könnte dann am Sonntag zu euch kommen.«

Der Müller steht auf und greift nach seinem Hut. Obwohl der Mann noch gar nicht so alt ist, nein, gerade im besten Mannesalter ist er, hat er bereits etwas Müdes, Resigniertes. Sein Gesicht ist so verschlossen und ernst, sein Haar schimmert an den Schläfen schon grau.

»Ist recht«, sagt er und sieht sich wieder im Raum um.

Sophie missdeutet seinen Blick und sagt:

»So schön ist es freilich bei uns nicht wie in der Mühle.«

Nur ein wenig zuckt es um den Mund des Mannes.

»Ach, was weißt du, wie reich du gegen mich bist! Du hast Kinder. Was habe ich?« Lustlos hebt er die Schultern und lässt sie wieder sinken. »Manchmal frage ich mich, ob es sich überhaupt lohnt zu leben.«

Sophie weiß nicht, woher es kommt, sie hat das Bedürfnis, dem Mann etwas Tröstendes zu sagen.

»Ich hab auch einmal geglaubt, dass es sich nicht lohnt zu leben, aber –«

»Ja, das war damals«, unterbricht der Müller sie hastig und legt seinen Hut wieder weg, als lohne es sich jetzt erst, gekommen zu sein. »Das war damals, als du noch auf der Kaindlhütte warst. Aber dann ist ein tieferer Sinn in dein Leben gekommen. Dann bist du Mutter geworden und –«

Er verstummt plötzlich, als frage er sich, wie er dazukommt, mit Sophie ein derartiges Gespräch zu führen. Aber ihre Augen ruhen so vertrauenerweckend auf ihm, ihr Gesicht ist so voller Zuwendung, dass seine Hemmungen fallen. Es ist plötzlich etwas aufgebrochen in ihm. Zu viel hat dieser Mann in seiner vierzehnjährigen Ehe mit der schönen Julia in sich hineingefressen. Und nie hat er sich einem Menschen mitgeteilt, nun muss es heraus.

»Siehst du, Sophie«, sagt er jetzt ruhiger, »in meiner Jugend habe ich einmal einen Spalierbaum gepflanzt. Ich habe Jahr für Jahr sein Blühen und seine Früchte erleben dürfen. Ich habe eine junge Frau geheiratet. Jahr für Jahr habe ich erleben dürfen, wie sie blüht und nun – langsam verblüht – ohne ...«

Wieder verstummt er und streicht sich mit der Hand über die Stirn. Erst nach einer Weile spricht er weiter:

»Behalte das für dich, ich bitte dich darum. Vielleicht habe ich auch irr geredet, ich weiß nicht. Ich weiß nur, dass es mich befreit hat. Ach – bloß einmal im Leben, bei allem Blühen auch an die Frucht glauben dürfen.«

»Ich würde halt einmal zu einem Doktor gehen.«

»Einmal? Bei zehn Ärzten waren wir schon. Sogar ich, weil man geglaubt hat, es läge an mir.« Wieder die wegwerfende Handbewegung. »Alles für die Katz.«

Mit schweren Schritten geht er hinaus. Sophie sieht ihm vom Fenster aus zu, wie er langsam in seinen Wagen steigt. Der reiche Müller, aber innerlich so arm.

Kurz nach sechs Uhr kommt Andreas aus dem Sudhaus. Sophie wartet mit der Neuigkeit, bis sie am Tisch beim Abendbrot sitzen.

»Heute war der Müller hier«, beginnt sie.

»Das war der Müller?«, fragt Andreas. »Ich habe den Wagen im Hof stehen sehen. Was hat er denn wollen?«

»Wegen dir war er hier. Er will dich – das heißt, seine Frau will es hauptsächlich – studieren wollen sie dich lassen, wenn du Lust dazu hast.«

Andreas legt die Gabel weg und starrt die Mutter schweigend an. In diese Stille hinein sagt Johanna:

»Also ist die Müllerin doch eine Fee, und sogar eine gütige.«

»Wie kommt sie denn gerade auf mich?«, fragt Andreas.

»Das weiß ich nicht. Du sollst am Sonntagnachmittag hinkommen, hat er gesagt. Natürlich liegt es an dir, ob du fort willst oder nicht.«

»Ach so«, meint er. »Fort müsste ich dann, fort von euch.« Er nimmt die Gabel wieder und beginnt langsam zu essen. »Ich will darüber schlafen, Mutter. Freilich hätte ich große Lust, aber wenn ich von euch fort soll …«

Die Mutter wird von einem tiefen Glücksgefühl erfüllt. Sagt er doch damit, wie sehr er an ihr hängt.

»Ja«, sagt sie dann endlich, »schlafen wir alle noch einmal darüber. Heute ist Donnerstag. Bis zum Sonntag können wir noch oft genug darüber sprechen und uns gemeinsam beratschlagen.«

Sonntagsstille liegt über allen Gebäuden der Mühle. Über dem Mühlhof scheint eine milde, warme Herbstsonne. Marienfäden schwimmen durch die Luft, Schmetterlinge gaukeln zwischen den Obstbäumen dahin und auf der großen Weide hinter den landwirtschaftlichen Gebäuden des Bauhofes grasen Kühe mit bimmelnden Glocken.

Julia steht am großen Fenster des Wohnraums in der

abseits gelegenen Villa. Ihr Gesicht ist immer noch ebenmäßig schön, nicht die kleinste Falte furcht ihre Stirn. Nur um ihren Mund ist eine dünne Linie, die auf einen Kummer hindeutet. Aber von dem weiß außer ihr niemand.

Jetzt sieht sie ihren Mann aus dem Haus treten. Er öffnet die Garage und fährt den Wagen heraus. Julia öffnet das Fenster.

»Fährst du denn fort, Anton? Wir bekommen doch Besuch!«

»Das kannst du doch allein abmachen. Ich muss den Getreidehandel in Schlierbach abschließen.« Er schaut auf seine Uhr. »In einer Stunde etwa kommt dein Schützling. Die Zeit wird dir nicht lang werden.«

»Fahr vorsichtig, Anton!«, ruft sie ihm noch zu. Es ist überflüssig, das zu sagen. Sie weiß, dass ihr Mann nie über den Durst trinkt und immer vorsichtig fährt, vorsichtiger als sie, die gerade ihren Fahrkurs hinter sich gebracht hat.

Julia weiß genau, dass sie die Schuld trägt an den früh ergrauten Schläfen ihres Mannes. Sie weiß, wie sehr dieser Mann sich in seinen Wünschen nach einem leiblichen Erben innerlich verzehrt, auch wenn er nie mehr davon spricht. Sie haben das schon hundertmal durchgesprochen und leiden beide das gleiche Leid.

Es ist zwei Uhr und Julia richtet im Wohnzimmer die Kaffeetassen zurecht. Es überfällt sie Unruhe, sie tut dies und jenes, richtet die Kaffeetassen wieder anders, stellt Blumen in die Mitte des Tisches, rückt auf dem Bücherschrank eine Nippfigur mehr gegen das Licht und kramt dann ein wenig in ihrer Schmuckschatulle, in deren Doppelboden ein Brief verborgen liegt, von jenem Mann geschrieben, der ihr in ihrer Jugend einmal nahe gewesen ist. Dieser Johann Steinwallner ist damals ausgewandert, sie braucht den Brief gar nicht mehr zu lesen, weil sie den Inhalt auswendig kennt.

»Es ist nun endlich so weit, dass Du nachkommen kannst. Die Farm ist nicht gerade groß, ich meine für hiesige Begriffe, aber es reicht für zwei Menschen, die einander lieben ...«

Julia weiß auch noch, was sie darauf geantwortet hat, was sie hat antworten müssen, denn der Brief hat sie erst erreicht, als sie bereits verheiratet war. »Es ist für alles zu spät ...«

Recht viel mehr hat sie ihm nicht geschrieben, weil es wirklich zu spät war für alles und weil sie sein langes Schweigen verstimmt hat. Inzwischen hat sie freilich oft und oft an diesen Mann denken müssen, den Einzigen, der von sich behaupten durfte, dass sie ihn wirklich geliebt habe.

Julia schaut wieder auf die Uhr. Ihre Unruhe wächst. Sie tritt wieder ans Fenster und schaut zu den Bergen hinauf. Verschwenderisch liegt das Sonnengold über den Gipfeln. Als Julia ihren Blick nach einer Weile wieder dem Weg zuwendet, sieht sie eine schmale Gestalt auf dem Sträßlein daherwandern. Sie weiß sofort, das muss der Andreas sein. Vom Fenster etwas zurücktretend, beobachtet sie den Näherkommenden genau. Jede seiner Bewegungen nimmt sie mit vollem Bewusstsein in sich auf; das Schlenkern seiner rechten Hand, den leichten, federnden Gang, die Haltung des Kopfes. Alle diese Gesten geben zusammengenommen ein Bild von jugendlicher Vitalität, sodass Julia die Augen schließen muss.

Dann geht sie, um ihren jungen Gast auf der Schwelle des Hauses zu begrüßen. Es schlägt gerade drei Uhr.

Andreas ist wirklich kein Kind mehr, dem man das Herz mit Kaffee und Kuchen erfreuen könnte. Er ist für sein

Alter schon sehr groß, sein Haar ist leicht gewellt, sein Blick still und fragend

Das alles irritiert Julia ein wenig, denn so erwachsen hat sie sich ihn nicht vorgestellt. Deshalb ist auch ihre Begrüßung unter der Tür nicht so ausgefallen, wie sie es sich vorgenommen hatte. Seinen Kopf hat sie in die Hände nehmen wollen und seine Wange streicheln. Er aber hat ihr die Hand gereicht und hat sich leicht vor ihr verbeugt. Das war so förmlich, dass ihr zu dem anderen der Mut gefehlt hat.

Andreas weiß, warum er hat kommen sollen, ist voll ungeduldiger Erwartung, was alles man ihm eröffnen wird, und wird ein wenig verlegen, als er diesen feierlich gedeckten Tisch sieht.

Julia nötigt ihn jetzt in einen der bequemen Sessel, setzt sich ihm gegenüber, schenkt Kaffee ein und legt Kuchen vor.

»Greif zu, Andreas«, sagt sie. »Du musst ganz so tun, als ob du daheim wärst.«

Andreas schaut auf ihre Hände, die schmal und weiß sind, vergleicht sie mit den abgearbeiteten Händen seiner Mutter, und als er einmal flüchtig aufsieht, treffen sich ihre Blicke. Endlich sagt die Frau:

»Du weißt doch, Andreas, warum ich dich kommen ließ?«

»Ja, meine Mutter hat es mir gesagt. Es ist sehr freundlich von Ihnen, gnädige Frau, dass Sie sich mit mir diese Mühe machen wollen. Ich werde mir aber auch jede Mühe geben, Sie nicht zu enttäuschen.«

Julia schaut befremdet auf. Das hat wie eingelernt geklungen, so förmlich und so kalt.

»Wie sagst du zu mir? Gnädige Frau? Aber Andreas, ich bin doch keine gnädige Frau. Wer hat dir denn das beigebracht?«

»Niemand. Ich hab das irgendwo gehört«, sagt er und lächelt versonnen. »Meine Schwester Johanna hat Sie immer für eine Waldfee gehalten, seit Sie uns damals im Wald mit dem Pferd begegnet sind.«

»Ich bin weder eine Waldfee noch eine gnädige Frau. Du aber bist – nachdem du mir sagst, dass es dir niemand beigebracht hat, für dein Alter viel weiter entwickelt, als ich gedacht habe. Bevor wir aber weitersprechen, verlange ich von dir, dass du mich nicht gnädige Frau nennst. Du darfst ruhig du zu mir sagen, sag meinetwegen Frau Lindner oder Frau Julia.«

»Ja, Frau Julia.«

Ein Lächeln huscht über ihr Gesicht. Wie gut und schön das klingt aus seinem Mund. Er hat schon so eine voll klingende Stimme denkt sie, eine Stimme, die sich für einen Redner eigenen würde, für einen Prediger vielleicht ...

Plötzlich erfasst sie ein berauschender Gedanke, der sie nicht mehr loslässt. Vielleicht kann sie auf diese Weise etwas gutmachen, denkt sie.

»Ich habe, wie du ja schon weißt, Andreas«, beginnt sie, »den Entschluss gefasst, dich studieren zu lassen. Warum ich das tue, geht niemanden etwas an. Deine Lehrer – ich habe mich einige Male mit ihnen unterhalten – sagen übereinstimmend, dass du sehr begabt bist.« Sie macht eine Pause und streicht sich mit den Fingerspitzen über die Stirn. »Ich nehme an, dass du dir auch schon alles überlegt hast. Natürlich will ich dich zu nichts zwingen, aber – ich habe mir das so gedacht, wenn du vielleicht Theologie studieren wolltest – dass du Pfarrer werden möchtest.«

Andreas stellt seine Tasse hin, die er gerade zum Mund führen will und schaut die Frau groß, beinahe erschrocken an. Dann schüttelt er den Kopf.

»Nein, Pfarrer nicht. Dazu muss man berufen sein. Außerdem hätte ich da schon mit zehn Jahren auf ein Gymnasium müssen.«

Julia senkt den Kopf und schaut auf ihre Hände. Ein Traum ist zerronnen, die klare, nüchterne Wirklichkeit ist wieder da.

»Du hast Recht, dazu muss man berufen sein. Aber woran hast denn du gedacht? Fühlst du irgendwelche besonderen Fähigkeiten in dir? Sprich dich ruhig aus, und wenn du es heute noch nicht kannst, überlege es dir gründlich und sage es mir ein anderes Mal.«

»Ich habe darüber schon nachgedacht. Am liebsten wäre mir das Agrarstudium.«

Wieder zuckt sie betroffen zusammen. Agrarwissenschaft, spricht sie in Gedanken nach und denkt: Wie könnte es auch anders sein. Sie wiegt den Kopf hin und her.

»Gut, ich bin damit einverstanden und werde mich gleich morgen näher erkundigen.« Julia steht jetzt auf und geht ein paar Mal in dem großen, hellen Raum auf und ab. Dann wendet sie sich wieder zu Andreas und hat das Gefühl, dass es ihr lieber wäre, wenn dort im Stuhl nicht so ein reifer Junge, sondern ein mehr kindlicher Bub säße, zu dem man ohne Hemmungen hingehen dürfte, um ihn lieb zu haben.

Ja, Andreas sitzt da wie ein halbfertiger Mann. Doch dann fällt ihm ein Bröslein von seinem Kuchen auf das Tischtuch. Er wird feuerrot, pickt es mit dem Finger auf und führt es zum Mund. Und da wird er doch verlegen, weil er sich beobachtet sieht. Eine starke Welle von Zärtlichkeit, wie sie sie längst nicht mehr erlebt hat, wird in Julia wach.

Langsam kommt sie näher, setzt sich auf die Lehne seines Sessels und streicht ihm übers Haar, sieht ihm in die Augen, wie damals im Wald. Und plötzlich umschließt sie sein Gesicht mit beiden Händen. Ihre Lippen gehen unruhig über seine Stirn und suchen seinen Mund.

Andreas empfindet einen merkwürdigen Schreck, eine grenzenlose Scham kriecht in ihm hoch. Er ist auf eine unvergleichliche Weise bestürzt und dann leistet er feindselig Widerstand. Aber da sieht er plötzlich, dass dieses schöne Gesicht vor ihm von Tränen überströmt ist. Darum verhält er sich ganz still und lässt es geschehen, dass sie ihren Kopf auf seine Knie legt. Sie weint, dass es ihren ganzen Körper schüttelt. Eine ganze Weile dauert das, dann steht sie auf, wendet sich ab und geht hinaus.

Andreas ist in bescheidenen Verhältnissen aufgewachsen, wenigstens an dem gemessen, was er hier sieht. In seinem Heranwachsen ist aber auch Stolz mitgewachsen. Und nun ist ihm etwas geschehen, das ihn in seinem Innern verletzt. Seine knabenhafte Scheu hat einen empfindlichen Schlag erlitten, und es kommt ihm vor, als sei der schöne Traum, studieren zu dürfen, schon wieder ausgeträumt, denn wahrscheinlich wird es sich diese Frau jetzt anders überlegen.

Da öffnet sich die Tür wieder. Julia kommt herein, ohne eine Spur der Erschütterung im Gesicht. Die Tränen sind weggewaschen, nur das Tintenblau ihrer Augen schimmert noch feucht.

»Bist du mir böse, Andreas?«, fragt sie.

»Nein, aber das hätten Sie nicht tun dürfen, Frau Julia.«

»Vielleicht hätte ich dich nicht erschrecken dürfen. Hat deine Mutter dich denn nie geküsst?«

»Doch, aber das ist meine Mutter.«

Es zuckt um ihren Mund, aber sie hat sich jetzt in der Hand, setzt sich wieder zu ihm und beginnt ganz vernünftig zu sprechen.

»Am besten wäre es wohl, du gingst zunächst in die Stadt auf eine Handelsschule, damit du die mittlere Reife bekommst. Dann wollen wir es in Weihenstephan versuchen. Und wenn du Heimweh bekommst, Andreas, dann musst du die Zähne zusammenbeißen. Denke immer, dass ich es gut meine mit dir. Du musst nur an dein Ziel denken. Dein Weg kann dich auf Höhen führen, er kann aber auch wieder in der Malzkammer und im Sudhaus enden, wenn du nicht durchhältst. Du darfst mich nicht enttäuschen, du Bub, du …«

Ganz warm wird ihm jetzt ums Herz, weil sie so mütterlich mit ihm spricht. Er lächelt in ihre Augen hinein.

»Ich werde mir bestimmt Mühe geben, Frau Julia.«

»Und ich glaube an dich. Und hab keine Angst, dass ich dich je wieder so erschrecken werde wie vorhin.«

»Ich habe keine Angst mehr.«

»Wirst du es daheim erzählen?«

»Ich glaube – dass ich es nicht erzählen werde.«

»Ja, behalte es für dich, es könnten falsche Schlüsse gezogen werden. Hast du übrigens Lust, Andreas, dir unseren Betrieb anzuschauen?«

»Ja, das möchte ich gern.«

Julia führt ihn zuerst durch das ganze Haus, dann hinüber in die mit den neuesten Errungenschaften eingerichtete Mühle. Das interessiert ihn zwar weniger. Sein Herz geht erst auf, als er die weiten, luftigen Stallungen betritt und das erstklassige, gut gepflegte Vieh auf der Weide sieht. Sein Interesse ist voll erwacht und er fragt nach allem möglichen, Fragen, die Julia gar nicht sicher beantworten kann. Zum Beispiel, wie viel Pacht man im Jahr für so einen Hof mit dreihundert Tagwerk bezahlen müsse.

Das weiß sie zufällig, weil sie die Bücher führt.

Er wiegt den Kopf hin und her und rechnet. »Bei guter

Milchleistung und besserer Bodenkultur lässt sich das leicht herauswirtschaften.«

Voller Bewunderung schaut sie ihn an.

»Du verblüffst mich, Andreas. Unser Pächter jammert immer, dass es zu viel wäre.«

»Dann muss er besser wirtschaften. Aus diesem Boden ist wahrscheinlich viel mehr rauszuwirtschaften.« Er lacht plötzlich, ganz hell und jungenhaft. »Wenn ich alles hinter mir habe und das gründlich erlerne, wozu Sie mir helfen wollen, dann pachte ich diesen Hof!«

Er ist auf einmal ganz aufgeschlossen, wie eine Blüte, die jäh aufgebrochen ist unter dem warmen Strahl der Morgensonne.

Später begleitet Julia ihn ein Stück des Weges bis zur Straßenkreuzung. Sie möchte immer so an der Seite des Jungen gehen, möchte seine Hand halten und mit ihm sprechen können über alle Dinge, die ihr Herz so schwer belasten.

Wo dann die Wege sich teilen, bleiben sie stehen.

»Behüt dich Gott, Andreas. Ich werde jetzt gleich alles in die Wege leiten. Du wirst schon noch ein paar Mal zu uns kommen müssen. Ich hoffe, dass du gerne kommst.«

»Ja doch, und vielen Dank für alles! Vielen herzlichen Dank auch im Namen meiner Mutter. Das hätte ich jetzt beinahe vergessen.«

Julia schaut über sein Gesicht hinweg, sie sieht einem Habicht zu, der über den Fichtenwipfeln kreist. Sie schaut den Jungen auch nicht an, als sie die Frage stellt:

»Du liebst deine Mutter wohl sehr?«

»Ja, über alles«, kommt seine Antwort schnell. »Und wenn ich einmal etwas geworden bin durch Ihre Großzügigkeit, Frau Julia, dann kann ich ihr das Leben auch schöner gestalten, zum Dank für alle Liebe, die sie für mich gehabt hat.«

Julia schluckt und sieht, wie der Habicht mit seiner Beute zwischen den Fängen in die Fichtenwipfel einfällt. Von den Wiesen steigen schon die Nebel hoch und die Dämmerung geht in die Nacht über.

Andreas verabschiedet sich jetzt, und seine Gestalt verliert sich schnell. Nur seine Schritte hört man noch eine Weile, aber auch sie verstummen bald ganz.

Langsam wendet sich Julia um. Sie hat plötzlich Angst vor der Leere des Hauses. Ihr Mann ist sicher noch nicht daheim. Sie weiß ja, dass er das Heimkommen gern hinauszögert, weil es daheim für ihn nichts gibt als die Eintönigkeit belangloser Gespräche, die um den eigentlichen Kern herumkreisen wie die Katze um den heißen Brei.

Ach, Julia weiß das alles zur Genüge. Nachdem sich alle Hoffnungen zerschlagen haben, kann sie es ihrem Mann nicht mehr verübeln, wenn er immer seltener von dem spricht, was ihn einst aus wirklicher Liebe bewogen hat, geduldig und ausdauernd auf die viel versprechende Julia zu warten. Seine Rechnung ist klar aufgestellt gewesen und ist nicht aufgegangen. Nun muss er sehen, wie immer nur die Kinder seiner Mühlenarbeiter und die vom Bauhof herumtoben, aber nie seine eigenen, von denen er sich eine Schar gewünscht hat, wo es nun zu keinem einzigen reicht.

Die Nebel sind auf einmal verschwunden. Ein klarer Nachthimmel wölbt sich über dem Land und eine Sternschnuppe zieht ihre Silberbahn zum nördlichen Horizont. Aber Julia hat sich nichts mehr zu wünschen, weil sie weiß, dass es sich doch nicht mehr erfüllt. Und plötzlich beginnt sie rascher zu gehen, weil sie das Gefühl hat, dass lautlos hinter ihr etwas aufsteigt: eine geheimnisvolle Stimme, ein bitterer Vorwurf, der ihr den Atem raubt und das Herz lauter klopfen lässt.

Auf einmal ist sie vor dem Feldkreuz, das schon nahe

der Mühle zwischen zwei Vogelbeerbäumen steht. Ihr Blick fällt genau auf das Antlitz des Gekreuzigten, das vom Mondlicht mild beglänzt ist. Es ist, als sähe sie das Kreuzbild durchdringend an, als erwartete es eine Erklärung von ihr. Und da öffnet sich auch schon von selbst ihr Mund zur Rechtfertigung:

»Ich wollte«, sagt sie, »Andreas als Opfer bringen. Aber du hast es selbst gehört, dass er gesagt hat, er fühle sich nicht berufen, Pfarrer zu werden.«

Fröstelnd zieht sie die Schultern hoch und rennt der schützenden Wärme des Hauses zu.

Es erweist sich sehr schnell, dass Sophie nicht umsonst Angst gehabt hat, dass sich nach dem Tod ihres Mannes manches ändern werde. Es kommt sogar viel schneller, als sie es erwartet hat.

Eines Tages tritt der neue Sudmeister seinen Posten an. Er ist noch ein jüngerer Mann, aber bereits verheiratet, mit einer halb erwachsenen Tochter. Deshalb braucht er die Wohnung, die ihm zugesagt ist.

»Ja, natürlich«, antwortet Rudolf Kranbichler, der junge Palmbräu, forsch. »Die beiden da drüben müssen einfach raus.«

Der neue Sudmeister aber hat kein Herz aus Stein. Es ist Winter, und wo soll Sophie mit ihrer Tochter hin? Er will sich mit einem Zimmer begnügen und die Familie erst im Frühjahr nachkommen lassen. Vielleicht will er auch erst einmal die Fühler ausstrecken um zu sehen, ob es sich mit diesem forschen jungen Herrn auskommen lässt.

Wie man es aber auch betrachtet, es ist nur eine Gnadenfrist. Und als der Sudmeister im Frühjahr seine Familie kommen lassen will, fordert er eine Wohnung. Zwar fordert er nicht die Wohnung der Witwe Sophie Haller.

Nein, mit Sophie versteht er sich recht gut. Sie hat ihm den ganzen Winter über gewaschen und geflickt. Im Palmbräu gibt es sicherlich auch noch andere Zimmer.

O ja, aber Herr Rudolf will das nicht, er hat seinen Plan, geht über den Sudhof zu Sophies Wohnung hinauf. Er gibt sich ganz freundlich, ganz herablassend und sagt mit gekünsteltem Seufzer:

»Ja, Sophie, nun ist es also so weit.«

»Was ist so weit?«, fragt sie mit spröder Stimme.

»Der Sudmeister braucht deine drei Zimmer.«

Langsam steht Sophie auf, streicht sich eine Haarsträhne aus der Stirn und sagt:

»Ich gehe nicht heraus. Die drei Zimmer sind mir schriftlich garantiert auf Lebenszeit.«

Rudolf wird ungnädig. »Wo steht das geschrieben?«

»Das Schriftstück hat ihr Vater, der selige Herr Vormund verwahrt.«

»Dann hätte ich es aber finden müssen. Ich habe alles durchsucht. Alle Schriftstücke. Ein solches habe ich aber nicht gefunden.« Wie gut, dass er es gleich verbrannt hat. Er steht nun auf und legt die Hände auf den Rücken, eine Geste, die er seinem verstorbenen Vater abgesehen hat. Bloß wirkt sie bei ihm nicht so bestimmt, bleibt Pose.

»Also kurz und gut, Sophie, wir wollen nicht lange streiten. Am Ersten bringt der Sudmeister seine Familie her und braucht die Wohnung. Da dein Andreas zur Ausbildung fort ist – woher du das Geld dazu hast, ist mir ein Rätsel – brauchst du die große Wohnung nicht mehr. Damit du aber siehst, dass ich kein Unmensch bin, mache ich dir einen Vorschlag. Ich beabsichtige, die Kaindlhütte wieder zu eröffnen. Sie ist renoviert und sieht jetzt ganz ordentlich aus. Du kannst sie bewirtschaften. Zwanzig Prozent der Einnahmen sind dein Verdienst, freie Wohnung und Verpflegung für dich und die Johanna. Ja, die kannst du mitnehmen. Das ist gar nicht so schlecht für dich, denn soweit ich es beurteilen kann, wächst sie zu einem schönen Mädchen heran. Das lockt die Gäste an. Aus Schönheit ist nämlich Kapital zu schlagen. Also, überlege es dir.«

Herr Rudolf tippt mit zwei Fingern an die Schläfe, als ob er einen Hut aufhätte, und geht zur Tür.

»Pfui Teufel«, sagt Sophie voller Verachtung. Betroffen blickt er zurück und zieht die Stirn kraus.

»Wie bitte? Ach so, man ist empfindlich geworden! Ich habe es aber nicht böse gemeint, habe es jedenfalls nicht so gemeint, dass du deinen Fratz gleich auf die Fremden loslassen sollst. Das wäre gar nicht einmal gut, denn immer ist ja schließlich kein buckliger Sudmeister da, der sich vor die Lücke stellt.«

»Raus!«, schreit Sophie, blass vor Empörung. Und diesmal ist es Herrn Rudolfs Glück, dass er so schnell bei der Tür draußen ist, denn Sophie schleudert ihm wuchtig einen Teller nach.

»Du bist kein Mensch, du bist ein Teufel!«, schreit sie die Treppe hinunter. Aber das hört Herr Rudolf nicht mehr. Er geht bereits über den Bräuhof und ist froh, diese Angelegenheit auf so einfache Weise geregelt zu haben. Gerade will er sein Büro betreten, als die Johanna zum Tor hereinkommt. Herr Rudolf hebt erstaunt die Augen. Er hat sie schon länger nicht mehr gesehen, sie ist tatsächlich ein hübsches Mädchen mit ihren fünfzehn Jahren. Gnädig macht er den Finger krumm und winkt ihr.

»Ach, komm einmal her, Johanna, ich habe mit dir zu reden. Wo steckst du denn eigentlich immer? Man sieht dich so selten.«

Johanna steht da und schlenkert mit der Einkaufstasche, in der sie Schwarzbrot und Semmeln hat, und sieht Herrn Rudolf so von unten herauf an.

»Ich gebe beim Bäcker Hofmeister auf die Kinder Acht.«

»Also Kindermädchen. Hm.« Herr Rudolf überlegt und lügt dann: »Ich hatte eigentlich im Sinn, dich als Schreibkraft in mein Büro zu nehmen. Aber man ist ja so zimperlich, wie ich gerade feststellen musste. Ich komme gerade von deiner Mutter und habe ihr ein fabelhaftes Angebot gemacht. Aber sie ist so starrköpfig und dumm, wie sie ihr Lebtag war.«

In Johannas Augen glimmt ein drohendes Licht auf. Einen Augenblick sieht es so aus, als wolle sie dem jungen Herrn die Einkaufstasche an den Kopf schlagen. Dann sagt sie:

»Wie reden Sie denn von meiner Mutter? Die ist klüger, als Sie vielleicht denken. Auf alle Fälle hat sie die richtige Lebenseinstellung.«

»O je, o je, wie gut es dir steht, wenn du vor Zorn sprühst«, sagt der Rudolf und greift ihr unters Kinn. Er hätte nicht erwartet, dass eine so kleine, zarte Hand einen solchen Schlag auf seine Finger versetzen könnte.

»Lassen Sie das!«

Sofort tut er wieder herablassend.

»Ich habe deiner Mutter angeboten, die Kaindlhütte wieder zu übernehmen. Ich habe sie renovieren lassen und sie ist jetzt sogar winterfest. Du kannst mit ihr gehen. Ihr beide könntet die Wirtschaft da oben wieder in Ordnung bringen.«

Johannas Gesicht hellt sich auf. Aus dem dumpfen Sudhaus heraus, hinauf in die reine Luft der Berge. Kann es etwas Schöneres geben?

»Ja – und?«, fragt sie.

»Nichts und. Ich habe das Angebot gemacht, weiter habe ich nichts zu sagen.« Damit dreht er sich um und geht ins Haus.

In dieser Nacht liegt Sophie lange wach und grübelt über alles nach. Sie weiß, dass sie demnächst wieder auf den Berg ziehen wird in die Kaindlhütte, die sie nun seit sechzehn Jahren nicht mehr betreten hat. Aber sie wird es hauptsächlich deswegen tun, weil Johanna sie so stürmisch darum gebeten hat.

Jetzt, da sie in aller Ruhe darüber nachdenkt, scheint ihr das gar nicht einmal das Schlechteste zu sein, denn wenn sie es genau betrachtet, dort oben ist sie immer ein freier Mensch gewesen. Dort rauscht der Wasserfall und der Wald ringsum, und es ist so schön, dem Ruf der Nachtvögel nachzuhorchen oder am Morgen das Wunder mitzuerleben, wenn die Sonne hinter dem Grünstein heraufsteigt und alle Felsen ringsum mit ihrem Licht entzündet.

Im anderen Zimmer drüben liegt die Johanna. Sie kennt das Leben noch nicht, ist noch verstrickt in eine märchenhafte Welt kindlicher Gedanken.

Der Atem des Mädchens geht ruhig wie der Wind in der Frühe eines Frühlingstages. Sophie schaltet das Licht ein und schaut hinüber zu ihrem Bett. Der Mund des Mädchens ist halb geöffnet, und weil der junge Herr so frech auf die Fremden angespielt hat, dass man aus Schönheit Kapital schlagen könne, empfindet Sophie jetzt eine tiefe Scham.

Wie die Jahre doch schnell vergangen sind! Sophie denkt in dieser Nacht daran, wie dieses Mädchen kaum ein Hauch des Lebens war und dann an ihrer Brust gelegen hat, um die Süße des Lebens in sich einzutrinken. Und nun wird bald der Tag kommen, an dem das junge Herz aufwachen wird aus allen Träumereien. Da wird sie ihre Hand, die bisher nichts anderes getan hat, als sich schirmend und behütend über dieses Kind zu legen, zurückziehen müssen, weil sie erkennen muss, dass einmal jeder Mensch seinen eigenen Weg einschlägt.

Sophie löscht das Licht wieder und denkt nun auch an den Sohn Andreas, der in der Stadt lebt. Die erste Zeit ist furchtbar gewesen für sie. Da hat sie gemeint, die Trennung nicht ertragen zu können. Nun ist sie etwas ruhiger geworden und Andreas kommt nur mehr in den Nachtstunden zwischen Einschlafen und Traum zu ihr. Er kommt wie ein später Gast auf leisen Sohlen und fährt ihr in Dankbarkeit durch ihr Haar, weil sie ihm jede Stunde seiner Kindheit verschönt hat, obwohl er nicht – wie die Johanna – ihr eigen Fleisch und Blut ist.

Jetzt, da ihr Leben wieder in eine neue Phase einmünden soll, denkt sie länger und eindringlicher an diesen Sohn als sonst. Nun geht sie also wieder auf die Kaindlhütte, wo sie einmal unter dem Fenster der Schlafkammer das kleine Bündel hat schreien hören. Es ist kaum zu glauben, dass seitdem schon mehr als sechzehn Jahre vergangen sind. Und es ist ebenso kaum zu glauben, dass in all diesen sechzehn Jahren kein einziges Mal die wirkliche Mutter sich um ihr Kind gekümmert hat. Wo mag sie sein? Und wer mag es sein?

Nein, Sophie braucht sich wirklich keine Vorwürfe zu machen, was Andreas betrifft. Sie hat alles getan, was menschenmöglich gewesen ist. Sie hat dem Findelkind so viel Liebe gegeben, wie es eine leibliche Mutter auch nicht mehr hätte tun können.

Nein, Andreas ist nicht verloren da draußen in der Stadt. Die Frau Pointner, bei der die Müllerin ihn untergebracht hat, umsorgt ihn, als wäre er ihr eigener Sohn, und Andreas fühlt sich bei ihr wie zu Hause. Freilich hat er am Anfang schreiendes Heimweh gehabt, und wenn er sich nicht geschämt hätte, wäre er manchmal ausgerissen und heimgefahren, nur um die Mutter wiederzusehen, die Schwester Johanna, alle lieben, vertrauten Dinge der Kindheit.

Aber dann war es plötzlich überwunden. Der Unterricht interessiert ihn brennend, er begreift plötzlich, worum es geht und was man von ihm erwartet. Bald ist er einer der besten Schüler und sticht in seinem Lerneifer die anderen weit aus. Das hat ihn am Anfang unbeliebt gemacht und sie haben ihn gehänselt.

Andreas erträgt die Sticheleien schweigend, er denkt daran, dass er Frau Julia nicht enttäuschen darf, schluckt alles geduldig und will bloß in Ruhe gelassen werden.

Aber dann geht es eines Tages nicht mehr. Blitzschnell schlägt er dem, der ihn am hartnäckigsten verhöhnt, unters Kinn, dann packt er ihn und schleudert ihn auf das Pflaster, sodass der Besiegte noch daliegt, während die Glocke schon das Ende der Pause ankündigt.

Von da an hat er seine Ruhe und wird respektiert. Jetzt wollen sie seine Freundschaft, aber Andreas ist wählerisch und misstrauisch.

Eines Tages, es ist bereits Sommer geworden, tritt Andreas, die Schultasche unter dem Arm, aus der Tür des Schulhauses. Da sieht er auf der anderen Seite drüben ein Mädchen, groß und schlank, auf dem Bürgersteig stehen. Ihr Haar flimmert in der Sonne. Auf einmal durchzuckt es ihn, er springt über die Straße und steht dann vor Julia.

»So eine Überraschung!«, sagt er atemlos vor Freude. Stürmisch drückt er ihre Hand.

Mit leuchtenden Augen sieht Julia ihn an.

»Freust du dich, Andreas?«

»Und wie! Denk dir, im ersten Augenblick habe ich dich für ein junges Mädchen gehalten.«

Forschend sieht sie in seine Augen und hebt scherzhaft drohend den Finger.

»So, so? Für ein bestimmtes Mädchen vielleicht?«

Doch er schüttelt den Kopf.

»Was du denkst, Julia!«

»Möglich wäre es immerhin. Du siehst schon wie ein erwachsener Mann aus. Aber wollen wir nun hier auf der Straße stehen bleiben?«

»Nein, natürlich nicht. Aber wo gehen wir hin?«

»Irgendwohin zum Essen. Ich habe nämlich einen Mordshunger und Frau Pointner wartet nicht. Ich habe ihr schon Bescheid gesagt.«

Julia hängt sich in seinen Arm. Es schmeichelt seiner Eitelkeit, weil er sieht, wie die Männer sich interessiert nach Julias reifer Schönheit umsehen. Da sagt sie einmal in ihrer Freude:

»Sollten wir Bekannten von dir begegnen, dann sag ruhig, ich wäre deine Mutter. Mit so einer alten Freundin müsstest du dich ja sonst schämen.«

»Bei deinem Aussehen kann man doch keinen so erwachsenen Sohn haben«, scherzt er zurück.

»Ach, sieh mal an! Komplimente machen kann er auch! Lernt man das auch auf eurer Schule?«

Er drückt ihren Arm fester an sich.

»Es ist kein Kompliment, Julia. Es ist die Wahrheit.«

Tatsächlich treffen sie im Restaurant »Drei Rosen« zwei Klassenkameraden, die ihn mit offenem Mund anstarren, als er mit Julia an ihren Tisch kommt.

»Habt ihr noch Platz für uns?«, fragt Andreas.

Bereitwillig rücken die beiden, die etwas älter sind als Andreas. »Scharf«, flüstert der eine mit dem dunklen Haarschopf. »Schau bloß den Haller an! Und so was hat er uns bisher unterschlagen.«

Julia hört es und lächelt innerlich. Dann sagt sie zu Andreas:

»Willst du mich nicht bekannt machen?«

Wie leicht ihm doch die Lüge von den Lippen geht! Er stellt Julia wirklich als seine Mutter vor, erstens, weil sie es vorhin erwähnt hat, und zweitens, weil es ihn selber berauscht, eine so schöne Mutter zu haben. Die Blicke der Kameraden sprechen Bände und der fesche Werner Hassolt ist frech genug, Julia zwischen Suppe und Lendenbraten ins Ohr zu flüstern, dass er sich ohne weiteres in sie verlieben könnte.

Du meine Güte, wie da Julia lachen kann! Ihr ist, als wäre sie selber noch mal genauso jung.

Später fährt sie mit Andreas zum Tierpark hinaus. Es gibt ja noch so viel zu erzählen und zu fragen. Zwar schreibt Johanna ihm viele der Neuigkeiten von Zuhause, aber alles weiß sie auch nicht. Julia erzählt, dass der Pächter des Bauhofs sich den neuesten Mähdrescher gekauft hat und dass die Gemeinde Wendhofen einen Sessellift zum Grünstein hinauf bauen will. »Wenn du in den Ferien heimkommst, wirst du das alles sehen«, schließt sie.

Da erst rückt Andreas heraus, dass er von Werner Hassolt eingeladen worden sei, die Ferien mit ihm auf dem Gut seiner Eltern in Norddeutschland zu verbringen.

Sofort stimmt Julia zu.

»Natürlich nimmst du das an, Andreas. Du lernst dabei eine andere Gegend und andere Menschen kennen, bekommst ganz neue Eindrücke. Nach Wendhofen kannst du immer kommen.«

Merkwürdig, wie sie immer gleich das Richtige für ihn findet. Sie sitzen in der Sonne auf dem Terrassencafé, trinken Kaffee und essen Kuchen. Andreas erinnert sich an seinen ersten Besuch bei Julia. Damals haben sie auch Kaffee getrunken. Aber heute ist das ganz anders. In ihm wirkt die große Freude noch nach, als er sie so unerwartet vor der Schule stehen sah. Ach, wie gut, dass Julia jetzt nicht in sein Inneres sehen kann. Alles ist dort so voller Bedürfnis, ihr nahe zu sein. Irgendetwas ist aufgebrochen in ihm. Soll das Liebe sein? Liebe zu der viel älteren Frau, auch wenn sie wie ein Mädchen aussieht?

Es ist allerdings eine ganz merkwürdige Liebe. Eine Liebe, die nichts begehrt, die nur Zuneigung ist. Am liebsten möchte er jetzt seinen Kopf an ihre Schultern legen, um ganz still dieses seltsame Gefühl auszukosten.

Weit hinter den Büschen hört man das dumpfe Murren der Raubtiere in ihrem Käfig. Wahrscheinlich werden sie gerade gefüttert. Ein paar Kinder tollen mit einem Reifen drunten auf dem Kiesweg vorüber. Auf einmal sagt Andreas, wie aus einem tiefen Gedanken heraus:

»Ich möchte dich einmal was fragen, Julia.«

»Ja, was denn?«

»Mich hat schon oft jetzt der Gedanke beschäftigt, warum du das alles für mich tust.«

Erstaunt sieht sie ihn an. Kaum merklich zuckt es in ihren Augenwinkeln, so, als wittere sie hinter dieser Frage eine Gefahr.

»Wenn man immer erst fragen würde, warum man etwas Gutes tut, tut man bald nichts mehr. Es gibt viele, die einen Mäzen haben.«

»Ein Mäzen, glaube ich, ist wieder was anderes«, antwortet Andreas und lacht plötzlich. »Jetzt weiß ich es. Weil du selber keine Kinder hast, hast du dir jemanden gesucht, den du bemuttern kannst.«

Julia hat plötzlich einen schmalen Mund.

»Es wird vielleicht so sein. Aber man soll so etwas nicht mit Fragen zerreden.«

Eine kleine Pause entsteht. Ein Windstoß bewegt die Kronen der alten Parkbäume und bringt ein leises Rauschen in das Blattgewirr. Julia will dem Gespräch jetzt mit Absicht eine andere Wendung geben.

»Ist das der Dunkle, mit dem du in die Ferien gehen willst?«

»Ja, Werner Hassolt, der dir zugeflüstert hat, dass er sich in dich verlieben könnte. Das könnte ich übrigens auch.«

»Du Kindskopf!«, lacht Frau Julia, fragt dann weiter und bereut danach bitter, es getan zu haben. »Und der andere am Tisch, der blasse Blondschopf?«

»Ach, den Harald meinst du. Den Harald Klinger. Wir nennen ihn den Sentimentalen, weil er immer alles so schwer nimmt. Wahrscheinlich hängt das mit den Verhältnissen zusammen, aus denen er kommt. Seine Mutter ist Schauspielerin gewesen und hat ihn in einem Säuglingsheim zurückgelassen, als er acht Tage alt war. Das hat er mir einmal erzählt. Irgendein Onkel hat ihn dann aufgezogen. Seine Mutter aber hat sich bis heute nicht um ihn gekümmert, lebt meistens im Ausland. – Kannst du das verstehen, Julia, dass eine Mutter ihr Kind verlässt? Wenn ich mir da die meine vorstelle! Wie hat sie mich gehegt und gepflegt und auf Händen getragen!« Er verstummt auf einmal und sieht Julia erschrocken an. »Was ist denn? Habe ich was Falsches gesagt?«

»Nein, nein, lass nur. Es geht schon vorbei. Ich glaube, dass das Eis mir nicht bekommen ist.«

Julia ist ganz grau im Gesicht. Nur der Mund leuchtet in ihrem versteinerten Gesicht und ihre Hände zittern.

Bald darauf brechen sie auf. Julia hat plötzlich alle Lust verloren, und obwohl die Sonne so warm vom Himmel scheint, friert sie.

Andreas sitzt neben ihr im Wagen bis zur Haltestelle der Tram, die er ins Zentrum benützen muss. Dort steigt er aus und es ist ihm peinlich, dass Julia jetzt ihre Handtasche öffnet und ihm einen größeren Geldschein zusteckt.

»Schreib mir, bevor du wegfährst. Wenn du irgendwas brauchst, du weißt, dass ich immer für dich da bin.«

Ihr Gesicht ist immer noch eine steinerne Maske, selbst für ein Abschiedslächeln zu sehr erstarrt.

»Mach's gut weiterhin«, sagt sie, und ihre Stimme klingt wie zerspringendes Glas. Andreas sieht sie aufmerksam an. Ein heftiges Mitleid erfasst ihn. Und vielleicht geschieht es aus Mitleid, dass er sich niederbeugt und sie auf den Mund küsst.

Ein müdes Lächeln spielt um ihren Mund, so als ob sie sagen wollte: Was nützt der schönste Tag, wenn schwarze Wolken ihn verdunkeln ...

Dann tritt sie auf das Gaspedal und der Wagen schießt aufbrummend davon, biegt bald um eine Ecke und ist verschwunden.

Die Trambahn schlängelt sich heran, Andreas steigt ein und fährt nach Hause, ein bisschen nachdenklich, ein bisschen schwermütig, als fehle ihm etwas.

Wie doch die Zeit vergeht! Da ist also diese Johanna Haller wirklich eines Tages aus ihrer Traumwelt herausgestiegen. Zwei Sommer ist sie nun mit ihrer Mutter schon auf der Kaindlhütte, und ehe dieser zweite Sommer nun zu Ende geht, ist Johanna siebzehn geworden.

Was für ein unbekümmertes, frohes Leben ist das doch hier oben. Es wird eigentlich nie langweilig, und wenn Rudolf Kranbichler auch oft danebentippt, mit dieser Idee, die Kaindlhütte wieder zu bewirtschaften, hat er einen guten Riecher gehabt. Diesen Umsatz hätte er sich selber nicht träumen lassen. Dieser stille Platz da oben ist zu einem beliebten Ausflugsziel und Einkehrort geworden. Johannas heitere, unbeschwerte Art zieht die Fremden an, die Küche ist gut geführt, der Wein von auserlesener Qualität, und außerdem kann man auch frische, gekühlte Milch haben, denn in diesem zweiten Sommer hat Herr Rudolf wieder einige Kühe in den Stall gestellt.

Und da er es ohne weiteres anerkennt, dass der Aufschwung zweifellos auf Johannas Konto geht, ist er jetzt viel freundlicher und zuvorkommender. Wenn sie die Gäste bedient, tut sie dies mit umwerfender Liebenswürdigkeit, die nicht gespielt ist, sondern aus ihrem Wesen kommt, sodass nicht wenige länger bleiben, als sie es ursprünglich beabsichtigt hatten.

Wenn man so abgeschieden und in Frieden mit sich und seiner Umwelt lebt, dann merkt man gar nicht, dass inzwischen der Friede unzähliger Länder und auch des eigenen Landes in größter Gefahr ist.

Auch in Wendhofen ist dieser neue Zeitgeist nicht spurlos vorübergegangen. Die großen betörenden und berauschenden Worte haben ihre Wirkung nicht verfehlt. Der Palmbräu Rudolf Kranbichler hat einen neuen Fahnenmast aufstellen lassen, es wird hinter einer neuen Fahne marschiert, und es werden Lieder gesungen, die zu einem Angriffskrieg auffordern.

Johanna marschiert nicht und singt auch nicht solche Lieder. Sie wird nicht angesteckt von dem Wahnsinn, der sich im ganzen Land ausbreitet.

Johanna führt genau Buch über alle Einnahmen, und da ihr die Mutter gern überlässt, was ihr die Gäste über die Zeche hinaus noch freundlich an Trinkgeld zuschieben, hat sie am Ende jedes Monats eine ganz nette Summe Erspartes zusammen.

Aber wie gesagt, aus ihrer Traumwelt ist sie herausgestiegen, und weil sie unter den Fremden, die einkehren, so manches hört und sieht, füllt sich ihr Inneres mit einer Menge Zweifel und Fragen.

Einmal, an einem späten Abend, sitzt sie mit ihrer Mutter noch draußen vor der Hütte. In der Stille rauscht der Wasserfall so stark, dass Johanna ziemlich laut sprechen muss, damit die Mutter sie versteht.

»Wie ist denn das eigentlich, Mutter? Gibt es denn wirklich so eine Liebe, die ohne Grenzen ist?«

Sophie hat gerade an Andreas gedacht und muss ihre Gedanken erst weit herholen.

»Wie kommst du denn darauf? Wer sagt das denn?«

»Ach, das höre ich ab und zu so aus Gesprächen. Und außerdem habe ich es schon oft in Büchern gelesen.«

Sophie macht eine wegwerfende Handbewegung.

»Hör mir bloß damit auf! Was die Dichter darüber schreiben, ist nicht immer die Wirklichkeit. Wahrscheinlich glauben sie selber nicht daran und wissen, dass das Papier geduldig und die Menschen leichtgläubig sind.«

»Ach, meinst du?« Johanna lässt den Kopf sinken und schiebt die Unterlippe vor. Dann sieht sie ihre Mutter an. »Aber du, Mutter, du musst es ja auch wissen. Sag – hast du den Vater nicht lieb gehabt?«

Nun ist es an Sophie, darüber ernsthaft nachzudenken. Dann sagt sie:

»Wir achteten einander. Für das andere waren wir schon über die Jahre hinaus.«

Enttäuscht schaut Johanna vor sich hin.

»Wen soll ich denn sonst fragen als dich, Mutter?«

Sophie ist zwar todmüde von der Arbeit des Tages. Bei dieser Frage aber ist sie sofort hellwach.

»Du hast Recht, Johanna, wen solltest du sonst fragen als mich. Hör einmal zu: Wenn die Gefühle erwachen, dann kommen auch Enttäuschungen, die einem jungen Menschen schwer zu schaffen machen können. Ich kann dir darüber nicht viel sagen, denn ich habe eine so leidenschaftliche Art von Liebe, wie man sie als junger Mensch empfindet und erfährt, nie erlebt. Aber eines weiß ich doch: entscheidend fürs ganze Leben ist, welcher Mensch einem als erster begegnet. Ob er einem gut will oder einen benutzt. Das kann prägend für das ganze Leben sein, ja sogar über Glück und Unglück in einem Leben entscheiden.«

»Und wie sieht das Unglück aus, Mutter? Ich dachte, in der Liebe gibt es nur Glück.«

»Kind, Johanna, was stellst du bloß für Fragen!«, jammert Sophie hilflos und steht auf. »Wenn es so wäre, wie du denkst, dann gäbe es nicht so viel verzweifelte Menschen in der Welt. Komm jetzt – wir wollen uns schlafen legen.«

Johanna muss noch lange über dieses Gespräch nachdenken und hat sich auch davon noch nicht gelöst, als am anderen Vormittag ganz überraschend Andreas kommt, um den Rest seiner Ferien mit ihnen zu verleben.

Johanna sieht ihn als Erste und stößt einen hellen Freudenschrei aus. Die Mutter kommt, von dem Schrei aufgeschreckt, eilig aus der Hütte und bringt vor Freude kein Wort heraus. Johanna aber rennt dem Bruder entgegen und fällt ihm stürmisch um den Hals, bis er ihr Gesicht zwischen seinen Händen festhält und sie aufmerksam betrachtet.

»Was für ein schönes Mädchen du geworden bist!«, staunt er.

»Findest du? Ach, Andreas, wie freue ich mich! Du musst mit mir auf den Leitenberg kommen, dort wachsen so schöne Almrosen.«

Sophie kann es kaum fassen. Der Sohn ist so groß geworden und hat schon so viel Männliches an sich. Ganz unwillkürlich geht ihr Blick an seinem Gesicht vorbei zum Holzstoß hin, von wo dieser zum Mann gewordene Andreas vor achtzehn Jahren als namenloser Säugling aus einem Windelbündel seine Verlassenheit in die Nacht geschrien hat.

»Nun komm schon herein, Andreas! Du wirst Hunger haben. Im Winter dachte ich einmal, ich fahre hin und besuche dich. Aber man kommt ja zu nichts und dann – das viele Geld.«

Andreas denkt, eigentlich hätte auch Julia sie einmal mitnehmen können.

»Ja, doch«, beschließt er, »im nächsten Winter besucht ihr zwei mich einmal. Ihr werdet staunen, was es dort alles zu sehen gibt. Im Übrigen, Johanna, gib mir einmal meinen Rucksack. Ihr sollt nicht denken, dass ich nicht an euch gedacht hätte.«

Die Mutter bekommt einen schönen Seidenstoff für ein Sonntagskleid und Johanna ein silbernes Kettchen mit einem schimmernden Stein daran, der wie ein großer Wassertropfen auf ihrer gebräunten Haut schimmert.

Am späten Abend erzählt er dann. Und wie er erzählen kann! Seine Zukunfstpläne sind sehr selbstbewusst, er spricht vom Abitur, das er machen müsse, dann stünde ihm der Weg offen.

Johanna hängt an seinem Mund und lässt sich kein Wort entgehen. Ein großer Stolz über diesen tüchtigen Bruder erfüllt ihr Herz. Stolz ist freilich auch die Mutter, und doch mischt sich bei ihr auch etwas Angst mit ein. Wer weiß, ob es die Wahrheit ist, dass er vorigen Sommer und auch heuer wieder seine Ferien bei einem Freund auf dessen elterlichen Gut verlebt hat. Steckt da nicht doch ein Mädchen dahinter, das ihn Mutter und Schwester bereits so vergessen ließ, dass für sie nur mehr der Rest der Ferien genügt?

Als Andreas einmal eine Pause macht, um an dem vorgesetzten Glas Wein zu trinken, wirft Sophie schnell die Frage ein:

»Und wie steht es sonst mit dir, Andreas? Hast du schon irgendeine Freundin, die …«

Da spannt sich Johannas Gesicht in ängstlicher Erwartung. Wie wird die Antwort sein?

Ganz ruhig und fest sieht Andreas die Mutter an.

»Ich habe keine Zeit dazu. Erst muss etwas werden aus mir.«

Johanna lächelt wie befreit, atmet erleichtert auf.

»Es wird am besten sein, wenn du damit noch lange wartest«, sagt die Mutter.

»Wenn es so weit ist, Mutter, dann bringe ich sie dir, und du sollst mir dann sagen, ob es die Richtige ist für mich.«

Sophie nickt, aber sie glaubt nicht daran, sie weiß das viel besser. Wie soll man einem Verliebten klarmachen, dass es nicht die Richtige ist? Ein Verliebter wird bockig, wenn man ihm seine Meinung ausreden will, und rennt lieber in sein Unglück, als dass er auf einen guten Rat hört, der für ihn immer nur ein schlechter Rat sein kann.

Andreas wechselt schnell das Thema und meint:

»Ich werde wohl nicht darum herumkommen, in den nächsten Tagen die Müllerin zu besuchen.«

»Das musst du auf alle Fälle tun«, sagt Sophie. »Und erzähl ihr nur auch alles, damit sie sieht, dass ihr gutes Geld nicht zum Fenster hinausgeworfen ist.«

Andreas kommt aber in den nächsten Tagen gar nicht dazu, Julia in der Mühle einen Besuch abzustatten, denn er strolcht mit Johanna in den Bergen herum, sucht mit ihr die schönsten Almrosen und ist unersättlich in seinem Hunger nach Licht und Sonne.

Aber irgendwie ist es doch merkwürdig mit den beiden. Einmal sitzen sie oberhalb eines Latschenfeldes, halten sich an den Händen und schauen ins Land hinaus, als stünde dort, am fernen Horizont, irgendeine sie betreffende Nachricht. Dicht unter ihnen steht eine Gruppe Krüppelföhren, die ihre Äste so weit breiten, dass die kleinen unter ihnen gar keine Sonne empfangen und nicht empor wachsen können.

»Schau nur hin«, sagt Andreas. »Alles Licht wird ihnen weggenommen. Und das ist auch im Leben so. Der Stärkere trägt immer den Sieg über den Schwachen davon.«

Johanna sieht ihn mit großen Augen an.

»Du bist aber auch so stark, Andreas, über wen trägst du den Sieg davon?«

»Über dich«, lacht Andreas ganz freudig, springt auf und zieht mit einem Ruck auch Johanna empor, dass sie gegen seine Brust taumelt. So stehen sie eine ganze Weile umschlungen und sehen sich in die Augen.

»Das ist beinahe so wie bei einem Liebespaar«, meint Johanna und drückt ihr Gesicht an das seine. »Huch!«, macht sie erschrocken. »Wie das juckt! Hast du denn schon Bartstoppeln?« Sie streicht mit der Hand über sein Kinn. »Tatsächlich, es ist ganz rau.«

»Ich muss mich jeden zweiten Tag rasieren«, sagt er ein bisschen stolz. Dann nimmt er ihren Arm und geht mit ihr talwärts.

»Im Übrigen«, sagt er dabei, »bist du, wie ich sehe, auch kein Kind mehr. Du kannst einem schon richtig warm machen, und wenn du nicht meine Schwester wärst, du – ich glaube, ich könnte mich in dich verlieben.«

»Ja, du«, sprudelt Johanna von seinem Geständnis tief berührt heraus. »Mir geht es ganz genau so. Und vielleicht liebst du mich auch. Was mich betrifft, Andreas, ich werde dein Kettchen immer tragen, auch wenn ich einmal verheiratet bin. Und ich habe schon darüber nachgedacht, was ich dir schenken soll. Du hast keine Armbanduhr, sehe ich. Doch, doch, Andreas, du bekommst von mir eine Armbanduhr.«

»Ich nehme sie gern. Aber – es ist mehr, als ich für dich ausgeben konnte.«

»Der Wert ist doch nicht maßgebend, Andreas, sondern wie und warum man schenkt. Es ist ja nur so jammerschade, dass wir uns nicht lieben dürfen, wir dürfen uns nicht einmal spaßhalber ineinander verlieben. Und doch, Andreas, bist du in meinem Herz, und zwar auf eine ganz eigentümliche Weise. Du bist fort und bist doch nicht fort von mir.«

»Bei mir ist es genauso«, antwortet er, und dann werden beide recht schweigsam.

Wenn man sie so dahingehen sieht, Arm in Arm, müsste einem das Herz stillstehen vor lauter Neid, so vollkommen sind sie als Paar. Beide tragen sie den Kopf hoch erhoben, ihre Augen leuchten vor Freude am anderen. Wie zwei junge blühende Bäume sind sie, aufgerichtet über einer Erde voll dunkler Spannung, von der sie aber nichts wissen wollen.

»Ich denke darüber nach«, sagt Johanna plötzlich, »wie es ist – ob wir uns auch nicht küssen dürfen.«

»Warum nicht?«, meint Andreas, bleibt stehen, nimmt ihr Gesicht in seine Hände und küsst sie. Der Kuss ist zögernd, ohne Leidenschaft, so wie früher, als sie noch Kinder waren. Und doch lassen beide ihre Hände sinken, als hätten sie sich irgendwo verbrannt. Sie werden von einer Woge von Scham überwältigt. Einer meidet den Blick des anderen. Johanna hat die Augen geschlossen und Andreas sieht mit hartem Gesicht über ihren Scheitel hinweg. Es ist ihnen gerade zumute, als hätten sie versucht, ein verbotenes Paradies zu betreten.

Andreas ist der Erste, der sich wieder findet und sich mit einem jungehaften Lächeln aus der Verwirrung herausschält.

»Das war aber komisch jetzt«, meint er, und es gelingt ihm, mit seinem leichten Ton auch in Johannas verstörtes Gesicht ein Lächeln zu zaubern. Es ist ein trauriges Lächeln, wie von kommendem Leid bereits umschattet. Plötzlich wendet sie sich um und hüpft davon.

»Fang mich!«, ruft sie nun übermütig zurück und rennt mit flatterndem Rock den Berg hinunter. Andreas folgt ihr aber nicht, er bleibt stehen und schaut ihr nach. Sein Mund ist weich, als hänge er einem schönen Traum nach, der zerronnen ist.

Die acht Tage sind vergangen. Andreas ist auch ein paar Mal in der Mühle gewesen, aber er ist nicht mehr mit Johanna allein in die Berge gestiegen. Nun muss er wieder zurück in die Stadt. Sein Rucksack steht gepackt auf der Hüttenbank, er könnte eigentlich gehen, dann wäre es ein leichter Abschied, ohne die Tränen, die der Mutter schon den ganzen Morgen in den Augen stehen. Er weiß auch nicht recht, wie er sich Johanna gegenüber verhalten soll. Sie sitzt auf der Bank und hält etwas zwischen ihren Händen.

»Ja, also«, sagt er, »dann gehe ich jetzt. Bis bald, Johanna.«

Als er ihr die Hand gibt, fühlt er einen Gegenstand in die seine hineingedrückt. Tatsächlich, es ist eine Armbanduhr! Andreas strahlt über das ganze Gesicht. Bis jetzt hat er die Taschenuhr seines Vaters getragen.

»Es sind zwei Jahre Garantie drauf«, sagt Johanna und legt ihm die Uhr um das Handgelenk. »Und du brauchst sie beim Baden nicht abnehmen, sie ist wasserdicht.«

»Ich danke dir tausendmal, Johanna! Wo steckt denn jetzt die Mutter wieder?«

»Sie ist beim Weidezaun oben. Aber weil wir jetzt noch allein sind, Andreas: Ist denn etwas Wahres dran? Gestern, die drei Fremden, die eingekehrt sind, sie haben gesagt, dass bald Krieg kommen wird.«

Andreas' Gesicht wird hart und streng. Er hat davon

bewusst nicht sprechen wollen. Diese Ruhe hier hat ihm so gut getan, und vielleicht wird es nie mehr so ruhig sein um ihn, denn er weiß doch auch, was los ist. Es ist noch so ein ruhiger Sommer gewesen mit einer ungestörten Ernte, und kaum einer hat das Grollen hinter dem fernen Horizont gehört. Immer wieder einmal haben die Glocken geläutet, weil das Reich gewachsen ist, und das Volk hat immer abstimmen müssen, dass dieses Reich vollkommen zu Recht gewachsen ist und dass es ihm zustehe, noch weiter zu wachsen.

Das alles hat Andreas immer genau registriert, und jetzt, als er so dasteht, als überlege er, was er der Schwester antworten soll, dröhnt eine Staffel silberner Jagdflugzeuge vorüber und verschwindet am fernen Horizont.

»Das Land wird nicht mehr mit friedlichen Mitteln weiterwachsen«, sagt er. »Einmal wird jeder Schritt über fremde Grenzen eine blutige Spur hinterlassen.«

»Du meinst also, dass es einen Krieg gibt?«

»Reden wir nicht davon, Johanna. Du verstehst das doch nicht. Da kommt die Mutter.«

Der Abschied ist jetzt schnell vorüber. Andreas springt mit weiten Schritten über das Almfeld und verschwindet schnell im Hochwald. Nicht ein einziges Mal dreht er sich um. Julia wartet bereits auf ihn, um ihn in die Stadt zurückzufahren.

Es ist ihre letzte Fahrt, denn am anderen Tag bereits wird der Wagen von einer Militärbehörde beschlagnahmt, und die Bauern müssen ihre Pferde auf dem Marktplatz von Wendhofen einer Musterungsbehörde vorführen.

Die Sonne sinkt an diesem Tag wie sonst. Das Abendrot brennt im Westen in einer merkwürdigen Gestalt. In der Mitte ist es zu einem breiten Spalt aufgerissen, in dem es nur gelblich leuchtet. Es sieht aus wie ein Tor, das sich weit geöffnet hat. Dann erst fließt das Abendrot wie ein breiter Blutstrom in diese Lücke langsam hinein.

Das mit der Winterfestigkeit der Hütte ist auch bloß so ein Gerede vom Palmbräu Rudolf Kranbichler gewesen. Sie werden auch heuer wieder hinunterziehen müssen. Außerdem bleiben auf einmal die Gäste aus, denn es ist Krieg geworden.

Die beiden erfahren nicht viel da oben, aber das Wenige genügt, sodass Sophie in einer großen Angst zu leben beginnt, sie könnten auch Andreas zu den Soldaten einziehen. Ihr Gesicht wird um Jahre älter in diesen Wochen, und als sie nach dem ersten leichten Schneefall die Hütte schließt und mit Johanna wieder hinunterzieht, erwartet sie neuer Ärger und Verdruss. Herr Rudolf hat ihre ganzen Möbel in einem einzigen Raum zusammenstellen lassen, einer muffigen Kammer über dem Malzhaus, und da sollen sie nun wohnen. Sophie soll auch die Kühe weiterhin versorgen und Johanna könnte in der Küche mithelfen. So hat es sich jedenfalls Herr Kranbichler zurechtgelegt.

Übrigens denkt dieser Bursche gar nicht daran, dass Sophie auch ein Klafter freies Brennholz zugesprochen ist. Was geht ihn das an? Er hat sich jetzt um anderes zu kümmern. Die Zeit ist so groß geworden, und Herr Rudolf ist berauscht von dieser Größe, steckt jeden Tag kleine Fähnchen auf eine Landkarte und vergrößert im Osten auf seine Weise das Reich. Einzurücken braucht er nicht, er ist »unabkömmlich« in der Heimat.

Ein großes Glück ist nur, dass nach dem ersten Schnee dann noch ein paar Wochen wirklich schöner Spätherbst kommen, Tage mit buntem Blätterrausch und jener schwermütigen Schönheit von Allerseelenstimmung.

Sophie kann also mit Johanna noch in den Wald gehen, um Brennholz für die kommenden kalten Monate zu sammeln. Sie muss vorher nur Herrn Rudolf fragen, ob er ihnen den Zweiräderkarren dazu leiht. Aber gerade dies bringt Sophie nicht fertig. Sie kann einfach diesen Menschen, der so kaltblütig die verbrieften Rechte bricht, um nichts mehr bitten.

»Lass nur«, sagt Johanna, »das werden wir gleich haben.« Sie geht hinüber ins Büro, klopft nicht gerade schüchtern an und tritt ein.

Herr Rudolf springt wie elektrisiert hinter seinem Schreibtisch auf. »Donnerwetter«, sagt er und starrt sie an. »Wie du dich gemacht hast! Hab dich noch als ganz kleines Mädel gekannt. Ich komme aus dem Wundern gar nicht heraus.«

»Ich auch nicht«, sagt Johanna kalt.

»So? Du auch? Aber doch nicht über mich?« Er begleitet seine Worte mit einem maliziösen Lächeln.

»Doch, gerade über dich«, höhnt Johanna und duzt ihn einfach. »Ich wundere mich erstens über deine Skrupellosigkeit, mit der du uns in diese Kammer verbannt hast, zweitens, dass du meiner Mutter das verbriefte Brennholz verweigerst, und drittens wundere ich mich, dass du noch hier sitzt.«

»Wo sollte ich denn sonst sein?«

»Dort, wo andere Männer deines Alters sind.«

Herr Rudolf setzt sich wieder, zieht eine Menge Falten in seine Stirn und zündet sich eine Zigarre an.

»Ach, so meinst du das?« Er betrachtet nachdenklich das verglimmende Zündholz. Dann hebt er schnell den Kopf. »Sie hätten mich schon genommen – habe mich sogar freiwillig gemeldet. Aber mein Herz – es ist nicht in Ordnung, sagen die Ärzte. Und überhaupt – jeder an seinen Platz! Ich bin Luftschutzwart. Natürlich kommt niemals ein feindlicher Flieger über unsere Grenzen, aber Ordnung muss sein. Gestern habe ich auch bei euch Licht schimmern sehen. Ich werde einen neuen Fensterladen machen lassen – auf meine Kosten natürlich. Und wegen dem Brennholz – tja, es ließe sich darüber vielleicht reden, wenn du – ich meine, du solltest nicht gar so unfreundlich – nicht gar so kalt zu mir sein.«

Wie dieses Mädchen hochmütig den Kopf zurücklegen kann! Und wie sie ihn so ganz von oben herab anschaut, nur durch einen Spalt ihrer Augen, als lohnte es sich nicht, ihm einen vollen Blick zu schenken.

»Ich pfeif auf dein Holz!«, sagt Johanna. »Der Wald ist groß genug und es liegt viel Holz herum. Wir brauchen nur den Zweiräderkarren, und den werde ich nehmen.«

Nun gibt Herr Rudolf auf, legt seine Zigarre in den Aschenbecher und bekommt einen bösen Mund. Den Zweiräderkarren könne sie nehmen, aber sie solle sich nicht einfallen lassen, etwa in seinem Wald das Holz zu suchen. Er kenne das schon. Da würden dann Stangen umgehackt und so weiter. Es sei ja auch der Staatswald da oder der große Holzschlag vom Stephan Reischl, dem Sperrholzwerkbesitzer vom Grottental.

Aber dann brauchen sie den Zweiräderkarren gar nicht, denn an diesem Abend erscheint der Bäcker Hofmeister in seiner Not und bittet Johanna, ob sie nicht wiederkommen möchte, wenigstens halbtags. Zwei seiner Gesellen haben einrücken müssen, die Frau helfe nun in der Backstube mit, und für den Haushalt bräuchte man eben eine Hilfe, ihre Hilfe.

Er hat seinen Gang nicht umsonst gemacht, Johanna sagt sofort zu, man müsse eben nur noch etwas Brennholz aus dem Wald holen. Der Bäckermeister bietet sofort seinen Gaul an, der ihm zum Brotausfahren verblieben ist, weil er schon alt und grau ist und gerade noch einen Brotkarren ziehen kann, niemals aber ein Geschütz, wie zum Beispiel die zwei kräftigen Apfelschimmel des Hochreiters.

Ja, also, Johanna wird kommen. Nur müssten sie zuerst noch etwas Holz holen. Aber dann kommt noch der Allerheiligentag dazwischen. Sophie steht am Nachmittag dieses Tages mit Johanna vor dem Grabstein des verstorbenen Mannes, des hoch geachteten Sudmeisters Josef Haller, wie auf dem Grabstein steht.

Sophie trägt einen schwarzen Wollmantel und Johanna eine kurze Jacke aus dunkelblauem Samt. Das Grab ist schön mit weißen Zwergastern geschmückt und in einer schmiedeisernen Laterne brennt eine Kerze zum Gedenken an den Toten.

Als Sophie einmal aufschaut, sieht sie weiter drüben bei der Ligusterhecke vor einem Grabmal aus Marmor von Carrara einen einsamen Mann stehen. Es ist der Sperrholzwerkbesitzer Stephan Reischl, dem Johanna auf Anraten von Rudolf Kranbichler Holz aus seinem Wald stehlen soll.

Vor einem Vierteljahr erst ist seine Frau an Krebs gestorben. Breit in den Schultern, nicht gerade groß, aber von muskulösem Körperbau, steht er da, hält den Hut vor sich in den Händen und starrt mit zusammengezogenen Brauen auf die Inschrift des Grabsteins. Plötzlich wendet er das Gesicht herüber, ein volles, braun gebranntes Gesicht mit einem starken, eigenwilligen Kinn. Seine buschigen Brauen bewegen sich langsam und nachdenklich, so, als suche er etwas in seiner Erinnerung. Er schaut jetzt auf Johanna, sein Blick umfasst ihre schmale Gestalt in der eng anliegenden Samtjacke, über deren hoch gestelltem Kragen das blonde Haar golden aufleuchtet. Dann räuspert er sich und dreht sich wieder um, weil der Geistliche mit den Ministranten kommt.

Sophie sieht diesen Mann aus dem Grottental, als sie den Friedhof verlassen, immer noch vor dem Grab stehen. Er blickt auch nicht auf, als sie mit Johanna vorübergeht. Nur aus gesenkten Lidern heraus sieht er ihnen nach.

Etwas später fährt er mit seinem schweren Wagen auf der Straße entlang, die zum Grottental führt.

Am anderen Morgen fahren Sophie und Johanna mit dem Bäckergaul und einem Wagen in den Wald, und weil Rudolf Kranbichler den Holzschlag des Herrn Reischl erwähnt hat, fahren sie eben dorthin. Der Bäckergaul heißt Moritz und ist wirklich nicht nur in seiner Mähne grau und alt. Alle Augenblicke bleibt er auf dem steilen Sträßlein stehen. Dann tröstet Johanna ihn:

»Abwärts geht es dann leichter, Moritz. Da läuft der Wagen von allein!«

Dabei hätten sie und ihre Mutter selber Trost gebraucht, denn gerade an diesem Morgen haben sie von Andreas Post bekommen, dass er eingezogen worden sei. Vorerst zum Arbeitsdienst in die Lüneburger Heide hinauf. Aber das andere kommt dann nach, so viel wissen die Frauen jetzt auch schon. Das große Räderwerk hat ihn schon erfasst und wird ihn nicht mehr loslassen.

Als sie an den Holzschlag kommen, stehen dort bereits zwei Lastwagen des Sperrholzwerkes Reischl, halb beladen mit Stämmen. Sophie bekommt schon wieder Angst. Johanna aber überlässt ihr den Gaul, steigt über ein paar Stämme und fragt, ob es erlaubt sei, hier Holz zu sammeln. Einer der Arbeiter, der gerade ein Drahtseil um einen Baumstamm schlingt, antwortet ihr:

»Meinetwegen. Aber wenn der Alte kommt, verzieht euch. Er sieht es nämlich nicht gern.«

Das Gespann wird bereit gestellt, der Moritz angebunden, und schon beginnen sie mit ihrer Arbeit. Johanna nimmt eine Axt und hackt armdicke Fichtenäste auf eine Länge von zwei Metern zurecht. Es liegen genug davon herum, und beide sind voll Eifer bei der Sache.

Sie merken nicht, dass drunten beim Holzverladeplatz das Auto des Herrn Reischl angekommen ist und dass er nun selber, angelockt von den hellen Schlägen in seinem Wald über Stöcke und Stämme steigend, heraufkommt. Sophie sieht ihn zuerst und bekommt einen großen Schreck. Johanna aber hackt unverdrossen weiter. Ihr blonder Haarknoten hat sich unter der Anstrengung gelöst und das Haar flutet in weichen Wellen um ihre schmalen Schultern.

Stephan Reischl ist so gebannt von diesem schönen Bild, dass er kein Wort herausbringt. Er betrachtet sie eine ganze Weile, sieht zu, wie sie sich abmüht, und freut sich an dem kraftvollen Schwung ihres Armes. Dann erst tritt er hinter sie, fällt ihr in den Arm und nimmt ihr die Axt aus den Händen. Mit dem Daumen prüft er die Schneide der Axt, dann wirft er sie achtlos zur Seite.

»Das Glump schneidet nicht. Du wirst dich noch zu Tode schinden damit.«

Dabei sieht er Johanna aus seinen grauen Augen an, dreht dann das Gesicht zu Sophie hin und schiebt sein energisches Kinn vor.

»Ihr braucht Winterholz?«

»Ja«, antwortet Sophie, in dem Glauben, dass dieser kurzen Frage nun ein ebenso kurzes Verbot folgen werde, darum fügt sie noch hinzu: »Es ist zwar ausgemacht gewesen, dass wir drei Klafter kriegen sollen, aber der junge Herr hält sich ja an nichts.«

Johanna aber sagt nun etwas trotzig zu dem Mann in Lederbundhose und grauer Lodenjacke:

»Ihr habt so viel Holz, dass Ihr die paar Karren gar nicht spürt, die wir brauchen.«

Langsam wendet Stephan Reischl ihr sein Gesicht zu und lächelt: »Was redest du denn daher? Glaubst du, dass ich es dir nicht gönnen würde? Natürlich spüre ich die paar Äste nicht, aber du würdest dich wundern, wie schlecht sie brennen. Sie sind doch noch grün und nass. Darum lass es gut sein. Ich lasse euch morgen einen Lastwagen voll trockenes Brennholz hinfahren. Ihr wohnt doch im Malzhaus, oder?«

»Ja, im Malzhaus«, antwortet Sophie und fügt voller Zweifel hinzu: »Ihr wollt uns wirklich Brennholz geben?«

»Ich pflege zu halten, was ich verspreche«, antwortet Stephan Reischl und spielt aus lauter Verlegenheit mit seinen Autoschlüsseln, obwohl er doch wirklich nicht verlegen sein müsste, denn er steht doch in seinem eigenen Wald, ist der weit und breit im Land bekannte Stephan Reischl, der in seinem Werk an die hundert Leute beschäftigt und nur deshalb nicht hat einrücken müssen, weil man sein Erzeugnis notwendig für die Kriegswirtschaft braucht.

»Wo wohnt ihr im Malzhaus?«, fragt er nun.

»Linker Flügel, zweiter Stock, ganz hinten in der Ecke. Zweimal läuten«, witzelt Johanna und steckt sich ihre Haare auf.

Reischl sieht sie an, und um seinen Mund ist wieder das gutmütige Schmunzeln.

»Morgen früh bekommt ihr das Holz.« Dann dreht er sich um, geht den Holzschlag hinunter und steigt wieder in seinen Wagen. Mutter und Tochter sehen ihm nach.

»Gott schenkt es den Seinen im Schlaf«, lacht Johanna.

»Spotte nicht, Johanna. Er ist ein guter Mensch.«

»Er braucht es uns ja nicht schenken«, meint Johanna. »So arm sind wir auch nicht. Ich habe noch Geld, obwohl ich doch Andreas die Uhr gekauft habe … Ob er sie wohl immer trägt?«

Da sind nun plötzlich wieder beider Gedanken bei dem Sohn und Bruder, und Sophies Herz krampft sich zusammen.

»Wenn ihm nur nichts passiert!«

»Daran sollst du nicht immer denken, Mutter«, antwortet Johanna, bindet den Gaul los, dann fahren sie heimwärts.

Am anderen Morgen, schon um sieben Uhr, fährt ein Lastwagen in den Bräuhof mit mindestens viel Ster klein gemachtem trockenem Brennholz. Zwei Männer werfen das Holz beim Malzhaus gegen die Mauer, wo es dann die beiden Frauen aufschichten wollen.

Natürlich gibt es dabei einigen Lärm, und davon wacht Herr Rudolf auf. Er tritt an das Fenster und schaut, was da los ist. Das ist doch allerhand! Diese Sophie besitzt die Frechheit und kauft sich Holz! Nach seiner Schätzung sind das mindestens vier bis fünf Ster. Das Geld muss sie ihm unterschlagen haben auf der Alm!

Er hängt sich einen Mantel um seinen Pyjama, schlüpft in die Schuhe und geht hinunter.

»Was ist das mit dem Holz?«, fragt er streng. »Wieso kannst du dir Holz kaufen? Woher hast du das Geld? Ich möchte die genaue Abrechnung über diesen Sommer noch mal sehen. Wie viele Übernachtungen hast du da wieder in deine Tasche kassiert, du Luder?«

Die beiden Männer halten in ihrer Arbeit inne und hören zu. Sophie ist ganz grau im Gesicht. Johanna aber nimmt ein schweres Holzscheit, ein recht kantiges, in die Hand und tritt ein paar Schritte vor. Ihre Augen flammen vor Zorn.

»Was sagst du zu meiner Mutter? Sag das nicht noch einmal!«

Unwillkürlich geht Rudolf einige Schritte zurück und schreit im Weggehen nochmal böse:

»Euch werde ich noch helfen! Unverschämtes Pack! Und du« – das ist für Johanna gemeint –, »ich werde dafür sorgen, dass du zum Arbeitsdienst kommst!«

Diese Drohung hängt den ganzen Tag wie ein Schwert über Sophie, und sie kann sich nicht einmal über die durch das Brennholz endlich wohlig warme Stube freuen. Johanna aber bleibt ungerührt, sie hat keine Angst vor dem jungen Herrn, der so lächerlich in seinem Pyjama dagestanden ist.

»Mach dir doch nichts draus, Mutter«, sagt sie. »Die Hauptsache ist, dass wir ein richtiges Mittagessen bekommen.«

Nein, die Johanna ist durch nichts zu beirren. Ihr Optimismus ist unerschütterlich und verhilft ihr zu großer Tatkraft. Am Nachmittag geht sie zur Bäckerei und beginnt dort das Haus zu stöbern, von oben bis unten. Darum ist sie nicht da, als Stephan Reischl um drei Uhr Nachmittag in den Sudhof fährt. Er wirft den Schlag hinter sich zu, sieht sich ein wenig um und betritt dann das Malzhaus.

Sophie hat ihn kommen sehen und denkt, nun wird er die Rechnung bringen. Sie sucht gleich den Schlüssel für die eiserne Kassette, in der sie ihr Bargeld aufbewahrt hat. Da klopft es auch schon an der Tür.

Herr Reischl tritt ein, grüßt freundlich, legt seinen Hut auf die Kommode und dankt für den Stuhl, den Sophie ihm anbietet. Er setzt sich und schlägt die Beine übereinander. Von der Rechnung sagt er kein Wort. Er sieht sich nur die bedrängende Enge in dem Raum an wie ein Mensch, der genau im Bild sein will. Dann erst sagt er:

»Also, das Holz habt ihr bekommen. Wenn es nicht reichen sollte, dann sag es ruhig.«

Sophie wird ganz durcheinander und fragt schüchtern:

»Ich muss zuerst wissen, was das heutige kostet.«

Stephan Reischl macht eine abwehrende Handbewegung.

»Darüber reden wir nicht, geschenkt ist geschenkt.«

»Wirklich? Sie schenken es mir? Warum?«

»Warum? Weil ich es will und weil ich es kann. Aber nun was anderes. Deine Tochter – wie heißt sie denn eigentlich, deine Tochter?«

»Johanna meinen Sie?«

»Sag nicht Sie zu mir. Du kannst mich ruhig duzen, wenn ich es auch tue. Johanna heißt sie also. Wo ist sie denn?«

»Beim Bäcker Hofmeister hilft sie.«

Reischl wiegt den Kopf hin und her, als passe ihm das nicht.

»So, so, beim Hofmeister. Ist sie da richtig angemeldet, in einem Arbeitsverhältnis meine ich?«

»Das weiß ich nicht, aber wahrscheinlich.«

»Ich meine nur, weil da heute einer gedroht haben soll, dass er sie zum Arbeitsdienst bringen will. Wie alt ist sie eigentlich?«

»Siebzehn.«

Stephan Reischl kratzt sich überrascht das Kinn.

»Ich habe sie mindestens zwei Jahre älter geschätzt.« Dann blickt er lange vor sich hin auf den sauber gescheuerten Fußboden. Sophie hat Zeit und Ruhe, ihn genauer zu betrachten. Sein Haar ist noch ganz dunkel, seine Stirn ist breit und noch ohne Falten. Der Mann wirkt nur durch seine gedrungene Gestalt etwas älter. Jetzt hebt er mit einer raschen Bewegung den Kopf.

»Du brauchst nicht gleich zu erschrecken darüber, was ich dir jetzt sage«, beginnt er. »Aber mir geht deine Johanna nicht mehr aus dem Kopf. Ich habe sie im Sommer einmal flüchtig gesehen, dann am Allerheiligentag am Grab und jetzt wieder im Holzschlag droben. Ich weiß genau, was ich will. Ein neues Glück will ich mir aufbauen, nachdem mir meine Frau gestorben ist. Ich stehe ganz allein da mit allem. Soweit ich mich informiert habe, hat dir das Leben immer hart mitgespielt. Deiner Tochter könntest du das alles ersparen.«

Sophie steht erregt auf.

»Nein, nein, nein! Das geht doch nicht. Du bist –«

»Genau vierzig Jahre«, unterbricht er sie. »Ich weiß das alles. Der Altersunterschied ist groß. Aber es sind nicht immer die schlechtesten Ehen.«

»Aber sie ist doch noch ein halbes Kind!«

»Aus Kindern werden Erwachsene. Und ich habe nicht gesagt, dass es morgen schon sein müsste. Ich will warten. Du sollst ihr vorerst überhaupt noch nichts sagen – sie könnte erschrecken darüber. Du sollst nur ein wenig aufpassen, dass sie keinem anderen in die Hände fällt. Ob du das verstehen kannst, weiß ich nicht. Aber seit ich diesen Gedanken habe, ist es wieder ganz hell in mir geworden. Ich brauche nur eine gewisse Hoffnung, dass ich mich nicht umsonst freue.«

Sophie weiß wirklich nicht, was sie antworten soll. Sie ringt die Hände und schaut nachdenklich vor sich hin.

»Ich weiß«, sagt Herr Reischl jetzt, »dich stört vor allem der große Altersunterschied. Das schreckt aber bloß im ersten Augenblick. Denn es kommt auf die zwei Menschen selber an, wie sie den Weg zueinander finden und wie sie die Jahre überbrücken. Überlege dir das alles in Ruhe und sag mir dann Bescheid. – Jetzt möchte ich dir aber, ganz unabhängig davon, noch einen Vorschlag machen. Ich hab da am Kranzhügel oben noch ein Anwesen – meine Frau hat es mitgebracht in die Ehe – und jetzt steht es seit vielen Jahren leer. Den Grund habe ich verpachtet gehabt, die Pacht läuft am ersten Januar aus. Ich stelle dir acht bis zehn Kühe hinein, ihr beide sagt dieser muffigen Kammer Lebewohl und bewirtschaftet mir das Anwesen.«

In Sophies Augen leuchtet es auf. Das wäre ja ein wahrer Segen. Hier gibt es doch wirklich nichts zu überlegen! Frei sein können und unabhängig von der Laune eines Herrn Rudolf Kranbichler!

»Und wann könnte das schon sein?«

»Meinetwegen morgen schon. Aber wenn du damit noch eine Woche warten könntest, wäre es recht. Ich muss die Kühe erst noch kaufen, Futter beschaffen für den Winter, und dann möchte ich das Haus auch noch herrichten lassen. Es steht jetzt immerhin schon fünfzehn Jahre leer.«

Sophie hat Tränen in den Augen und gesteht:

»Ich habe mein Leben lang auf so einen Glücksfall gewartet. Nun kann ich auch noch eine Woche warten.«

»Auf diese Weise kann sich der dicke Mops da vorne seine Drohung mit dem Arbeitsdienst auf den Hut stecken. Landwirtschaft geht vor in der heutigen Zeit, und außerdem – ich habe schon auch meine Beziehungen.«

Stephan Reischl greift nach seinem Hut.

»Also, wie gesagt, dränge das Mädchen nicht. Und jetzt hab ich mit dem jungen Palmbräu noch ein Hühnchen zu rupfen.« Er gibt Sophie die Hand und geht. Sophie gibt ihm zum Stiegenhaus noch das Geleit.

»Und wie erfahren wir es, wenn es mit dem Anwesen so weit ist?«

»Ich lasse euch benachrichtigen.«

»Danke«, sagt Sophie leise. Mehr bringt sie nicht heraus, so überwältigt ist sie von dem, was ihr da gerade geboten worden ist. Der Mann aber geht bereits über den Sudhof und betritt gleich von hinten her das kleine Bräustüberl, bestellt sich einen Schoppen Wein und sagt der Kellnerin, dass er den Herrn Kranbichler zu sprechen wünsche.

Rudolf hat längst den bekannten Wagen im Hof stehen sehen. Er weiß nur nicht, wie alles zusammenhängt, und begrüßt daher den Gast mit betonter Höflichkeit, hält – wie seit Kriegsausbruch immer – seine flache Hand an die Herzgegend und bleibt auch dann noch höflich, als Herr Reischl ihn spöttisch fragt, wie teuer ihm denn sein Unabkömmlichkeits-Status gekommen sei.

Rudolf tut so, als ob er den Spott überhört hätte, bestellt sich ebenfalls ein Glas Wein und verschlingt die Hände ineinander.

»Ich bin unabkömmlich gestellt«, sagt er dann, »weil sonst der Betrieb hier nicht weitergeführt werden kann. Bier ist nämlich auch ein kriegswichtiger Artikel, genau wie Sperrholzplatten. Manchmal freilich möchte ich auch ganz gern dabeisein. Es sind ja lauter Blitzkriege.«

»Vorerst«, antwortet Herr Reischl. »Vorerst sieht es so aus. Aber warten wir ab, wie es noch kommt.«

»Aber Sie werden doch an dem Sieg nicht zweifeln?«

»Ich zweifle nicht, ich stelle keine Behauptungen auf, ich stelle keine Prognosen. Ich finde mich nur mit Tatsachen ab. Und Tatsache ist, dass dieser Wein ein ausgezeichneter Tropfen ist.«

»Es ist noch alter Bestand«, antwortet Rudolf geschmeichelt.

»Was wollte ich denn eigentlich?« Herr Reischl streicht sich mit zwei Fingern über die Stirn. »Ja, richtig! Das wollte ich noch sagen, Kranbichler. Mischen Sie sich nicht in Sachen ein, die Sie nichts angehen. Wenn ich jemandem eine Fuhre Holz schenke, dann verbitte ich mir, dass Sie anständige Leute des Diebstahls bezichtigen.«

»Ich habe nicht gesagt, dass sie das Holz gestohlen haben«, braust Herr Rudolf auf.

»Nein, das haben Sie nicht. Aber Sie haben behauptet, das Geld hätten sie gestohlen, mit dem sie mir das Holz bezahlen sollen.«

»Ach so, man hat mich angeschwärzt! Das sieht den beiden Weibern gleich. Was ich mit denen schon an Verdruss gehabt habe, das geht auf keine Kuhhaut!«

»Lassen Sie die beiden Frauen aus dem Spiel. Meine Arbeiter haben mir berichtet, was sie gehört haben. Und im Übrigen – Sie brauchen sich nicht mehr weiter ärgern. Sie bringen die beiden jetzt ganz billig los. Sie bewirtschaften in Zukunft mein Anwesen auf dem Kranzhügel.«

Herr Rudolf reißt verblüfft den Kopf hoch. »Und wer soll meine Kaindlhütte bewirtschaften?«

»Wie soll denn ich das wissen?«, sagt Stephan Reischl in aller Gemütsruhe und greift dabei in seine Hosentasche. »So, hier ist das Geld. Wiedersehen.«

Mit zusammengebissenen Zähnen starrt Rudolf ihm nach. Was dieser Holzprotz sich erlaubt! Seinen kleinen Fiat hat man stillgelegt, dieser Reischl fährt immer noch mit seinem Mercedes, als gäbe es keinen Krieg und keine Einschränkungen!

Nun ja, auf alle Fälle wird er die zwei Weiber jetzt los. Daran hätte er nie gedacht. Diese Neuigkeit muss er gleich seiner Mutter beibringen.

Frau Franziska Kranbichler ist alt geworden. Nichts mehr von der früheren Spannkraft ist da. Sie leidet an Ischias und geht an einem Stock durch die vier Zimmer, die ihre Privaträume sind. Als der Sohn bei ihr eintritt, hebt sie müde die Augen. Sie vernimmt die Neuigkeit mit apathischer Gleichgültigkeit und sagt dann:

»Aber das interessiert mich doch alles nicht.«

»Mich auch nicht. Aber immerhin – diese Sophie ist ein halbes Leben lang bei uns gewesen.«

»Und nun geht sie eben weg. Was ist da schon dabei? Mir wäre lieber, du würdest mir bald eine Nachfolgerin ins Haus bringen. Oder denkst du überhaupt nicht ans Heiraten?«

»Doch, doch, aber so mitten im Krieg will ich nichts riskieren. Höchstens, es würde ihnen einfallen, mich doch noch einzuziehen, was ich allerdings nicht glaube.«

»Ich auch nicht, und ich bewundere die Geschicklichkeit, mit der du dich hier unentbehrlich machst.«

Rudolf lächelt – wahrscheinlich über sich selber.

»Na ja, irgendwelche besonderen Eigenschaften hat schließlich jeder Mensch. Ich schicke dir jetzt die Köchin herauf, damit ihr den Speisezettel für die nächste Woche besprechen könnt.«

Als Rudolf Kranbichler durch den lagen Flur des oberen Stockwerks geht, pfeift er vergnügt und zufrieden vor sich hin.

Das Anwesen am Kranzhügel ist ein mittlerer Bauernhof, fest gefügt in seinen Mauern, mit einem hellen, luftigen Stall und einem prächtigen Obstgarten.

Herr Reischl schickt einen Lastwagen und drei Arbeiter, die bei dem Umzug helfen. In drei Stunden ist alles vorbei, und Sophie steht dann doch wie benommen vor all dem Neuen und kann immer noch nicht recht glauben, dass das Schicksal es auf einmal so gut mit ihr meint.

Herr Reischl hat aber auch an alles gedacht. Im Stall stehen schon einige Kühe. Zwei davon sind trächtig. Außerdem grunzen ein paar Schweine im hinteren Winkel und es sind an die dreißig Hühner da.

Die Zimmer sind alle frisch getüncht worden, der

Schuppen ist voller Brennholz, die Tenne voller Heu, Grummet und Stroh. An alles hat dieser Mann gedacht, nichts fehlt.

Für ihre Arbeit erhalten sie von Herrn Reischl jeden Monat einen geregelten Lohn bezahlt, wobei er sich keineswegs an den Tarif halten will. Es wird schon etwas darüber sein. Ach ja, es ist ein wunderbares Leben jetzt, ein Leben auf luftiger Höhe, in Freiheit und Würde, und manchmal verstehen sie gar nicht, warum sich auf einmal alles so zum Guten gewendet hat.

Freilich, manchmal ist Sophie sehr bedrückt, wenn sie bedenkt, was Stephan Reischl von ihr erwartet. Sie soll die Johanna für ihn aufbewahren. Es kommt ihr wie ein Versteckspiel vor und oft ist sie nahe daran, ganz offen mit Johanna zu reden. Aber dann verschiebt sie es immer wieder, und darüber wird es Frühling.

Johanna hätte es aber schon von selber auch merken müssen, denn Stephan Reischl kommt regelmäßig alle vierzehn Tage, und er kommt nie mit leeren Händen. Einmal hat er für Sophie ein paar Kleider dabei von seiner verstorbenen Frau und das andere Mal für Johanna gleich zwei Paar Schuhe und Stoff für ein Kostüm. Er erfüllt ihr alles, was er ihr von den Augen ablesen kann. Nur eines tut er nicht, er erklärt sich ihr nicht, obwohl er sie immer heftiger liebt. Es ist sicher nicht leicht, sich so in der Gewalt zu haben.

Aber Johanna nimmt alle seine Wohltaten mit unbekümmerter Selbstverständlichkeit an. Sicher, sie ist diesem Mann gut gesonnen, schon weil er sie aus der Enge des Malzhauses befreit und in diesen wunderschönen alten Bauernhof gebracht hat. Aber es fällt ihr nicht im Traum ein, dass er in ihr mehr sehen könnte als nur die junge Angestellte, die mit ihrer Mutter das Anwesen bewirtschaftet. Nur hin und wieder denkt sie darüber nach, warum er ihr dies oder jenes schenkt, aber sie ist der Meinung, dass reiche Leute eben das Bedürfnis haben, zu schenken. Siehe die Müllerin. Was hat die für Andreas schon alles getan!

So erlebt Johanna diesen Frühling ganz froh und unbekümmert in dem selbstverständlichen Bewusstsein, dass um diese Zeit eben alles zu blühen und zu grünen habe. Sie denkt an den fernen Bruder, lebt von seinen spärlichen Briefen und hat nur etwas mehr Angst, seit sie weiß, dass er vom Arbeitsdienst weg gleich zu den Soldaten gekommen ist. Sie schreibt ihm sehnsuchtsvolle Briefe und bittet ihn, auf sich zu achten, weil sie nicht wisse, was sie anfangen sollte, stieße ihm einmal etwas zu.

Andreas schreibt keine so sehnsuchtsvollen Briefe, teilt ihr dagegen mit, dass er lieber Soldat als Arbeitsdienstmann sei und dass er ihre Armbanduhr immer trage wie einen Talismann.

Ein glanzvoller Sommer geht über das Land. Aber dieser Sommer ist nicht mehr ganz so ruhig, wie die früheren Sommer es waren. Zwar sieht noch alles nach Kriegsruhm aus, die Siege fallen so leicht, wie Sternschnuppen vom Himmel fallen, und Andreas schreibt einen begeisterten Brief. Er ist mit den jungen Regimentern tief nach Frankreich hineinmarschiert, am Tag gleich sechzig Kilometer, schreibt er. Er habe als einer der Ersten seiner Kompanie das Eiserne Kreuz erhalten, aber man solle nicht denken, dass er sich besonders hervortue. Er erfülle eben seine Pflicht dem Vaterland gegenüber. Voller Zuversicht ist er, voller Glauben.

Aber es lässt sich nicht leugnen, der Krieg macht sich nun auch hier bemerkbar. Immer öfter überfliegen Feindflugzeuge die Grenzen, und dann hört man weit in der Ferne ein dumpfes Poltern und Dröhnen, als wäre ein Gewitter im Anzug. Wie ein Windhund saust Rudolf

Kranbichler in solchen Nächten herum, findet jeden Lichtspalt und bringt den Verursacher zur Anzeige.

Die Zeit der Heuernte kommt. Die beiden Frauen am Kranzhügel stehen im Morgengrauen draußen und mähen Gras. Am anderen Nachmittag rechen sie das Heu zusammen. Und bei dieser Arbeit geschieht es zum ersten Mal, dass Sophie ganz leise Johannas Zukunft anspricht. Eigentlich bringt Johanna selber das Gespräch auf Stephan Reischl.

»Heute Abend wird er ja wieder kommen«, meint sie. »Oder täusche ich mich? Nein, es sind schon vierzehn Tage heut, seit er nicht mehr da war.«

Sophie stellt den Rechen zu Boden und schiebt das Kopftuch aus der Stirn. Ein paar Sekunden steckt ihr die Frage noch im Hals, dann bricht sie heraus:

»Würde es dir Leid tun, wenn er plötzlich ausbliebe?«

Johanna braucht über die Frage erst gar nicht nachzudenken. Ohne Zögern und mit offenem Blick antwortet sie:

»Ehrlich gesagt, es würde mir Leid tun. Ich habe mich an seine Besuche schon so gewöhnt, dass mir etwas abginge, käme er auf einmal nicht mehr. Ich hätte nie geglaubt, dass man sich an einen Menschen so gewöhnen kann.«

Da entschlüpft es Sophie unvorsichtigerweise:

»Dann ist es gut, wenn du es so siehst.«

Jetzt erst wird Johanna hellhörig.

»Wie meinst du das, Mutter?«

Sophie beginnt wieder zu rechen. Sie hat sich zu weit vorgewagt und will sich vor der Antwort drücken. Aber Johanna lässt nicht locker.

»Was hast du damit gemeint, Mutter, dass es gut wäre, wenn ich es so sehe?«

»Ach nichts, das war nur so gesagt«, weicht Sophie aus.

»Nein, Mutter, das glaube ich dir nicht. Fällt dir denn die Antwort so schwer?«

»Sie fällt mir schwer, weil ich immer gewartet habe, bis du es selber einmal merkst.«

»Was soll ich selber merken?«

»Nun ja – ich meine ...« Tränen ersticken plötzlich Sophies weitere Worte.

Wie Schuppen fällt es Johanna von den Augen. In jähem Schrecken starrt sie ihre Mutter an.

»Jetzt weiß ich, wie viel es geschlagen hat.« Eine zornige Röte geht über ihre Stirn. »Warum hast du mir das alles verschwiegen, Mutter? Was habt ihr beide hinter meinem Rücken abgemacht?«

Erschrocken reißt Sophie den Kopf in die Höhe.

»Kind, Kind, wie redest du denn? Es ist nichts Endgültiges, und – er liebt dich doch – er liebt dich wirklich, Kind.«

»Soso, er liebt mich! Dieser Holzwurm liebt mich! Das ist ja wunderbar! Darum dieses Getue, all seine Geschenke! Ich hätte es mir ja denken können, dass kein Mensch das alles umsonst macht! Aber die Rechnung geht euch nicht auf!«

Sie dreht sich um und rennt den Hang hinunter, ohne das Jammergeschrei der Mutter noch zu hören. Sie läuft in den Wald hinein, rennt immerzu wie ein Tier, das gejagt wird, bis sie sich erschöpft an den Bachrand kauert und bitterlich weint.

So also ist das. Johanna hätte aufschreien mögen vor Scham und Schmerz. Ist sie denn ein Gegenstand, mit dem man handeln kann? Immerzu weint sie. Zu ihren Füßen plätschert der Bach, über ihr rauschen die Zweige der Bäume. Der Abend kommt und es wird still. Und je länger Johanna so dasitzt und über ihre Lage nachdenkt, desto mehr kommt ihr zu Bewusstsein, dass die Lage gar nicht so verzweifelt ist. Kann sie sich denn nicht wehren? Jawohl, das kann sie. Sie kann doch diesem Stephan Reischl in aller Ruhe sagen, dass er sich nur nichts einbilden soll.

Und weil sie mit ihren Gedanken nun bei dem Mann angekommen ist, geht sie der Reihe nach Punkt für Punkt durch. Zunächst korrigiert sie den Ausdruck »Holzwurm«, denn er sieht wirklich nicht wie ein solcher aus, und zweitens ist es nicht ihre Art, einen Menschen, von dem sie bisher nur Gutes erfahren hat, mit einem Spottnamen zu belegen. Nein, sie will ganz ehrlich zu sich selber sein, wischt sich die Tränenspuren vom Gesicht und betrachtet ihr Spiegelbild im klaren Wasser des Bachs.

Also, der Mann ist, bei Licht besehen, gar nicht abstoßend. Er protzt nicht mit seinem Reichtum wie andere. Er erweist Wohltaten, ohne Aufsehen zu machen. Das allein ist schon ein guter Zug an ihm. Gewiss, er könnte ihr Vater sein, aber sicher gäbe es hundert andere, die dies nicht bedächten und froh wären, wäre ein Stephan Reischl an ihnen interessiert. Freilich, sich vorzustellen, dass seine mächtigen Arme sich um sie legten, dass sein Mund sie küssen sollte, das erzeugt ein Gefühl des inneren Fröstelns in ihr, besonders wenn sie an Andreas' schmalen Mund denkt.

Ach, Andreas! Ihre Liebe zu ihm verliert sich schon manchmal bis an gefährliche Ufer. Ihn, den Bruder, darf sie niemals lieben, und sie weiß genau, dass sie ihn einmal an eine andere verlieren wird. Was gäbe sie dafür, wenn sie sein Urteil in dieser Sache hören könnte. Er, der doch immer so bedächtig alles abwägt und gründlich überlegt, er wüsste sicherlich Rat und Hilfe.

Und plötzlich weiß sie, was sie tun wird. Dass ihr das

aber nicht eher eingefallen ist! Natürlich wird sie Andreas schreiben. Sein Rat soll ihr Wegweiser sein für ihr künftiges Leben. Mit diesem Entschluss steht sie auf, glättet ihre Kleidung und geht heimwärts. Der Abend leuchtet in allen Farben. Von den Wiesen steigt der Duft des frisch gemähten Grases und die Abendglocken läuten friedlich durch das Tal.

Da sieht sie von weitem schon, dass Stephan Reischl bei der Mutter auf der Hausbank sitzt, und ein kleiner Schreck durchfährt sie. Auf einmal weiß sie, dass sie in eine Entscheidung hineingedrängt ist, die sie so oder so treffen muss, ohne noch den Rat des Bruders einholen zu können.

Natürlich wird ihm die Mutter bereits alles erzählt haben. Fast überkommt sie ein Gefühl der Überheblichkeit bei dem Gedanken, dass die beiden nun dort sitzen und auf ihre Entscheidung warten. Wie werden sie sie hinnehmen?

Unwillkürlich strafft sie sich. Ihr Schritt gerät nicht einen Augenblick ins Stocken und sie setzt die Füße erst langsamer auf, als sie die Augen der beiden bereits auf sich gerichtet sieht.

Dann steht sie vor ihnen, sieht in die bittenden, wie um Verzeihung flehenden Blicke der Mutter und spürt den ruhig abwartenden Blick des Mannes. Niemand spricht ein Wort, und daher klingt es fast wie eine Erlösung in die zum zerreißen gespannte Stille hinein, als Johanna fragt:

»Ihr wartet wohl auf mich?« Dann richtet sie den Blick voll und ganz auf den Mann. »Die Mutter hat mir heute gesagt, warum Sie das alles für uns getan haben, Stephan Reischl.«

Der Mann macht keine Bewegung, sieht sie nur immerzu mit seinen grauen Augen an, darauf gefasst, dass sie ihm nun eine kalte Abfuhr erteilen wird, für die er sich innerlich bereits gewappnet hat. Weil sie aber weiter nichts sagt, ist es an ihm, zu erklären:

»Nicht deswegen habe ich es getan. Wenn du das glaubst, kennst du mich nicht und denkst falsch. Ich sage dir nur das eine: Ich meine es von Herzen gut mit dir.«

»Das kann schon sein«, erwidert Johanna. »Ich glaube Ihnen sogar aufs Wort. Bitte, Mutter, geh jetzt und – lass uns allein ...«

Zögernd erhebt sich Sophie, schaut ängstlich in das Gesicht der Tochter und geht ins Haus.

Johanna setzt sich zu dem Mann auf die Bank und das gibt ihm – da es ihm an Mut ohnehin nicht mangelt – einige Zuversicht. Es ist jedenfalls besser, sie neben sich sitzen zu haben als so groß vor ihm stehend, wie eine Anklägerin. Jetzt will jedes Wort gut überlegt sein.

»Deine Mutter hat mir gesagt«, beginnt er, »dass du sehr erschrocken bist über die Wahrheit der Dinge. Und ich nehme dir das nicht übel. Sie hat mir weiter gesagt, dass du es so siehst, als wärst du zwischen uns ausgehandelt worden. Aber gerade das ist wirklich nicht der Fall. Glaub mir das ruhig, Johanna. Niemand wird dich jemals zwingen, ich am wenigsten, weil ich weiß, was Zwang heißt, und dass man sich vor allem Lebensglück nicht erzwingen kann. Was dich erschreckt, das kann ich mir denken. Es ist mein Alter. Ich bin kein Mann, der ein junges Herz wie das deine im Sturm erobern könnte. Ich könnte dein Vater sein, und du sollst ihn meinetwegen in mir sehen, wenn es zur Liebe nicht reicht. Ich will warten und hoffen, dass sich das eines Tages ändert.«

Johanna sitzt ganz still und nimmt die Worte in sich auf. Als er schweigt, horcht sie immer noch in sich hinein. Auf ein Echo vielleicht oder auf die Stimme ihres Herzens. Endlich sagt sie:

»Lassen Sie mir bitte Zeit. So was geht nicht von heute auf morgen.«

»Ich habe nicht gedrängt. Ich habe nur Angst, dass ein anderer kommen könnte – ein jüngerer ...«

»Das können Sie sich aus dem Kopf schlagen. Ich wüsste nämlich keinen.«

»So etwas kann sich über Nacht ändern.«

»Bei mir nicht. Und damit es ganz klar ist zwischen uns beiden: Ich mag Sie gern, Stephan Reischl, und wenn ich heute im ersten Augenblick geglaubt habe, Sie verachten zu müssen, jetzt sehe ich es anders.«

Ist das nicht schon ein halbes Zugeständnis? Der Mann fühlt, wie eine große Freude in ihm aufsteigt. Am liebsten hätte er sie in seine Arme genommen, aber er will sie nicht erschrecken. Sie soll ganz langsam von sich aus zu ihm finden. Und da tut dieser Mann etwas, was er sicherlich in seinem ganzen Leben noch nicht getan hat. Er steht auf, reicht ihr die Hand und sagt mit einer merkwürdig schwankenden Stimme:

»Ich danke dir, Johanna. Es ist viel, was du mir jetzt gegeben hast. Mehr darf ich gar nicht verlangen. Und nun bitte ich dich nur, mich nicht mehr zu siezen. Versuche, ob du nicht Stephan sagen kannst.«

»Doch«, sagt Johanna, und ein kleines Lächeln zuckt um ihren Mund. »Ich glaube, dass es schon geht, Stephan.«

»Dann will ich dich jetzt allein lassen, denn ich weiß, dass du in den nächsten Stunden viel zu überlegen hast. Nur – wenn es geht – denk nicht böse an mich. Denke, dass ein Mann, der auf dem Höhepunkt seines Lebens steht, dich von Herzen lieb hat. Denke auch daran, liebe Johanna, dass ein treues Herz mitunter mehr wert ist als die frischeste Jugend. Dann noch etwas, Johanna ...« Er tritt dabei einen Schritt auf sie zu. »Sieh bitte in mir nie mein Werk da hinten im Grottental, sondern versuche den Menschen in mir zu erkennen. Es wäre mir furchtbar, einmal erfahren zu müssen, dass du mir nur um meines Reichtums willen gut sein kannst.«

»Ich will über alles nachdenken und es mir überlegen«, antwortet Johanna und senkt den Kopf.

»Ja, überlege es dir genau. Entscheide dich erst dann, wenn du dir selber über alles völlig klar bist. Ich hätte noch eine Frage an dich.«

»Ja, bitte!«

»Du trägst immer das Kettchen mit dem roten Stein um den Hals. Hängt das mit einem Mann zusammen?«

Da lächelt sie wieder, ganz ruhig, als höre sie eine wunderbare Musik.

»Ja, Stephan, es bedeutet einen Mann. Ich habe das von meinem Bruder Andreas bekommen.«

»Ach so. Ja – dann ist es gut.« Er fasst nach ihrer Hand. »Gute Nacht, Johanna.«

»Gute Nacht, Stephan.«

Mit leicht wiegenden Schritten geht er den Fußweg zur Straße hinunter, wo sein Wagen steht. Der Wagen, einst rotbraun, hat jetzt einen grauen Tarnanstrich. Bevor er einsteigt, schaut er nochmal herauf. Johanna steht immer noch auf dem gleichen Platz. Aber sie hebt nicht die Hand, um ihn nochmals zu grüßen. Zu verworren sind im Augenblick ihre Gedanken, um sich zu dieser Geste aufraffen zu können.

Erst, als der Wagen schon um die Wegbiegung verschwunden ist, geht Johanna ins Haus und findet die Mutter in der Stube, ganz im hintersten Winkel, beim Herd, sitzen wie ein Häuflein Elend. Johanna will Licht machen, aber Sophie wehrt sich dagegen.

»Nein, lass nur, Johanna. Ich getraue mich jetzt nicht, in dein Gesicht zu sehen.«

Johanna fährt herum.

»Warum denn nicht? Was hast du dir vorzuwerfen? Ich begreife alles. Du willst mein Bestes, und ich glaube, dass dies mein Bestes ist. Wie soll ich dich nicht verstehen, Mutter?«

»Dein Lebtag keine Not mehr«, wimmert Sophie leise. »Und ich glaube – er ist ein guter Mensch.«

»Ja, das glaube ich auch.« Johanna setzt sich neben die Mutter auf die Bank und ergreift ihre Hand. »Mutter, erzähl mir von jener Nacht, als ich geboren wurde. Erzähl es mir.«

»Ach Kind, das weißt du doch längst. Warum willst du das gerade jetzt wissen?«

Johanna antwortet nicht, sondern fordert weiter:

»Erzähl mir auch das, wie du die Nächte an meinem Bett gewacht hast, als ich todkrank war. Erzähl mir auch, wie du gehungert hast, weil du sonst die teure Medizin für mich nicht hättest kaufen können.«

»Ich war es nicht allein. Dein Vater rührte in dieser Zeit auch keine Zigarre an.«

»Ja, ich weiß, weil ihr mich lieb hattet. Darum hast du leichten Herzens deine Opfer gebracht. Und ich – ich sollte mich nun gegen dich auflehnen? Nein, Mutter, du kannst beruhigt sein, ich werde den Stephan Reischl heiraten.«

»Es soll aber kein Opfer sein«, ruft Sophie gequält.

»Es ist kein Opfer, Mutter.«

Johanna hat sich nun beruhigt. Und als sie im Bett liegt, überdenkt sie ihre Lage noch einmal. Diese neue Zukunft erhebt sich vor ihr in der ganzen Größe. Ja, es schmeichelt ihr sogar ein wenig, von diesem Mann begehrt zu werden, der doch überall anklopfen könnte, ohne einen Korb zu bekommen.

Jetzt, im ruhigen Nachdenken, erscheint ihr alles an

ihm zugänglicher. Sein Kinn ist nicht mehr so hart, sein Mund ist gelockert, seine Jahre fallen kaum ins Gewicht, und seine Augen sind wie ein warmes Licht. Sie zaubert sich Bilder herbei, an denen sie sich berauscht. Sie sieht sich an seinem Arm über den Marktplatz von Wendhofen gehen, und die Leute grüßen alle respektvoll. Ach ja, sie träumt schon wieder ihre Märchen, ist trotz ihrer achtzehn Jahre noch ein Kind, für das die Sterne am Himmel viel schöner glänzen.

Zum Schluss aber fliegen ihre Gedanken doch wieder, wie jeden Tag vor dem Einschlafen, zu ihrem Bruder Andreas, um dessen Leben oder Tod niemand weiß. Und so schließt sie, mit einem erwartungsvollen Lächeln um ihren Mund, die Augen.

In ihrem Leben ändert sich nichts, das heißt, es ändert sich nach außen hin nichts. Der Sperrholzwerkbesitzer kommt, wie er immer gekommen ist. Er ist nicht aufdringlich, er bedrängt sie nicht mit einer schnellen Hochzeit und gibt, wenn auch schweren Herzens, sein Einverständnis, als Johanna ihn bittet, mit der Hochzeit zu warten, bis dieser Krieg siegreich beendet ist.

Stephan Reischl lächelt über das Wörtchen »siegreich« ein wenig, weil er als nüchtern denkender Mensch weiß, dass dieser Krieg nicht zu gewinnen ist, trotz der scheinbar großen Erfolge. Das Mädchen plappert halt nach, was es so hört, und es ist verboten, zu sagen, dass man den Krieg verlieren wird, weil das die ganze Sache in Frage stellen würde. Obwohl, mit Johanna hätte er über alles sprechen können, auch über seine Sorgen und seine Zweifel, denn sie ist ja keine von den Verrückten, die ihren eigenen Verstand und Willen aufgegeben haben, sie ist ein einfacher und aufrechter Mensch, der höchstens berauscht ist von der Schönheit des Sommers und von dem großen Roggenschlag, an dessen Rand die Mohnblumen noch blühen, die aber bereits um ihre Zeit wissen, denn das Korn wird schon hell in den Spitzen und zeigt seine Reife an. Die Ähren sind schwer und versprechen eine gute Ernte.

Für Stephan Reischl gilt um diese Zeit nur eines, nämlich, dass Johanna ihn heiraten wird. Und als er sich dessen ganz gewiss ist, nimmt er sie einmal mit in sein Werk. Hier hat Johanna viel zu staunen und kommt sich ganz unscheinbar vor, denn so groß hat sie sich das alles gar nicht vorgestellt. Wie da die Räder surren und die Sägen kreischen, über hundert Menschen schwirren geschäftig herum, und Johanna kommt es vor, als nicke jeder Einzelne ihr freundlich zu. Auf kleinen Rollwägelchen werden dünne Sperrholzplatten in allen Größen verladen und später dann von einem Kran auf riesige Lastwagen gehoben. Und das alles lenkt dieser eine Mann, ganz beiläufig, mit sparsamen Gesten und kurzen Befehlen. Zum ersten Mal bekommt Johanna einen Begriff, was es heißt, Verantwortung zu tragen, denn wenn es hier auch so scheint, als liefe alles von selber, indirekt spürt man doch, wie hinter allem dieser Stephan Reischl steht.

Eine ältere Schwester führt ihm den Haushalt und heißt Johanna herzlich willkommen. Wahrscheinlich ist sie von dem Besuch informiert worden, weil der Kaffeetisch gedeckt ist. Und auch hier, wo er in den weiten Räumen des Hauses seinen Reichtum zeigen kann, bleibt Stephan Reischl sich treu. Er prahlt nicht damit und zeigt ihn mit der Würde eines Menschen, der glücklich ist, einem anderen etwas Schönes zeigen zu dürfen.

Einige Zeit nach diesem Besuch nimmt Stephan Reischl sie in seinem Auto mit über Land, wenn er zu Holzeinkäufen oder zu Verhandlungen in die Kreisstadt fährt. Soll das ihrem Selbstbewusstsein etwa nicht schmeicheln? Sie wird begrüßt wie seinesgleichen, man gibt ihr die Hand und lädt sie zu einem Glas Wein ein, wenn der Handel abgeschlossen ist. So kommt es ganz von selber, dass sie ihm von Tag zu Tag näherkommt. Und da er nicht ein einziges Mal aufdringlich wird, will sie ihm eines Abends, als sie von Scheitling zurückfahren, für all sein Entgegenkommen und seine Liebe danken, indem sie zaghaft die Arme um seinen Hals legt und ihn noch zaghafter küsst.

Von diesem Zeitpunkt an verliert sie ihre innere Scheu vor ihm. Ja, sie hat es nun ganz gern, wenn er sie in seinen Arm nimmt und zärtlich zu ihr ist. Der reife und lebenserfahrene Mann wird wieder richtig jung in dieser Liebe.

Eines Abends, nach so einer Fahrt, hat Johanna plötzlich den Wunsch, im Palmbräu zu Abend zu essen. Sie weiß nicht, wie sehr sie damit seinen eigenen Wünschen entgegenkommt. Er hat es bisher nie vorgeschlagen, weil er dachte, es wäre ihr peinlich, mit einem Mann in seinem Alter unter den Leuten zu erscheinen.

Es ist genauso, wie Johanna es sich vorgestellt hat. Um den großen Ofentisch sitzen die paar Honoratioren des Marktfleckens, darunter auch der Hochreiter, der seinen langen Hals streckt, um besser sehen zu können, wie der Stephan Reischl mit dieser blutjungen Johanna an einem kleinen Tisch Platz nimmt, nachdem er ihr wie ein Kavalier die Kostümjacke abgenommen hat. Die Köpfe werden zusammengesteckt, es wird geflüstert und getuschelt, und der Molkereipächter seufzt unüberhörbar: »Ja, ja, der Reischl müsste man halt sein …«

»Sie sind mir neidisch um dich«, flüstert Stephan Reischl Johanna ins Ohr, worauf sie ganz hell auflacht und ihn anstrahlt:

»Dann ist es richtig!«

Für Johanna aber kommt der große Augenblick erst, als Rudolf Kranbichler unter der Küchentür erscheint und vor Verblüffung nicht weiß, soll er die Stirn krausziehen oder soll er lächeln. Schließlich – wer will es mit dem Reischl schon verderben, der in seiner Werkskantine auch Palmbräubier ausschenkt – entschließt sich Herr Rudolf zu letzterem und kommt mit strahlendem Lächeln auf den Tisch zu. Er reicht Stephan Reischl die Hand und kann nicht umhin, auch Johanna die Hand zu geben. Was dieses Mistluder schon alles gelernt hat, denkt er. Gibt die Hand so lässig her, als warte sie darauf, dass er die Hand küsse.

Natürlich tut er das nicht, aber er sagt, es sei sehr nett, dass die Herrschaften ihn besuchen, und er nehme an, die Herrschaften wollen wahrscheinlich einen saftigen Lendenbraten essen. Dabei zwinkert er mit dem linken Auge. Herr Reischl zwinkert zurück, und dieses Zwinkern hat nichts anderes zu bedeuten, als dass beide einen Schwarzhandel machen werden. O ja, dieser Rudolf Kranbichler versteht sein Geschäft schon. Bei ihm gibt es für besondere Gäste auch unverschnittenes Bier und nicht das zweiprozentige, das bei Kriegsbeginn sofort Vorschrift geworden ist, damit niemand mehr einen Rausch bekommt, um im Suff dann vielleicht mit lockerer Zunge die Wahrheit zu sagen, was aber offiziell nicht die Wahrheit sein darf. Besonders im Palmbräu darf man die Wahrheit nicht sagen, Herr Rudolf könnte da sehr ungemütlich werden, hebt fleißig die rechte Hand zum damals üblichen Gruß hoch und macht mit der linken so undurchsichtige Geschäfte mit seinem alten Metzger, der ihm anhängt wie ein treuer Schäferhund und auch mit den Augen ebenso lustig zwinkern kann, wenn es darum geht, etwa ein Öchslein zu schlachten, für das man keinen Schlachtschein hat.

Johanna hat an diesem Abend einen großen Triumph erlebt. Daheim erzählt sie der Mutter mit geröteten Wangen und glühendem Eifer:

»Du hättest sehen müssen, Mutter, wie Rudolf uns den Wagenschlag aufgemacht hat! Wie ein Hausknecht ist er dagestanden, und mir kam es dabei so vor, als lächle unser Vater aus dem Fenster des Sudhauses.«

Sophie lächelt still vor sich hin. Das sind die Träume, die sie selber vergebens in ihrer armseligen Kindheit und Jugend geträumt hat. Johanna darf diese Träume jetzt in Wirklichkeit erleben.

An einem Abend nun, es herbstelt bereits, und die beiden Frauen haben an diesem Tag Mist auf die große Breite hinaufgefahren, sitzen sie beide auf der Hausbank, jede für sich in Gedanken versunken. Ringsum ist großer Friede, die Hühner schlüpfen gerade ein, der rotscheckige Kater sitzt mit gespitzten Ohren unter einem Apfelbaum und wartet auf eine Maus. Hin und wieder fällt ein reifer Apfel ins Gras, und durch den alten Nussbaum geht ein leises Rauschen.

Plötzlich reckt sich Sophie steil in die Höhe und starrt auf die Fahrstraße hinunter. Dann greift sie nach Johannas Arm.

»Johanna, schau doch, ist das nicht Andreas?«

Und schon rennt Johanna den Hang hinunter, fliegt dem Bruder mit einem Jubelschrei in die ausgebreiteten Arme und birgt ihr Gesicht an seinem Hals. Es dauert lange, bis sie sich voneinander lösen. Sie schauen sich mit weiten, staunenden Augen an, und es vergehen viele Herzschläge, bis Andreas sagt:

»Wie groß und schön du geworden bist, Johanna.«

Dann ist plötzlich auch Sophie da, umarmt schluchzend ihren Sohn, der ihr beruhigend den Rücken klopft.

«Nun wein nicht, Mutter. Ich bleibe vierzehn Tage bei euch.«

Ach, es gibt so viel zu erzählen und zu fragen. Andreas hat bereits einen Stern auf seinen Schulterstücken und ein paar Ordensbänder an seiner Brust. »Außer der Reihe befördert«, sagt er. Nach dem Urlaub könne er ein Notexamen ablegen und dann solle er auf einen Offizierskurs. Sophie begreift nicht alles, sie versteht nur, dass Andreas längere Zeit in der Heimat sein wird und dass sie keine Angst mehr zu haben braucht.

Johanna kennt sich kaum mehr aus vor Freude und Stolz. Beim Essen streichelt sie immer wieder seine Hand, sie hat solche Sehnsucht, ihn zu berühren. Da sitzt Andreas, ihr Bruder, der liebe Gefährte ihrer Kindheit. Mein Bruder, denkt sie immer wieder. Mein lieber Bruder Andreas.

Andreas ist nun vollends Mann geworden. Seine Stimme ist knapp und scharf. Nur wenn er das Wort an Johanna richtet, schwingt eine leise Zärtlichkeit mit. Und immer wieder sehen sie sich mit staunenden Augen an, vergessen ganz, dass auch die Mutter mit am Tisch sitzt, und sehen nicht, wie sich ihr Gesicht vor Schreck verzerrt. Eine fürchterliche Angst packt sie plötzlich, und aus dieser Angst heraus sagt sie:

»Was sagst du, Andreas? Johanna wird gleich nach dem Krieg mit dem Sperrholzwerkbesitzer Reischl Hochzeit halten.«

Andreas legt erschrocken Messer und Gabel weg. Sein Gesicht verändert sich auf eigentümliche Weise, es wird hart und schmal, sein Mund presst sich zusammen.

»Mit wem, sagst du?«

»Mit Stephan Reischl. Du kennst ihn doch auch.«

Andreas zieht die Brauen zusammen. Dann sagt er aufbrausend:

»Was soll denn das heißen? Der Mann ist viel älter, soweit ich mich erinnern kann. Seid ihr denn verrückt geworden?«

Die Mutter schrumpft förmlich zusammen vor dieser scharfen Frage.

»Er meint es aber ehrlich mit ihr. Nicht wahr, Johanna?«

Johanna nickt nur. Sie schaut den Bruder in diesem Augenblick nicht an. Eine unbekannte, schwere Traurigkeit legt sich über ihr Herz. So, als wäre der Tod durch den Raum gegangen und hätte sie alle drei mit seinem kalten Atem berührt, solch eine schwere Stimmung ist nun zwischen ihnen. Sophie ist die Erste, die sich wieder fängt.

»Alles, was wir jetzt haben, verdanken wir ihm. Er hat uns aus der Malzkammer herausgeholt, wir leben so frei hier. Er hat uns wirklich viel Gutes getan.«

»Er weiß aber auch, was er dafür will«, antwortet Andreas ungewöhnlich scharf, bereut es aber dann sofort und reicht Johanna über den Tisch hinüber die Hand. Sie ist eiskalt. Seine Stimme klingt auf einmal müde, traurig, als er sagt:

»Dann kann ich dir nur von Herzen alles Glück wünschen, Johanna.«

Johanna schluckt, Tränen brennen in ihrer Kehle.

»Ich wollte es dir immer schon schreiben«, sagt sie. »Dich um Rat bitten, aber dann ergab sich halt alles so.«

»Aha, es ergab sich so. Na ja, da kann man nichts machen. Ich bin so müde jetzt, magst du mir nicht mein Bett herrichten?«

Ja, Andreas ist wirklich müde gewesen. Aber nun liegt er hellwach in der Kammer, hat die Hände hinter dem Kopf verschränkt und starrt gegen die Decke.

Wie hat er sich auf der ganzen Herfahrt auf Johanna

gefreut! Und warum ist es ihm wie ein Dolchstoß ins Herz gefahren, als er von ihrer Hochzeit mit dem Sperrholzwerkbesitzer gehört hat? Um Rat hat sie ihn fragen wollen und hat es doch unterlassen. Warum hat sie es unterlassen? Hat sie Angst gehabt, er könne ihr einen Stein in den Weg legen?

Das ist doch zum Verrücktwerden! Er hätte es ihr gar nicht verbieten können und dürfen, hätte höchstens den großen Altersunterschied als Gespenst aufzeigen können. Und doch, und doch! Im Grunde genommen müsste für ihn das alles wie eine Erlösung sein, wie eine Befreiung aus der Verstrickung.

Es ist nur so schwer vorstellbar, dass seine Schwester Johanna einem Mann gehören soll, der ihr Vater sein könnte. Sei einmal ganz ehrlich, Andreas Haller, flüsterte ihm eine Stimme zu, dich quält doch nicht der Name Reischl allein, sondern vielmehr der Gedanke, dass Johanna überhaupt einem anderen Mann gehören soll.

Da ist sie nun wieder, diese unüberwindliche Mauer, die sich immer vor ihm auftürmt, wenn er sich mit Johanna befasst.

Zeit und Umstände haben es wohl mit sich gebracht, dass er da und dort einmal ein Mädchen im Arm gehalten hat. Die Amelie zum Beispiel in Le Havre oder die Julie in Bastogne. Aber er hat nie einen anderen Mund geküsst, immer ist es Johannas Mund gewesen, immer hat er dabei an Johanna denken müssen.

Sie aber hat sich daheim in einen Mann verliebt, ohne ihm das mitzuteilen. Ich habe mich so auf den Urlaub gefreut, denkt er. Und nun wäre es besser, ich wäre nicht gekommen.

Immer wieder wälzt er sich von einer Seite auf die andere. Aber erst als der Hahn drunten im Stall den Morgen ankräht, fallen ihm die Augen zu.

Andreas bleibt nicht viel im Haus. Zunächst denkt er, dass er seinen Urlaub richtig genießen will, in die Berge steigen und faulenzen. Aber schon nach seinem ersten Besuch bei Julia in der Mühle merkt er, dass der Krieg doch schon recht empfindliche Lücken gerissen hat. Der Pächter ist beim Durchbruch durch die Maginotlinie gefallen. Seine Frau bewirtschaftet mühsam mit ein paar polnischen Kriegsgefangenen den großen Hof und Andreas kommt mit seinen Kenntnissen gerade recht, um die Felder zu bestellen. Kaum, dass er Zeit hat, sich mit Julia länger zu unterhalten. Erst am Sonntag sitzen sie erstmals länger zusammen, und an diesem Nachmittag bringt Andreas das Gespräch auf Johanna und Stephan Reischl.

»Du hast doch sicher auch schon gehört, dass der Reischl meine Schwester Johanna heiraten will.«

»Ja, man erzählt es sich. Nicht wahr, Anton, du hast es doch kürzlich heimgebracht«, wendet sich Julia an ihren Mann, der gerade heimkommt. »Stephan Reischl heiratet die Haller Johanna.«

Da zwei seiner Müllergesellen auch im Krieg sind, muss Anton Lindner selber wieder fest mit anpacken. Er begrüßt Andreas mit großer Herzlichkeit und setzt sich zu den beiden an den Tisch.

»Ja«, sagt er dann lächelnd. »Der Reischl hat sich sein Glück schon gesichert.«

»Glück?«, fragt Andreas und hat wieder die steile Falte zwischen den Brauen. »Der Mann ist doch viel älter.«

»Das ist nicht immer ein Nachteil«, antwortet Julia und schenkt ihrem Mann Kaffee ein.

»Was den Reischl betrifft«, sagt der Müller, »er ist ein Mann, vor dem man Respekt haben muss. Ein Mensch, der sich seine innere Haltung bewahrt hat, was in dieser Zeit nicht immer ganz leicht ist. Es wird immer schwieriger. Mir zum Beispiel haben sie neulich eine hohe Geldstrafe aufgebrummt, weil ich Mehl ohne Lebensmittelmarken an ein paar arme Teufel abgegeben habe. Aber ich will dich nicht verunsichern, Andreas. Du bist Soldat mit Leib und Seele, und wer weiß, was noch alles auf dich wartet.«

»Mit Leib und Seele?«, antwortet Andreas. »Es kann auch das Gewissen sein, das uns befiehlt, zu gehorchen und unsere Pflicht zu tun.«

»Deinen Auszeichnungen nach tust du deine Pflicht gewissenhaft.«

Andreas lacht sein altes, herzliches Jungenlachen.

»Manchmal denkt man sich, es ginge auch anders. Aber dann erfasst es einen wie ein glühender Rausch, der einen vorwärtspeitscht, obwohl man sich danach sagt, da hast du wieder einmal ein unverschämtes Glück gehabt.«

Es wird ein recht unterhaltsamer Nachmittag. Anton Lindner muss aber dann doch drüben im Bauhof noch nachsehen und sagt im Hinausgehen noch:

»Wenn der Krieg vorbei ist, kannst du den Bauhof drüben in Pacht nehmen.«

»Wenn der Krieg vorbei ist«, sagt Andreas nachdenklich.

»Weißt du es, wann er zu Ende sein wird?«, fragt Julia.

Andreas schüttelt den Kopf. Und auf einmal beugt er sich vor und drückt stöhnend sein Gesicht in ihre Hände.

»Aber Andreas, was hast du denn?«, fragt sie besorgt.

Da hebt er schon wieder den Kopf und lächelt sie an. Aber Julia erkennt, dieses Lächeln ist unendlich müde und traurig.

Tröstend streicht sie ihm übers Haar.

»Es wird schon alles recht werden. Und du wirst gesund wiederkehren. Ganz umsonst werden ja meine Gebete auch nicht sein.«

Andreas blickt an ihr vorbei zum Fenster hinaus. Er hat ja nicht den Krieg gemeint, sondern seine unglückliche Liebe zu Johanna.

Es lässt sich natürlich nicht vermeiden, dass Andreas auch dem Sperrholzwerkbesitzer Reischl begegnet. Andreas hat eine Tour auf den Grünstein gemacht, und als er am Abend zurückkommt, sitzt Stephan Reischl einfach da. Und weil er gehört hat, dass der Sohn und Bruder und somit eigentlich sein zukünftiger Schwager gekommen sei, hat er eine Flasche Wein mitgebracht.

Andreas betrachtet den Mann ganz genau. Er ist aufgebracht und hätte ihm am liebsten gesagt: Ich pfeife auf Ihren Wein. Mit dem können Sie vielleicht junge Mädchen betören, aber nicht mich …

Doch dieser Stephan Reischl ist von so unwiderstehlicher Liebenswürdigkeit, dass Andreas es fühlen muss, wie ehrlich er es meint, dass seine Menschlichkeit nicht gemacht ist, sondern aus dem Herzen kommt. Schließlich merkt er, wie sich sein Zorn allmählich legt, wie er dem Mann gar nicht mehr böse ist und ihn durchaus akzeptabel findet, wenn ihm auch das Wort »Schwager« wie ein bitterer Wermutstropfen auf der Zunge liegt. Er weiß ja selber nicht, warum ihn all das so schmerzt.

»Ich würde beleidigt sein«, wirft Stephan Reischl in die Unterhaltung ein, »wenn du mich in den nächsten Tagen nicht einmal besuchen würdest im Grottental.« Und als Reischl sich später verabschiedet, drückt er Andreas so herzlich und fest die Hand, als wären sie bereits miteinander verschwägert und er hätte sich dafür zu bedanken.

Also geht Andreas zwei Tage später ins Grottental. Das heißt, er fährt mit dem Fahrrad, das Reischl der Johanna trotz der Kriegswirtschaft leicht hat besorgen können.

Stephan Reischl führt ihn im Werk herum, erklärt ihm die einzelnen Maschinen und die Vorgänge der Herstellung von Sperrholz. Anschließend führt er ihn ins Wohnhaus und holt eine Flasche Sekt aus dem Keller.

»Diese Flasche hat mein Vater selig noch zu seinem sechzigsten Geburtstag bekommen«, erzählt er, während er sie entkorkt. »Sie dürfte schon bald zwanzig Jahre alt sein.«

»Dann, bitte, behalte sie noch. Ich muss nicht unbedingt Sekt trinken.«

»Aber nein«, wehrt Reischl ab. »Dein Besuch hat mich ehrlich gefreut, und wir wollen nun zusammen auf ein baldiges Ende anstoßen.«

Andreas erhebt sich und bringt sein Glas in Brusthöhe.

»Auf einen siegreichen Frieden.«

Stephan Reischl fühlt sofort, dass er diesen jungen Menschen nicht um seinen Glauben bringen darf. So nickt er ihm zu und stößt mit ihm an.

»Mir geht es vor allem darum, dass du gesund wiederkommst, Schwager. Und darauf wollen wir trinken.«

Drei Tage später verlässt Andreas in der grauen Morgenfrühe das Haus. Dieses Fortgehen ist nicht so schwer, geht er doch nur, um das Notexamen abzulegen. Etwa drei Wochen später, als er dann zum Offizierslehrgang nach Berlin einrückt, ist es schon schwerer, weil er nicht weiß, wann oder ob er überhaupt wiederkehren wird.

Aber auch da gibt es noch mal einen kurzen Urlaub. Es ist inzwischen Winter geworden. Doch dort, wohin er abbeordert ist, gibt es keinen Winter. Er zieht nach Afrika.

Es ist noch stockdunkel, als er das Haus verlässt, nur ein paar Sterne leuchten mit mildem Glanz über den Bergen. Der Schnee knirscht unter seinen Schritten. Plötzlich bleibt er stehen und lauscht. Kommt da nicht jemand den Hügel herabgelaufen?

Es ist Johanna. Ein heftiger Schreck durchzuckt ihn. Gerade mit ihr hat er ein Abschiednehmen vermeiden wollen. Da steht sie auch schon vor ihm, sieht ihn mit brennenden Augen an, und bevor er es verhindern kann, hängt sie an seinem Hals.

Stumm, mit zusammengebissenen Zähnen, lässt er sie eine Weile gewähren. Dann schiebt er sie langsam an den Schultern zurück.

»Hat denn das jetzt noch sein müssen, Johanna? Du hättest mich in Frieden gehen lassen sollen.«

»Ich weiß nicht, Andreas. Der Abschiedsschmerz zerreißt mich. Kannst du mich denn nicht mitnehmen? Ich bin dir so dankbar, Andreas, wenn du mich von hier fortnimmst.«

Andreas ist erschüttert von so viel Kummer. Er hat viel Grauen erlebt, aber dies hier erschüttert ihn am meisten.

»Sei doch vernünftig, Johanna, das geht doch nicht.«

»Doch, doch! Du willst nur nicht! Ach, Andreas, hast du mich denn nicht mehr lieb? Ich habe es doch gelesen – man braucht auch Krankenschwestern oder ...«

»Nein, Schwester, gib dir keine Mühe.« Das Wort Schwester gewinnt einen eigenen beschwörenden Ton. »Dein Platz ist hier bei der Mutter und auch – bei ihm –, der dich doch liebt. Und sei ehrlich, Johanna, du bist ihm doch auch von Herzen gut.«

»Ja, das habe ich auch geglaubt, aber dann bist du wiedergekommen ...« Von neuem Schmerz überwältigt, umschlingt sie wieder seinen Hals. »Lass mich doch nicht allein in meinem Kummer, Andreas.«

»Was soll ich tun, was soll ich denn bloß tun?«, stammelt er ratlos.

»Mich mitnehmen! Draußen in der Fremde kennt uns niemand, und es kann doch nicht Sünde sein, wenn wir uns lieben.«

»Doch, doch, Johanna, es ist sogar eine Todsünde.«

Sie drängt ihm zum Gehen, und er wundert sich, wie viel Kraft in diesem schlanken Körper steckt. Ganz dicht aneinander gedrängt gehen sie dahin. Die Sterne am Himmel verblassen einer nach dem anderen, als schämten sie sich, diese Qual da unten mitansehen zu müssen. Dabei spricht Johanna unaufhörlich; wie im Fieber kommen ihr die Worte über die Lippen, hastig und schnell, als wolle sie, dass er darauf gar nichts mehr erwidern kann.

»Und wenn es nicht anders geht«, schließt sie, »dann könnten wir zusammen sterben.« Sie streichelt dabei über seine Pistolentasche. »Oder ist es nicht so, Andreas, dass auch du mich über alles liebst?«

Andreas stöhnt vor Qual. »Du fragst mich, ob ich dich liebe! Das wird ja immer schwerer, wenn du solche Fragen stellst. Wir haben bisher noch nie etwas Unrechtes getan. Darum lass uns auch weiterhin tapfer sein.«

Johanna hebt den Kopf. Ihr Gesicht ist starr wie eine Maske.

»Ach so ...«, sagt sie mit einer Stimme, die ihm tief ins Herz schneidet. »Du willst ja nicht ...«

Sein Mund fährt zärtlich über ihre kalte Stirn. Dann schlingt er den Arm um ihre Schultern, sagt ihr tröstende Worte, ganz nahe an ihrem Ohr flüstert er sie, eindringlich, beschwörend. Er will ihr ja gerne beistehen, weil er der Erwachsenere sein muss in dieser entsetzlichen Qual, in die sie beide unverschuldet geraten sind. Wieder denkt er dabei an Stunden des Kampfes, des Sterbens um ihn herum. Und doch kommt ihm vor, dass keine Stunde so schwer gewesen ist wie diese. Alles in ihm schreit nach ihrer Jugend, nach ihrer Schönheit, aber was da berauscht und bedrängt, das ist gefährlich. Und er nimmt sich zusammen.

»Hör einmal zu, Johanna«, sagt er. »Zuerst bin ich doch auch erschrocken, als ihr mir gesagt habt, dass du den Stephan Reischl heiraten wirst. Aber dann habe ich den Mann näher kennen gelernt, und es ist mir ein großer Trost, zu wissen, dass du in gute Hände kommst. Man weiß ja nicht, wie und was alles noch kommt. Es ist Krieg, mir kann etwas zustoßen, ich kann fallen …«

Fröstelnd schlagen ihre Zähne aufeinander. Sie ringt mit aller Kraft um Fassung.

»Ich werde beten, dass du mir erhalten bleibst.«

Seine Stimme ist voller Mitleid, aber fest: »Dir darf ich nicht erhalten bleiben. Aber ich will für dich alles Gute wünschen, Schwester, dass du recht, recht glücklich wirst.«

Da senkt sie den Kopf, wie wenn sie sich in ihr Schicksal ergäbe.

»Ich weiß, ich bin undankbar, Andreas, denn du wirst es ja viel schwerer haben als ich.«

Das Tageslicht bricht in den Wald herein. Es ist so märchenhaft still ringsum, der Schnee liegt so unschuldig weiß zwischen den Bäumen, und von Wendhofen her hört man die Frühglocke läuten.

Ihr Blick flammt ihn so verzichtend an, dass er schreien könnte. Seiner Sinne nicht mehr mächtig, reißt er sie an sich und küsst sie auf Mund und Augen.

Dann schiebt er sie von sich.

»Bitte, Johanna, geh jetzt.«

»Ja, jetzt gehe ich, denn – du hast mir nun doch gezeigt, wie sehr auch du mich liebst. Es war schön, noch einmal spüren zu dürfen, wie das ist.«

Wie befreit will er aufatmen, aber es ist ein Klang in ihrer Stimme, der ihn jetzt wieder misstrauisch aufhorchen lässt.

»Johanna!«, ruft er erschrocken. »Du wirst doch keine Dummheit begehen?«

»Eine Dummheit? Nein, was meinst du?«

Noch mal nimmt er ihr Gesicht in seine Hände und spricht beschwörend auf sie ein.

»Schau her, Schwester ich bin für Tapferkeit ausgezeichnet worden. Und ich will haben, dass auch du genauso tapfer bist. Du sollst mir in nichts nachstehen, sollst niemals denken, dass der Grünstein oder die Hammerplatte gerade hoch genug wären. Dies wäre die größte Feigheit überhaupt.«

Sie versteht ihn und schüttelt den Kopf.

»Was denkst du denn? Ich werde mich nie von einem Berg herunterstürzen. Deswegen brauchst du dir keine Sorgen zu machen. Du musst mir nur versprechen, dass auch du nicht bewusst ...«

»Bewusst niemals, Schwester – ich will doch leben – ich bin doch noch so jung.«

»Und versprich mir, Andreas, dass du mir recht oft schreibst – denn – ich muss ja von deinen Briefen leben.«

Ihre drängende Bitte rührt ihn, er sucht nach einer Antwort, die der leisen Zurückweisung ihrer Bitte einen möglichst harmlosen Charakter gibt.

»Man kann nicht immer schreiben, wenn man gerade Lust dazu hat.«

»Das fühle ich dann schon, wenn du keine Zeit hast. Kann in der nächsten Woche schon ein Brief da sein?«

»Ich werde schreiben, wenn ich an Ort und Stelle bin.«

Dann geben sie sich die Hände. Beider Hände zittern sehr. Aber es geht vorüber. Johanna hat sogar den Mut, nun nicht mehr zurückzuschauen. Sie tritt aus dem Wald und rennt den schmal ausgeschaufelten Weg durch den Schnee hinauf und lächelt die Mutter, die pochenden Herzens unter der Stalltür steht, verwirrt an.

»Frag mich jetzt nichts«, verlangt sie mit bleierner Stimme. »Ich werde es tragen, so tapfer, wie er es trägt.«

Die Mutter fragt an diesem Tag nichts und auch am nächsten nichts. Sie rührt überhaupt nie an dieses heikle Thema, aber sie leidet darunter und nennt es bei sich den Fluch der Lüge, die sie einmal mit verwegenem Mut auf sich genommen und durch die ganzen Jahre getragen hat, sodass sie für immer zum Schweigen verurteilt ist.

Der Krieg nimmt seinen grausigen Fortgang. Urlauber kommen und gehen, gehen und kommen nicht wieder. Die Gefallenengottesdienste in den Kirchen mehren sich, und wer nicht mit Blindheit geschlagen ist, kann sich ausrechnen, wann dieser Krieg zu Ende sein wird.

Er geht dann so zu Ende, wie Stephan Reischl es immer vorausgesagt hat und wie Rudolf Kranbichler es tunlichst nicht gesagt hat. Aber als es so weit ist, nimmt Rudolf aus dem großen Wäscheschrank ein weißes Leinentuch heraus und heftet es an eine Stange. Dieses Zeichen der Friedensbereitschaft hängt er über dem Sudhaus zum Dachfenster hinaus, ohne anderen etwas davon zu sagen.

Aber es ist noch etwas zu früh, denn ein junger Leutnant geht mit sieben Mann durch den Ort, und weil den Leutnant noch niemand in diesem zerfallenden Reich des einmal geleisteten Eides entbunden hat, lässt er Herrn Rudolf Kranbichler herausrufen.

Der junge Leutnant mit dem Stoppelbart trägt am Hals das Ritterkreuz und heißt Andreas Haller. Er ist in diesem Sudhof, der schon so vollständig zum Frieden bereit ist, aufgewachsen und sieht sich um.

Rudolf Kranbichler erscheint etwas unsicher. Der Leutnant deutet auf die weiße Flagge und fragt, was das zu bedeuten habe. Der junge Kranbichler, der jetzt gar nicht mehr so jung ist und schon ganz schöne Hofratsecken in seinem Haar hat, fragt, ob er die Fahne wieder herunternehmen solle und ob der Herr Leutnant vielleicht meine, dass ...

Der Leutnant meint gar nichts, er sieht den Fragenden nur mit kaltem Blick an und sagt:

»Du hast deine Fahne aber um ein paar Tage zu früh gewechselt.«

»Soso«, meint Herr Rudolf, geht ins Sudhaus, holt das weiße Leintuch wieder ein und hängt vorn im Haupthaus die andere Fahne heraus, der er die ganzen Jahre her mit Überzeugung und Eifer gedient hat.

Zwei Tage später aber zieht er auch die endgültig ein, weil er sieht, dass auf dem Kirchturm eine weiße Fahne heraushängt. Man ist ihm also zuvorgekommen. Aber er ist nicht verlegen, nein, das ist er nie gewesen. Er nimmt eine kleinere weiße Fahne in die Hand und geht damit den Amerikanern entgegen. Es hat ihn zwar niemand dazu beauftragt, aber er weiß seine Chancen zu nützen.

Der Leutnant aber ist mit seinen Leuten weitermarschiert, hat sich im Haus der Mutter gut ausgeschlafen und zieht zwei Tage später mit seiner kleinen Schar zur Kaindlhütte hinauf.

Andreas weiß natürlich, dass der Krieg verloren ist, aber niemand hat ihm noch Befehl gegeben, die Waffen wegzuwerfen. Er und seine jungen Kameraden sind zu Gehorsam erzogen und warten nun auf den Befehl zum Kapitulieren. So denkt er, dass er seine Leute am besten darüber hinwegbringt, wenn er sie zur Kaindlhütte hinaufführt. Von dort aus kann sich dann jeder im gegebenen Augenblick, jeder nach seiner Richtung verkrümeln.

Notfalls kann man sich auch ein paar Wochen da droben halten. Bis dahin ist dann sicher Schluss, und man kann heimgehen, ohne den Eid gebrochen zu haben. Unglücklicherweise hat sich aber da oben im Wald schon ein anderer Trupp festgesetzt, eine halbe Kompanie etwa, mit einem Geschütz und drei Granatwerfern und einem Hauptmann, der noch nichts zu begreifen scheint. Von dieser wunderbaren Anhöhe aus, so meint er, könne er den vorrückenden Feind schön unter Feuer nehmen. Der fremde Hauptmann begrüßt den Ersatz, wie er es nennt, mit ruhiger Gelassenheit und will den Leutnant gleich einteilen.

Aber Andreas sagt, dass er Befehl hätte, etwas höher hinaufzusteigen, um in der Kaindlhütte eine Funkstelle zu errichten.

Von da aus wollte er dann ebenfalls unterrichtet werden, meint der Hauptmann und sieht den Leutnant mit kalten engen Augen an, als der meint, dass es wohl nicht mehr viel zu unterrichten geben wird, denn der Zeiger stehe bereits knapp vor zwölf.

»Wollen Sie damit sagen, Herr Leutnant, dass der Krieg schon verloren ist?«

»Ich will damit nur sagen, dass es sinnlos ist, das Geschütz hier noch auf irgendein Ziel auszurichten, weil damit nur bezweckt wird, dass Wendhofen in wenigen Minuten in Schutt und Asche gelegt würde.«

Das Verstehen untereinander ist um diese Zeit schon nicht mehr so schwer, aber man darf nicht alles verstehen, weil man niemandem mehr trauen darf, und so weicht der Hauptmann vorsichtig aus, indem er das Strenge aus seinen Augen verbannt und dafür etwas Müdes und Verdrossenes in seinen Blick bekommt.

»Ich bin bei Orel am linken Ohr verwundet worden und habe nicht alles verstanden, was Sie gesagt haben, und es ist gut, wenn es auch niemand anders mitgehört hat, jemand vielleicht, der den Zeiger vor zwölf als defaitistische Äußerung auffasst. Und wir wollen doch beide nicht noch jetzt eines gewaltsamen Todes sterben.«

»Ich nicht«, antwortet Andreas.

»Ich auch nicht«, sagt der Hauptmann. Dann gibt er Befehl, das Geschütz wieder aufzuprotzen, und zieht mit seinen Leuten weiter, genau den Weg, den Andreas ihm angewiesen hat und der über das Gebirge führt.

Andreas aber zieht mit seinen Leuten in die Kaindlhütte und stellt nur ein paar Posten aus, die berichten sollen, was sich an diesem Tag noch ereignet.

Am Abend dieses Tages ziehen die Amerikaner mit sechs Panzern in Wendhofen ein. Es ist kein Schuss gefallen, zum Glück für Herrn Rudolf, denn er hatte dafür mit seinem Kopf gehaftet. Man hat ihn auf den ersten Panzer hinaufgesetzt. Da sitzt er nun, mit seiner weißen Fahne in der Hand, und schreit immerzu etwas, das man im Klirren der Panzerketten nicht verstehen kann. Erst als die Panzer vor der Palmbrauerei halten, stößt Rudolf Kranbichler noch mal mit aller Lungenkraft heraus:

»Heil unseren Befreiern! Heil! Heil!«

Niemand fällt in den Ruf ein. Ein paar Burschen stehen mit dumpfen Gesichtern herum. Sie haben zuerst nicht geschrien und schreien auch jetzt nicht. Die Kinder sehen mit großen staunenden Augen auf die stählernen Ungeheuer, und auf den Steinstufen, die zum Friedhof hinaufführen, steht der Pfarrer von Wendhofen in seiner langen Soutane, wie zum Empfang bereit, oder ob man vielleicht seiner Hilfe bedürfe, denn er ist der Einzige im Ort, der das Englische etwas beherrscht.

Ein bisschen beleidigt, weil niemand in seinen Ruf einstimmt, klettert Rudolf Kranbichler vom Panzer herunter, um dann heftig zu erschrecken, denn in diesem

Augenblick ist von der fernen Mühle her eine dumpfe Detonation zu hören.

Dieser verdammte Leutnant wird doch nicht jetzt am Ende noch eine Dummheit machen, nachdem man alles so gut überstanden hat? Aber es kommt kein Einschlag und auch kein weiterer Schuss mehr. Nur das Echo rollt durch den abendstillen Wald, dann wird es wieder still.

Diese Detonation kommt tatsächlich von der Mühle her und fordert doch noch einen Toten von der Gemeinde Wendhofen. Es ist der Müller Anton Lindner. Hinter dem Bauhof haben versprengte Truppen noch Minen gelegt, und Anton Lindner ist auf eine davon getreten. Aber das wird erst ein paar Stunden später in Wendhofen bekannt.

Die Amerikaner finden Gefallen an der schönen Palmbrauerei und fordern den Besitzer auf, obwohl er ihnen mit der weißen Fahne entgegengegangen ist, das Haus sofort zu räumen. Rudolf will sich verständlich machen und ringt die Hände. Aber es hilft ihm nichts, die Amerikaner, von denen inzwischen noch ein paar Lastwagen mit Mannschaften angefahren sind, wollen bei ihm Quartier machen. Die Menschen, die auf der Straße herumstehen oder hinter den Fenstern hervorsehen, amüsieren sich köstlich darüber. Erschütternd ist aber jener Augenblick, in dem Frau Franziska Kranbichler, mit schneeweißem Haar und an zwei Stöcken humpelnd, sich über den Sudhof bewegt, um in der einzigen leer stehenden Kammer, die Sophie einmal bewohnt hat, Zuflucht zu suchen.

In dieser Nacht schneit es in großen dicken Flocken, obwohl der Mai schon angebrochen ist. Der Schnee fällt in die blühenden Tulpenbeete, und er beugt die schweren Fliederdolden nieder mit seiner Last. Die Soldaten veranstalten im Sudhof eine Schneeballschlacht. Schüchtern stehen die Bauernkinder dabei, nur der Hörlhofer Sebastian mit seinen zehn Jahren hat den Mut, sich auch so ein paar weiße Kugeln zu formen und trifft damit einen der riesigen dunkelhäutigen Soldaten mitten ins Gesicht. Aber der schwarze Riese aus Texas lacht nur dazu und zeigt sein strahlend weißes Gebiss.

Bald haben die Kinder auch herausgefunden, dass in der Malzkammer der Proviant gelagert wird. Dort fällt etwas Schokolade ab für die Kinder, es gibt dies und jenes, mit dem sich in dieser Zeit etwas anfangen lässt. Über die Kinder hinweg baut sich unsichtbar die erste Brücke der Verständigung.

Gerade in die Malzkammer wird in der zweiten Nacht eingebrochen und eine ganz beträchtliche Zahl von Konserven entwendet. Der Kommandant ordnet eine strenge Durchsuchung an, aber in keinem Haus wird eine Spur von den gestohlenen Konserven gefunden.

Dies aber ist der Augenblick, in dem Rudolf Kranbichler wiederum eine Chance für sich sieht. Man kann doch nicht dauernd übersehen, welch guten Willens er ist. Vielleicht erkennt man das doch endlich an und lässt ihn wieder in die geräumigen Zimmer des Haupthauses ziehen.

Zwar hat er keine Beweise dafür, aber er weiß vom Aufenthalt des Leutnants und seiner Männer in der Kaindlhütte. Sie können doch nicht von der Luft leben und werden diesen Einbruch ins Magazin gewagt haben. Und so macht Rudolf Kranbichler den Männern in den khakibraunen Uniformen Andeutungen, dass sich in der Kaindlhütte droben immer noch eine Handvoll bewaffneter und gut verproviantierter Soldaten verborgen halte.

»Okay«, sagt der Sergeant und steigt mit seiner Mannschaft in einen Panzer. »Aber du nix in Haus gehen, sonst …«

Sophie sieht vom Kranzhügel aus, wie der Panzer in den Wald einbiegt, und sie weiß, wohin er fährt. Sie will schreien in ihrer Angst, aber dann presst sie plötzlich die Hand aufs Herz und bricht zusammen.

Johanna findet sie auf der Schwelle der Haustür liegen und wird vom Schreck fast selber umgeworfen. Sie kniet nieder und horcht auf den müden, flachen Schlag des Herzens, der leise zu vernehmen ist. Keine Hilfe weit und breit. Sophies Körper ist schwer, und Johanna muss sich übermenschlich anstrengen, die Mutter in die Stube zu tragen und auf das Kanapee zu betten. Mit eiskaltem Wasser benetzt sie Gesicht und Brust, und ganz langsam kommt Sophie dann wieder zu sich. Aber sie ist so schwach, dass sie kaum den Mund bewegen kann. Nur eine große Angst steht in ihren Augen. Endlich bewegt sie mühsam die rechte Hand und deutet durchs Fenster zum Wald hinauf, dorthin, wo sie Andreas weiß.

Da droben in der Kaindlhütte weiß man immer noch nicht, ob der Krieg nun wirklich schon zu Ende ist. Jedenfalls ist von einer Kapitulation noch nichts bekannt. Der Wald ist voll von versprengten Soldaten. Einmal taucht im Zwielicht des Morgens, schlecht bewaffnet zwar, aber voll bepackt mit Konservenbüchsen amerikanischen Ursprungs, eine Gruppe auf. Sie haben so viel, dass sie die Hälfte davon dem Leutnant abgeben können, der ihnen Weg und Steg beschreibt, auf denen sie sicher über das Gebirge kommen können. Die Konserven aber, die sie so freiwillig überlassen, werden von seinen Männern freudig in Empfang genommen, denn ihre eigenen Lebensmittel sind schon zur Neige gegangen. Besonders die amerikanischen Zigaretten werden stürmisch begrüßt.

Es ist nicht gerade warm an diesem Tag. Ganz unerwartet schnell geht mitunter ein Schneegestöber über den Wald hin und belegt die jungen Buchenblätter und die Fichtenzweige mit einer dünnen weißen Schicht, als hätte eine unsichtbare Hand Puderzucker darübergestreut.

Die Männer haben warm eingeheizt, und immer wieder geht einer hinaus und holt einen Armvoll Holz von dem Riesenvorrat an der Hüttenwand. Und es ist durchaus möglich, ja, es ist sogar wahrscheinlich, dass jetzt erst der Holzstoß aufgebraucht wird, von dem vor vielen Sommern Sophie ein kleines Kind, das eine Unbekannte dort ausgesetzt hat, zu sich in die Kammer heraufgehoben hat.

In dieser warm geheizten Stube sitzt also der Leutnant Andreas Haller und zergrübelt sich den Kopf, was nun werden soll. Dabei kreisen seine Gedanken auch um Johanna, und manchmal packt ihn die Angst, dass ihr von den Siegern etwas angetan werden könnte. Wehrlos ist sie da unten, und er kann ihr nicht helfen. Dann fällt ihm plötzlich etwas ein.

»Hört einmal alle her. So kann es nicht weitergehen. Wir werden in der kommenden Nacht hinuntersteigen. Ich glaube, ich kann euch alle mit Zivilkleidern versorgen, und dann muss eben jeder zusehen, wie er am besten heimkommt.«

Andreas hat noch nicht ganz ausgesprochen, als er horchend den Kopf hebt. Trotz des Brausens des Wasserfalls hat er das wohl bekannte Geräusch von Panzerketten vernommen. Er steht auf und öffnet die Tür. Nun hört man ganz deutlich den Panzer den steilen Waldweg heraufklirren.

Andreas wendet das schmal gewordene Gesicht über die Schulter nach seinen Männern und sieht sie schweigend an.

Einer nimmt eine Panzerfaust und geht abseits, dorthin, wo er hinter den Büschen gute Deckung hat. Ein paar andere bringen ein Maschinengewehr in Stellung. Die Übrigen halten ihre Maschinenpistolen schussbereit. Sie wissen, dass der Versuch der Abwehr erfolglos bleiben wird, aber sie sind nach dem Grundsatz erzogen, dass sich ein Soldat nicht kampflos ergibt. Mancher von ihnen handelt nur noch im Gefühl dumpfer Ergebenheit in sein Schicksal.

Der Leutnant schüttelt den Kopf und ruft seine Leute zurück.

»Das hat doch alles keinen Sinn mehr, Kameraden. Den einen schießen wir ab, und zehn andere kommen. Es ist aussichtslos und auch verantwortungslos, wenn ich noch einen von euch opfern wollte. Ich entbinde euch von meinem Befehl, geht, wohin ihr wollt. Es ist gerade noch Zeit.«

Doch keiner geht. Schweigend legen sie ihre Maschinenpistolen nieder, richten sie der Reihe nach am Boden aus: am rechten Flügel die drei Panzerfäuste, am linken das leichte MG. Nur der Leutnant behält seine 08, stellt sich vor die Front seiner Männer und wartet.

Der Panzer taucht über dem letzten Wegrücken auf und hält. Drohend richtet sich vom Turm der Lauf eines Maschinengewehrs auf und schwenkt auf die Gruppe zu. Und erst, als er merkt, dass keine Gefahr droht, rattert er heran.

»Hands up!«, ruft eine helle Stimme vom Turm, und die acht Männer nehmen die Hände hoch. Dann steigen die Amerikaner aus und kommen heran.

»Das alle Waffen?«, fragt der Sergeant.

Schweigend nimmt Leutnant Haller seine 08 ab und reicht sie ihm. Die Übergabe erfolgt von beiden Seiten korrekt. Der Sergeant gibt einigen Männern den Befehl, die Hütte zu durchsuchen, und Andreas lächelt mit gutem Gewissen, denn es sind wirklich keine Waffen mehr dort versteckt. Er denkt sich auch nichts, als die Amerikaner jetzt die noch nicht angebrochenen Konservenbüchsen heranschleppen und auf den anderen Haufen leerer Büchsen, die neben der Hütte liegen, deuten. Da er etwas Englisch versteht, entnimmt Andreas dem Gespräch der Amerikaner, dass man ihn und seine Männer eines Einbruchs in einem Verpflegungsmagazin beschuldigt.

Sofort setzt er sich zur Wehr und stellt die Beschuldigung in Abrede. Der Sergeant lächelt nur, als er begreift, dass man seine Sprache verstanden hat, sagt nur wieder »Okay« und lässt sie antreten. Er bedeutet ihnen, dass sie nun seine Gefangenen seien, zeigt dem Leutnant den Weg, den sie marschieren sollen, und steigt in seinen Panzer.

Andreas Haller geht mit seinen Männern durch den Wald hinunter. Langsam fährt der Panzer hinterdrein. In diesem Augenblick geht wieder ein Schneegestöber über den Wald hin, und es wäre ein Leichtes gewesen, sich durch einen Sprung in das Dickicht zu retten. Aber weder Andreas noch einer von seinen Männern denkt daran. Er ist der Meinung, dass sie nun einfach nach Wendhofen gebracht werden, wo sie sich für den Einbruch in das Magazin zu verantworten haben werden. Natürlich wird es leicht sein, diesen Verdacht zu entkräften.

Vorerst aber werden sie gar nicht zu der Sache vernommen. Nein, sie werden nur in Ermangelung einer besseren Gegebenheit in das Spritzenhaus eingesperrt. Beinah froh sitzen sie zusammen. Die Spannung ist von ihnen abgefallen, und jeder ist der Meinung, dass er in den nächsten Tagen endgültig frei sein wird. Für sie ist der Krieg nun wirklich aus, und die Rückkehr zu ihren Familien winkt.

Angestrengt denkt Andreas darüber nach, wie er Johanna eine Nachricht zukommen lassen könnte. Darum steht er dauernd am Fenster, in der Hoffnung, einen Bekannten vorbeigehen zu sehen, dem er sich durch Zeichen verständlich machen könnte. Aber das Spritzenhaus ist anscheinend hermetisch abgeriegelt, und nicht einmal ein Kind wagt sich heran.

Es dunkelt bereits, als das Tor noch einmal aufgeschlossen wird und zu aller Überraschung warmes Essen verabreicht wird. Bei dieser Gelegenheit sieht Andreas flüchtig ein paar farbige Soldaten um ein kleines Feuer vor dem Spritzenhaus sitzen. Wahrscheinlich ist das die Bewachung.

Später, es ist schon stockdunkle Nacht, nur durch die Ritzen sieht man den rötlichen Schein des Wachfeuers, hört Andreas die Soldaten ein schwermütiges Lied singen, das ihm seltsam nahe geht.

Seine Männer haben sich auf dem Boden ausgestreckt, und schließlich sucht auch er sich einen Winkel, ergreift im Dunkel ein paar Feuerwehrschläuche, die er als Kopfkissen benützt. Eintönig monoton tropft Regen auf das Dach. Das Lied der Farbigen ist erstorben, und nur mehr den dunklen, schweren Ton hört man, mit dem das Wasser aus der Dachtraufe zur Erde rauscht.

Im Rathaus residiert der amerikanische Captain John Steinwell. Er spricht fließend deutsch, und das ist gut so, denn es ist erschreckend, was die Wendhofener alles an ihn herantragen. Und er will Mensch sein, will nicht die Härte des Siegers walten lassen, fährt die Denunzianten scharf an und mildert alle Härten, soweit das Gesetz des Krieges es zulässt und er es verantworten kann.

Einmal kommt jemand und erzählt, dass der Bauer Niedermayer Ortsbauernführer gewesen und ihm dauernd aufgesessen sei. Als dieser Name fällt, zuckt die rechte Augenbraue des Captains merklich hoch. Dann fragt er scharf:

»Und wer sind Sie?«

»Ich wär halt, wenn's erlaubt ist, der Hörl von Ettling.«

»Und in welcher Weise hat der Ortsbauernführer Ihnen aufgesessen? Hat er Sie schikaniert?«

»Er hat mich gezwungen, Kartoffeln und Getreide abzuliefern.«

Der Captain sieht den Bauern mit leiser Ironie an.

»War denn das nicht Ihre Pflicht?«

»Ja schon, aber ich wollte doch den Sieg sabotieren. Darum bin ich auch mit der Truppe nach Norwegen gefahren, bloß, dass ich ihnen hab schaden können, den Malefiznazi.«

»Aha!«, sagt der Captain, wendet sich angeekelt ab, spielt eine Weile mit seinem Füllfederhalter. Dann:

»Ich werde mir diesen Niedermayer vornehmen.«

Der Captain nimmt vom Hörl keinerlei Notiz mehr, zündet sich eine Zigarette an, blättert in Akten. »Sie können gehen«, sagt er, ohne aufzublicken, und der Hörl schleicht sich mit der Versicherung zur Tür, dass er ein ganz scharfer Gegner des Regimes gewesen sei, und das möge der Herr Offizier bedenken.

Er werde es bedenken, sagt der Captain, dann reißt er das Fenster auf, als sei ihm die Luft im Zimmer zu schlecht geworden. Nach etwa zwanzig Minuten fährt er davon.

In der Nacht hat es sich ausgeregnet, und ein strahlendschöner Tag liegt über Berg und Tal. Die Blumen und Blüten haben sich wieder aufgerichtet im warmen Sonnenschein, und die Vögel singen, als möchten sie das vom Schnee erdrückte Singen wieder nachholen.

Langsam fährt Captain Steinwell über den Marktflecken hinaus, und wenn er es sich auch nicht eingestehen will, es ist doch eine gewisse Unruhe in ihm. Keine Angst, o nein, beileibe keine Angst, das wäre ja noch schöner. Nur eine grenzenlose Unruhe, die sich immer mehr steigert. Und das ist sehr merkwürdig, denn er, als Sieger, bräuchte doch nicht unruhig sein, das sollten vielmehr die Leute sein, die gebückt auf den Feldern arbeiten, die Kartoffeln einlegen und gar keine Notiz von ihm nehmen, geradeso, als wären sie nicht seit ein paar Tagen ein endgültig besiegtes Volk.

Spielend nimmt der Jeep die Steigung nach Hochreit, und wenn der Captain nicht bei der großen Kehre, von der aus man so weit über das Tal hinblicken kann, angehalten hätte und ausgestiegen wäre, so stünde er jetzt wohl schon vor dem Niedermayer auf Hochreit.

Mit ruhigen Augen schaut er um sich, und es kommt ihm bei allem so vor, als drehe er in dieser leuchtenden Morgenstunde sein ganzes Leben um vierundzwanzig Jahre zurück, bis in den kleinen Kreis seines Ursprungs, von dem es einmal ausgegangen ist. Und es ist ihm zumute, als schlüge er nun hinter sich ein Tor zu, hinter dem Flammen und Rauch, Krieg und Verwirrung weit zurückbleiben und er nichts weiter ist als wieder der einfache Praktikant Hannes Steinwallner, der einmal den Pflug durch diese Äcker geführt hat und über den die Liebe der wunderschönen Bauerntochter Julia wie ein Traum hinweggegangen ist. Alles wird wieder lebendig jetzt, aber alles ist gut jetzt. Er kommt aus dem Rausch eines wilden Krieges, und es ist ihm, als sei diese Stunde nun die Stunde einer großen Versöhnung oder des Ausgleichs nach vielen Jahren.

All diese Jahre hat er diese Landschaft in sich getragen, jeden Busch und jeden Baum, jeden Berg und jede Quelle. Aber es ist nicht mehr alles so wie früher. Der Hochreiter hat seinen Querstadel neu gebaut, er hat den Obstgarten vergrößert, und die Büsche und Bäume aus seiner Jugendzeit sind erschreckend groß geworden. Feiner Rauch steigt aus der Esse des Wohnhauses, und er sieht die Glocke am First glänzen. In einer Stunde etwa wird sie geläutet werden, und dann gehen sie zum Essen, so wie zu seiner Zeit.

Er wendet das Gesicht und schaut zum Tannenwald hinauf. Vielleicht ist dies das einzig Unveränderte geblieben: der Wind, der durch die Zweige singt und von Wipfel zu Wipfel rauscht, groß und in feierlicher Gelassenheit.

Auf einmal hört er, wie ein schwerer Schritt gegen einen Stein stößt, und er fährt mit dem Gesicht herum. Es ist der Hochreiter, der vom Kartoffelacker herüberkommt und am Jeep vorbeigeht.

Der Captain erkennt ihn sofort wieder, obwohl der Bauer stark gealtert ist. Aber da ist noch dieses energische Kinn, die scharfe Nase, der forschende Blick, mit dem er den fremden Soldaten streift. Nicht die leiseste Andeutung, dass er grüßen möchte. Der Soldat ist fremd, seine Uniform ist fremd, der Jeep ebenfalls. Den Hochreiter interessiert das alles nicht, oder er verabscheut den Sieger, der ja auch zu denen gehört, die vor vier Tagen noch ihre Bomben auf Gespanne und Menschen auf den Äckern geworfen haben.

»Hallo!«, ruft der Captain ihn an. »Sie sind doch der Hochreiter?«

Mit einem Ruck bleibt der Bauer stehen und blickt den anderen an.

»Ja, der bin ich.« Er sagt das so ruhig, als ob ihn einer gefragt hätte, was das Wetter morgen mache, obwohl der andere doch die Uniform des Siegers trägt und wahrscheinlich Böses im Schilde führt. Aber der Hochreiter hat kein schlechtes Gewissen, was die Vergangenheit betrifft. »Wünschen Sie etwas von mir?«

Der Captain hätte ja nun sagen können, dass er gekommen sei, um ihn zur Rechenschaft zu ziehen wegen einer Sache, derer er vor einer Stunde beschuldigt worden sei. Aber davon sagt er kein Wort. Mögen das doch die Deutschen untereinander selber ausmachen. Langsam geht er um den Jeep herum und bleibt dicht vor dem Hochreiter stehen.

»Schaun Sie mich einmal genau an. Kennen Sie mich nicht mehr?«

Langsam hebt der Hochreiter die schweren Augen und sieht den Offizier genau an. Dann schüttelt er den Kopf.

»Ja«, sagt der Captain und tritt wieder einen Schritt zurück. »Es ist eine lange Zeit her. Vierundzwanzig Jahre schon. Da war ich bei Ihnen als Praktikant. Johann Steinwallner hab ich damals geheißen. Hannes habt ihr mich genannt.«

Nachdenklich bewegen sich die Brauen des Hochreiters. Er erschrickt keineswegs, nur scharfe Falten des Nachdenkens stehen auf seiner Stirn. Dann setzt er bedächtig Wort für Wort:

»Ja, jetzt weiß ich es. Der damals nach Amerika gegangen ist.«

»Weil Sie ihn vom Hof gejagt haben.«

»Und da sind Sie nun gekommen und wollen Ihre kleine Rache haben. Bitte, tun Sie, was Sie wollen. Sie haben ja jetzt die Macht. Aber ich würde heute wahrscheinlich auch nicht anderes handeln als damals. Oder was hätte ich denn sonst tun sollen?«

Steinwell wiegt den Kopf hin und her.

»Vielleicht haben Sie Recht, vielleicht auch nicht. Aber wie es auch sein mag, Hochreiter, ich trage Ihnen nichts nach. Nur eine Frage beantworten Sie mir. Ist Julia – ist sie glücklich geworden?«

»Ja, sie ist glücklich geworden und ist es mit dem Müller gewesen bis vor vier Tagen. Da ist er auf eine Mine getreten, und es hat ihn zerrissen. Gestern hat man ihn beerdigt.«

»Jetzt erinnere ich mich. Das muss ein schwerer Schlag für sie gewesen sein. Das tut mir aufrichtig Leid. Hat sie Kinder?«

»Nein, Kinder hat sie nicht. Leider.«

»Und Ihre Frau, lebt sie noch, Hochreiter? Und was macht der Matthias?«

»Matthias hat vor ungefähr zwölf Jahren geheiratet und hat drei Kinder. Jetzt sorgen wir uns alle um ihn.«

»Wo stand er denn zuletzt?«

»Die letzte Nachricht haben wir aus Remagen erhalten.«

»Dann wird er sicher bald kommen. Wir haben ja erst seit gestern Waffenstillstand. Ich werde einmal zu Ihnen kommen, vielleicht morgen schon, wenn Sie nichts dagegen haben.«

Was sollte denn der Hochreiter dagegen haben? Der andere ist als Sieger gekommen und kann tun, was er will. Immerhin, es ist anständig von ihm, zu fragen, ob es recht wäre, wenn er komme. Überhaupt ist dieser Captain damals schon ein ganz prächtiger Bursche gewesen. Hätte sich halt nicht in die Julia verlieben dürfen. Aber er trägt ihm ja nichts nach, hat er gesagt, und der Hochreiter fühlt sich so stark an jene Zeit erinnert, dass er im alten, vertrauten Ton sagt:

»Na also, dann kommst halt einmal, Hannes, vorausgesetzt, dass das sein darf. Die Mutter wird sich sicher auch freuen.«

Dann tippt er an seinen Hutrand und geht davon.

Lange steht der Captain noch da und schaut dem Hochreiter nach, wie er langsam bergauf durch den großen Obstgarten geht, der in voller Blüte steht. Und da erst sieht Steinwell, dass die Schultern des Bauern doch schon stark nach vorne neigen, als hätte er die ganzen Jahre eine schwere Last getragen.

»Hannes« hat er ihn wieder genannt, und dieses vertraute Wort ruft alle Erinnerungen in ihm wach. Schnell steigt er jetzt in seinen Jeep, fährt wieder talwärts, und es ist so, als ob die Bitterkeit und Süße seiner Jugendjahre recht lebendig um ihn herum sind und ihn von allen Feldern her grüßen.

In diesen Tagen spricht sich alles sehr schnell herum.

Zwei Stunden später weiß auch Julia, die Müllerin, wer der Mann ist, der im Rathaus in Wendhofen Macht ausübt. Natürlich weiß sie auch, dass Andreas im Spritzenhaus sitzt.

Noch steckt zwar das Unglück, das sie selber getroffen hat, ihr tief in den Gliedern. Aber sie zögert keinen Augenblick, kleidet sich in fliegender Hast um und geht nach Wendhofen. Kalkweiß leuchtet ihr Gesicht aus der schwarzen Trauerkleidung. Ihre Wangen röten sich nicht einmal beim raschen Gehen. Vor dem Rathaus hält ein Posten sie auf und fragt, wohin sie will.

»Ich will zum Kommandanten. Eine dringende Angelegenheit. Es ist sehr eilig.«

»No, no, nix so eilig, immer mit das Ruhe.«

»Melden Sie mich beim Kommandanten. Es ist keine Zeit zu verlieren. Ich werde sonst so laut schreien, dass er selber herauskommt.«

Der Posten steht vom Stuhl auf, lässt sein Gewehr an der Hauswand lehnen und meldet drinnen, dass ein aufgeregtes deutsches »Girl« vorgelassen werden will.

Wenig später steht Julia dem Captain Steinwell gegenüber. Sie erkennt ihn sofort wieder, obwohl der Mann älter geworden ist und in der fremden Uniform ganz anders aussieht. Ohne ein Wort zu sprechen, starren sie sich an. Sie ist immer noch so schön, denkt der Captain. Ihr Vater wird es ihr gesagt haben, dass ich hier bin, und sie hat mich jetzt wohl sehen wollen.

»Julia ...«, sagt er ganz leise.

Keine Antwort. Ihr Gesicht ist unbeweglich, wie ein Steinbild.

Der Kommandant weiß nicht recht, wie er es beginnen soll.

»Bitte, willst – wollen Sie nicht Platz nehmen?«

»Danke, ich kann stehen.«

»Ich habe«, sagt dann Steinwell, »von dem Unglück gehört, das Sie getroffen hat. Es tut mir aufrichtig Leid. Aber Sie wissen, dass die Ursache des Unglücks nicht meinen Soldaten in die Schuhe geschoben werden kann. Es war eine deutsche Mine. Darf ich Ihnen mein aufrichtiges Beileid aussprechen?«

Julia sieht ihm jetzt offen ins Gesicht. Sie macht eine Kopfbewegung, die das Gespräch über den Tod ihres Mannes abschließt. Dann holt sie tief Atem.

»Danke! Sie haben einen deutschen Offizier im Feuerhaus eingesperrt?«

Steinwell ist zunächst befremdet. Er weiß ja nicht, was diese Frage bedeuten soll.

»Das ist schon möglich. Um wen handelt es sich denn?«

»Es handelt sich um den Leutnant Andreas Haller.«

»Stimmt. Der Leutnant Haller steht in dringendem Verdacht, mit seinen Männern in unser Verpflegungsmagazin eingebrochen zu sein. Er wird vor ein Kriegsgericht gestellt werden müssen.«

»Nein!«, schreit es aus der versteinerten Frau heraus. Julias Augen sprühen Angst und Schrecken. Einen Augenblick wankt sie, und Steinwell fasst nach ihrem Arm. Da hat sie sich aber schon wieder fest in der Gewalt.

»Ich muss mit Ihnen allein sprechen.«

Steinwell gibt dem Sergeanten einen Wink. Der entfernt sich.

Nun, da er allein ist mit ihr, lässt er die Form fallen, legt einen warmen Ton in seine Stimme und spricht sie mit du an.

»Es tut mir Leid, Julia, aber es ist Krieg. Hast du denn ein besonderes Interesse an diesem Leutnant?«

Da schaut sie ihn mit einem Blick an, der ihn bis ins Innerste berührt.

»Ja, ich habe – ein besonderes Interesse an ihm.«

Der Captain wendet sich ab, geht ein paar Mal um den Schreibtisch herum, blättert wieder in dem Akt »Haller«, schüttelt den Kopf und sieht sie fragend an.

»Das verstehe ich nicht. Der Mann ist doch noch so jung.«

Julia errötet jetzt bis über die Stirn. Dann sagt sie in die Stille hinein.

»Was du jetzt gedacht hast, ist falsch. Dieser Leutnant Andreas Haller ist – dein Sohn ...«

Betroffen hebt er den Kopf. Sein Erschrecken ist offensichtlich. Und auf einmal bricht bei Julia das Eis. Sie spricht, als ob sie vierundzwanzig Jahre auf diese Stunde gewartet hätte, um sich alles von der Seele zu wälzen.

»Als du damals fort bist –«

»Vergiss nicht, Julia«, unterbricht er sie, »dass ich fort musste. Ich kann nicht glauben, dass dein Vater dir nicht gesagt hat, wie damals alles gekommen ist und dass du das alles vergessen hast. Es war auf gar keinen Fall so, dass ich dich hätte sitzen lassen.«

»Ich weiß. Oh, ich habe nichts vergessen. Gar nichts. Aber als du damals fort bist, habe ich es noch nicht gewusst. Und ich habe es dann auch niemandem sagen können. Ich ging unter dem Vorwand, krank zu sein, zu einer Verwandten nach Österreich. Dort brachte ich unser Kind heimlich zur Welt und – habe es dann ...«

»Was hast du dann?«, fragt er atemlos und bis zum Zerreißen gespannt.

»Ich habe es dann – jemandem unters Fenster gelegt.«

Schweigen. Der Captain ist plötzlich eisige Abwehr.

»Hat das sein müssen?«

»Was hätte ich sonst tun sollen?«

»Jede Mutter bekennt sich zu ihrem Kind. Warum hast du es nicht getan?«

»Ja, warum? Genauso gut könnte ich sagen oder dich fragen: Warum bist du damals nach Amerika gegangen? Ich weiß nicht, wenn du in meiner Nähe geblieben wärst, ob nicht alles anders gekommen wäre. Aber so – wen hätte ich denn angeben sollen als Vater? Kein Mensch hätte mir geglaubt.«

»Ja, aber ich wollte dich doch nachkommen lassen. Ich habe dir vier oder fünf Briefe geschrieben. Dann kam deine Antwort: Es ist für alles zu spät.«

»Dann muss ich nur den fünften bekommen haben. Und da war es dann auch wirklich zu spät. Ich mache dir auch nicht den geringsten Vorwurf. Nur – du sollst mir jetzt helfen – Hannes ...«

Da geht ein müdes Lächeln über sein verwittertes Gesicht. Nie wieder hat er in all diesen Jahren den Namen so weich und bittend ausgesprochen gehört. Längst vergessene Erinnerungen leben wieder auf. Der Entenweiher ist wieder da, die Trauerweiden, die Bank mit den eingeschnitzten Herzen. Eine Welle der Zuneigung und der Versöhnlichkeit zieht durch sein Herz. Bewegt fasst er nach Julias Händen, und da sieht sie, dass auch er einen Ehering trägt.

»Ach, Julia«, sagt er leise. »Ich habe viel um dich gelitten. Und es war mein brennendster Wunsch, mit meinen Panzern als Erster hierherzukommen. Nur deinetwegen, damit dir kein Leid geschieht, denn trotz meiner Frau und meinen drei Kindern habe ich dich nie vergessen. Das sind eben Dinge, die sich ins Herz einschreiben und nie verwischt werden können. Wie sagt doch euer großer ...«, er beißt sich auf die Lippen, als bereue er, dass er »euer« gesagt hat und verbessert sich: »unser großer Dichter Friedrich Schiller? O dass sie ewig grünen bliebe, die schöne Zeit der jungen Liebe. Und es ist tatsächlich etwas Wahres daran, Julia. Viel kann man vergessen, nur die Jugendliebe nicht. Als ich etwa vor Jahresfrist in der Normandie an Land ging, da war mir so, als wären die ganzen Jahre ausgelöscht. Ich war nicht mehr der Captain Steinwell, sondern der Praktikant Hannes Steinwallner, dem einmal die Liebe der schönen Julia gehört hat.«

Mit einem Ruck hebt Julia den Kopf.

»Zweifelst du, dass es so gewesen ist?«

»Nein, Julia. Ich kann mir genau denken, was auch du damals durchgemacht hast. So etwas kann niemals Spiel und Lüge gewesen sein. Aber eins interessiert mich, Julia. Du brauchst mir nicht zu antworten, wenn es dir schwer fällt. Hast du – deinen Mann sehr geliebt?«

Es liegt ein Zögern in ihrer Stimme, als sie antwortet:

»Ich habe ihn sehr geachtet. Er war ein guter Mensch. Vielleicht verstehe ich das erst jetzt ganz, wo ich ihn verloren habe.«

»Meistens ist es ja so. Aber nun was anderes, Julia. Wer weiß, ob wir noch mal so allein sein können. Wer hat diesen Andreas groß gezogen?«

»Eine Frau von hier. Du darfst es aber bitte nicht so

auffassen, als ob ich mich nie um ihn gekümmert hätte. Nein, ich habe ihn studieren lassen, ich habe alles für ihn getan. Dann kam der Krieg.«

»Ja, der Krieg.« Ein Seufzer entkommt seiner Brust. »Was hast du ihn denn studieren lassen?«

»Ich hätte ihn alles studieren lassen, aber er wollte unbedingt Agrarwissenschaft studieren.«

Steinwell schaut lange auf seine Hände. Dann hebt er langsam die Augen.

»Es müsste ein Studienfach geben für die jungen Menschen aller Kontinente, wie man den Frieden erhalten kann. Es ist ja purer Wahnsinn, dass sich die Menschheit nach einigen Jahrzehnten immer wieder zerfleischt, nur weil ein paar Wirrköpfe es so wollen. Schau einmal her, Julia. Ist denn das nicht unsinnig, dass ich dein Feind sein müsste, wo wir uns beide einmal so gern gehabt haben? Dass wir hier so zusammen sind und von menschlichen Dingen reden, ist schon ein Verstoß gegen das Fraternisierungsverbot. Und ist es nicht furchtbar, dass es dazu hätte kommen können, dass ich auf diesen Leutnant und er auf mich hätte schießen müssen? Aber lassen wir das. Es führt ja doch zu nichts, weil wir beide viel zu kleine Rädchen sind, um in das Weltgeschehen eingreifen zu können. Wir wollen nun zum Wichtigsten kommen. Weiß er, dass du seine Mutter bist?«

»Das hat außer mir bis jetzt niemand gewusst. Jetzt, seit zehn Minuten, weißt es auch du.«

»Dann will ich ihn jetzt rufen lassen.«

Beschwörend legt sie ihre Hand auf seinen Arm.

»Gib ihn frei, Hannes. Ich will alles dafür tun.«

»So sehr liebst du ihn?«

»Ja, ich liebe ihn über alles. Und es ist mir eine furchtbare Strafe gewesen in all den Jahren, es nicht zeigen zu dürfen.«

Julia ist ihm dankbar, dass er alles so umständlich macht. Zuerst öffnet er seine Uniformbluse, dann schließt er sie wieder, richtet vor einem Spiegel den Selbstbinder und rückt die Ordensspange zurecht. Endlich geht er zur Tür und erteilt den Befehl. Dann schließt er die Tür wieder, geht ein paar Mal um den Schreibtisch herum. Die Wolken auf seiner Stirn zeigen Julia, dass er bei der Vergangenheit ist. So vergehen fünf Minunten.

Julia kommt sich in dieser Gnadenfrist wie erlöst vor, da sie sich ihres Geheimnisses, das sie ins Grab mitzunehmen gedachte, entledigt hat. Und da sie doch notgedrungenerweise denken muss, der Mann, dessen Wesenszug die Korrektheit von der Fußsohle bis zum Scheitel zu sein scheint, könne ihre Handlungsweise nie verstehen, fühlt sie wieder die Schamröte in ihrem Gesicht brennen. Und um mit dieser Schamröte nicht im hellen Fensterlicht stehen zu müssen, tritt sie ein paar Schritte zurück in die Dämmerung des Raumes. Aus dieser schützenden Dämmerung heraus wagt sie die Frage:

»Wirst du ihm nun die Wahrheit sagen?«

»Nein, dazu habe ich kein Recht. Zudem, ich stehe –« Schnell wendet er ihr sein Gesicht zu. »Wieder so ein Wahnsinn! Ich stehe als sein Feind – wenn auch nicht als sein persönlicher Feind – so doch als Feind seines Landes hier. Und er muss mich hassen; das liegt in der Natur der Sache. Denn er ist jung und wird seine Ideale haben. Das begreife ich vollkommen.«

In diesem Augenblick wird die Tür aufgestoßen und Andreas hereingeschoben. Hinter ihm pflanzen sich zwei Soldaten auf. Mit der Hand winkt der Captain den beiden, dass sie gehen können. Dann betrachtet er den jungen Leutnant von der Seite, ohne noch ein Wort zu sagen.

Andreas würde die Frau im Raum nicht beachtet haben, wenn sie nicht einen leisen Schrei ausgestoßen hätte. Darum wendet er schnell den Kopf, und in seinen Augen leuchtet es auf. Wahrscheinlich ist er der Meinung, dass auch Julia als Gefangene in diesem Raum ist, und er will ihr mit einem Lächeln Mut zusprechen.

Julia aber hat nur leise aufgeschrien, weil sie die Ähnlichkeit der Gesichter erschreckt hat. Vor zwanzig Jahren, denkt sie, hat dieser amerikanische Captain genauso ausgesehen wie der Andreas. Und in zwanzig Jahren, denkt sie weiter, wird Andreas wieder so aussehen, wie dieser Captain hinter seinem Schreibtisch, der mit der überlegenen Ruhe des Siegers, und doch seinem Herkunftsland noch nicht völlig entfremdet, mit einem gewinnenden Lächeln ein paar Schritte vortritt. O ja, da ist bei Andreas die gleiche hohe Stirn, die gleiche Mundpartie, das gleiche Kinn mit dem Grübchen darin.

Nun steht der Captain ganz nahe vor dem deutschen Leutnant, und jetzt scheint auch ihn die frappante Ähnlichkeit zu verwirren. Es verwirrt ihn auch der furchtlose, offene Blick des Deutschen, den auch die Haft nicht hat brechen können. Rank und schlank steht Andreas da und wartet der Dinge, die jetzt kommen sollen. In diesem Augenblick erklingt die Stimme des Captains:

»Sie sind der Leutnant Andreas Haller?«

»Jawohl!«

»Ich habe einen Bericht hier, nach dem Sie mit Ihren Leuten nachts in unser Magazin eingebrochen sein sollen, um Lebensmittel daraus zu entwenden. Stimmt das?«

»Nein, das stimmt nicht.«

»Die Konserven wurden aber bei Ihnen gefunden, Leutnant. Wie erklären Sie das?«

»Ich weiß nicht, ob Sie mir glauben werden. Aber ich

habe diese Lebensmittel von Soldaten einer anderen Einheit bekommen, die an der Kaindlhütte vorbeikamen. Um der Gerechtigkeit willen möchte ich Sie dringend bitten, Captain, dass Sie, wenn auch nicht mich, dann wenigstens meine Leute freilassen, weil keiner von ihnen gestohlen hat.«

Der Captain hat die ganze Zeit über mit einem Bleistift gespielt. Nun legt er ihn weg und sieht Andreas an.

»Gut, Leutnant – ich glaube Ihnen und werde das Nötige veranlassen.«

»Ich habe nichts anderes erwartet, Captain.«

Steinwell senkt flüchtig die Augen. Um seinen Mund spielt ein kleines Lächeln. Der Leutnant imponiert ihm. Eine warme Welle geht durch sein Herz. Er schaut in den Akt, den er vor sich liegen hat.

»Sie haben auch das Ritterkreuz? Waren also ein Draufgänger?«

Unwillkürlich strafft sich Andreas ein wenig.

»Auch Sie, Captain, tragen Tapferkeitsauszeichnungen an Ihrer Uniform. Ich kann mir nicht denken, dass Sie sich jemals schämen würden, tapfer gewesen zu sein.«

»Sie waren es nur auf der verkehrten Seite, Leutnant.«

»Das Gleiche könnte ich von Ihnen behaupten. Jeder von uns hat doch gemeint, für das Recht zu kämpfen. Es würde mich nicht wundern, in einigen Jahren feststellen zu müssen, dass wir beide in der falschen Richtung gegeneinander gekämpft haben.«

Wieder das Lächeln um den Mund des Captains.

»Das weiß ich nicht. Ich bin Soldat wie Sie und gehorche den Befehlen. Aber das, was Sie vorhin sagten, Leutnant, unterstreiche ich hundertprozentig. Es ist keine Schande, tapfer zu sein, weder im Krieg« – er richtet seinen Blick eindringlich auf Julia im Hintergrund – »noch sonst im Leben. Vor allen Dingen muss man immer den Mut zur Wahrheit haben. Sie hatten ihn, Leutnant.«

»Danke! Und meine Kameraden, Captain? Können Sie für die Männer, die da oben in der Kaindlhütte gefangen wurden, gar nichts tun?«

»Natürlich werde ich etwas tun. Die sind sofort zu entlassen. Auch Sie, Leutnant, sind sofort frei.«

»Danke, Captain.«

»Nicht mir, sondern dieser Frau dort müssen sie danken. Ohne sie wäre die Sache wahrscheinlich dumm für Sie ausgegangen. Und nun gedulden Sie sich noch einen Augenblick. Ich schreibe Ihnen einen ordnungsgemäßen Entlassungsschein aus. Es ist möglich, dass wir abgelöst werden, dann haben Sie wenigstens etwas in der Hand.«

Während er sich an den Schreibtisch setzt, geht Andreas zu Julia und nimmt ihre Hände.

»Das vergesse ich dir nie, Julia. Warum hast du das für mich getan?«

»Ich musste es einfach tun. Das verstehst du nicht.« Noch nicht, setzt sie in Gedanken hinzu.

»Wenn man jemanden recht gern hat, ist etwas Gutes zu tun nicht schwer«, sagt Steinwell vom Schreibtisch her. Er sagt es mehr für sich. Dann steht er auf und reicht Andreas ein Papier.

»Herzlichen Dank, Captain.«

»Nichts zu danken.«

Steinwell streckt die Hand aus, in die Andreas einschlägt, wobei er denkt, dass es unter Feinden sonst nicht üblich ist, sich die Hände so herzlich zu drücken, dass es beinahe schmerzt. So fest drückt der Captain zu, und Andreas will dem in nichts nachstehen. Lange, sehr lange sieht der Captain dem Jungen in die Augen.

»Leben Sie wohl, Leutnant. Und nicht den Glauben

verlieren. Es sieht nur so aus jetzt, als ob es mit Deutschland für immer zu Ende sei. Aber so ein Land und so ein tüchtiges Volk kann man nicht einfach von der Landkarte streichen.«

Dann gibt er auch Julia die Hand.

»Leben Sie wohl ...«

»Alles Glück für – dich ...«, flüstert Julia, nur für ihn vernehmbar. Dabei laufen ihr die Tränen übers Gesicht.

Schnell wendet sich John Steinwell ab und geht ans Fenster. Er hört die Tür hinter sich zufallen und zuckt zusammen. Ihm ist, als sei etwas unwiederbringlich Schönes aus seinem Leben gegangen. Flüchtig deckt er die Hand über die Augen. Als er wieder aufschaut, sieht er Julia und Andreas über den Marktplatz gehen. Beim Palmbräu wird Andreas von einem Posten angehalten, und Steinwell will schon das Fenster öffnen, um hinauszurufen. Aber da hat der Posten das Entlassungspapier gelesen und lässt die beiden passieren.

Ach ja, denkt Steinwell ergriffen. Sie ist ja nun wieder allein. So wie sie damals allein gewesen ist.

Dann setzt er sich an den Schreibtisch, schreibt die Entlassungspapiere für die Soldaten im Feuerhaus und ruft nach dem Sergeanten.

»Die Männer sind entlassen. Ihre Unschuld hat sich herausgestellt. Händigen Sie die Papiere aus.«

Am anderen Tag geht Captain Steinwell in aller Frühe schon weg. Er macht einen Besuch auf Hochreit, steigt in den Wäldern herum, geht alle Wege, die er einmal mit der jungen Julia gegangen ist, und kehrt auch in der Waldschänke Haslbürg ein.

Wie alles plötzlich wieder lebendig ist und so vertraut, als wäre er niemals fortgewesen. Jede Phase seiner Tage mit Julia steigt aus der Tiefe der Vergangenheit herauf und stellt sich beschwörend vor ihn hin. Und er begrüßt die Bilder freudig und dankbar, denn jede Stunde, die Julia ihm damals geschenkt hat, hat er die ganzen Jahre hindurch in kostbarer Erinnerung bewahrt.

Spät am Nachmittag kommt er nach Wendhofen zurück. Dort lässt er zwei Kisten auf den Jeep laden und fährt damit zum Kranzhügelhof hinauf.

Die alte Frau, die da oben kränklich anzutreffen ist, weiß mit dem fremden Soldaten nichts Rechtes anzufangen. Die Kinder sind nicht da, sagt sie, und dann fragt sie, ob er vielleicht der gute Herr sei, der ihren Andreas entlassen habe.

Der Captain hätte nun sagen können, dass es nicht ihr Andreas, sondern sein Andreas sei, den er entlassen habe. Aber er ist nicht hergekommen, um Unruhe in das Leben der Mutter Sophie zu bringen, er ist nur hergekommen, um die Frau zu sehen, die seinen Sohn zu diesem trefflichen jungen Menschen erzogen hat, die ihm selbstlos ihre ganze Liebe geschenkt und wahrscheinlich auch viele Opfer für ihn gebracht hat.

Steinwell hat im Rathaus die Papiere der Sophie Haller durchgesehen und ist über alles im Bilde. Er lädt die beiden Kisten ab und stellt sie in den Hausflur. Dann sitzt er mit Sophie auf der Hausbank. Es ist alles so friedlich ringsum, die Kühe weiden auf der Wiese, die Obstbäume blühen in einem Rausch von Weiß und Rosa, und die Schwalben zwitschern. Man kann sich einfach nicht vorstellen, dass vor vierzehn Tagen die Welt noch in hellen Flammen gestanden hat.

Und dann nimmt der Captain noch mal seine Mütze ab, legt sie neben sich auf die Hausbank und ergreift Sophies Hände. Und was er dabei sagt, versteht sie nicht, denn er sagt alles in Englisch. Wenn Andreas da gewesen wäre, er hätte einiges verstehen können, aber er hätte sich wahrscheinlich gewundert, warum der feindliche Offizier der Mutter jetzt auch noch über das weiße Haar streicht und dabei noch sagt:

»Und nun danke ich dir von ganzem Herzen für das, was du an meinem Sohn getan hast. Ich bewundere dich, du einfache Frau und – Gott möge dich für alle Zeit behüten.«

Dann steigt er wieder in den Jeep und fährt davon.

Am anderen Tag verhängt er gegen den Hörl von Ettling eine recht empfindliche Geldstrafe, weil er die Sperrstunde überschritten hat. Das haben zwar auch andere getan, die nicht bestraft werden. Aber der Captain kann ja dem Hörl nicht sagen, dass dies seine Denunziation bestraft.

Drei Tage später erhält die Einheit des Captains Steinwell den Befehl zum Abrücken.

Ja, der Krieg ist nun endgültig zu Ende. Der hohe Sommer steht im Land und lächelt mit einer Reihe schöner und sonniger Tage auf die Erde herab, als wäre sie nie aus ihrem Frieden gerissen worden.

Auf dem Kranzhügelhof kränkelt Mutter Sophie dahin. Seit jenem Schrecken, als sie den Panzer in den Wald einbiegen sah, hat sie sich nie mehr recht erholt. Sie ist nicht gerade bettlägerig, kramt auch manchmal in Haus und Stall herum, muss sich aber dann wieder für Stunden hinlegen. Es ist einfach nichts Rechtes mehr mit ihr anzufangen. Auf die Wiesen und Felder kann sie nicht mehr hinaus, und der Arzt, den Andreas gleich nach seiner Heimkehr gerufen hat, verordnet ihr äußerste Schonung, weil ihr Herz nicht mehr intakt sei.

Es ist nur gut, dass Andreas jetzt daheim ist und im Heu so tüchtig mithilft. Vom Stubenfenster aus kann Sophie sehen, wie er im Anger drunten steht und Gras mäht. Wie kraftvoll ist der Schwung seiner Arme! Das

Hemd bläht sich über dem Gürtel, sein Haar leuchtet in der Sonne. Mit flinken Händen streut Johanna hinter ihm das Gras aus. Sophie sehnt den Tag herbei, an dem Stephan Reischl Hochzeit halten wird mit dem Mädchen.

Ja, es ist gut, dass Andreas da ist in diesen Tagen, schon wegen der Heuarbeit. Aber es ist nicht gut für Johanna. Manchmal stehen sie einander brennend vor Sehnsucht gegenüber, ihre Gesichter werden mager vor Kummer und Qual.

Andreas hat sein jungenhaftes Lachen verloren, und in Johannas Gesicht breitet sich höchstens ein müdes Lächeln schmerzlichen Verzichts aus.

Manchmal sitzen sie am Abend zusammen, sprechen kein Wort und sehen sich nur stumm in die Augen, lange, so als wolle einer dem anderen bis auf den Grund der Seele schauen, ob dort in irgendeinem Winkel noch etwas verborgen wäre, das sie noch nicht kennen. Es ist aber nichts mehr verborgen. Ach, sie wissen es nur zu genau, wie tief sie sich lieben.

Manchmal vergessen sie über ihrem Schmerz die kranke Mutter, die draußen in der Kammer liegt, deren Tür weit offen steht. Sie vergessen, dass sie nicht allein sind, verschlingen einander mit den Augen.

Sophie jedoch weiß um die Not der Kinder, sieht, wie sie sich quälen wegen ihrer Liebe, und hört in sich die mahnenden Worte:

»Warum hast du geschwiegen? Warum schweigst du noch? Siehst du denn nicht, wie sie sich quälen? Du hast so viel Mut im Leben gehabt, warum hast du jetzt nicht den Mut zur Wahrheit? Sag ihnen doch, dass sie sich lieben dürfen, wie sie es ersehnen …«

Hilflos krümmt sich Sophie in ihrem Bett. Sie kann es einfach nicht sagen. Ihre Zunge ist wie gelähmt, wenn sie daran denkt, ihr Geheimnis preisgeben zu wollen. Bei aller Größe, die sie in ihrem Leben immer gezeigt hat, hier versagt sie und erweist sich als schwach und hilflos. So tapfer sie einst das Schicksal in die Hand genommen hat, nun hat sie Angst vor diesem Schicksal. Angst vor allem davor, dass Andreas dies alles nicht verstehen und sich in Verachtung von ihr abwenden könnte. Wie soll man einem Menschen von vierundzwanzig Jahren plötzlich klarmachen, dass er zeitlebens betrogen worden ist?

Ach, es ist eine Verwirrung, in der Sophie sich nicht mehr zurechtfindet. Es ist wie ein dunkler Schacht, in den sie plötzlich hineingestürzt ist und aus dem sie sich nicht mehr befreien kann. Sie beginnt das Schicksal anzuklagen, sie beschuldigt es, dass es rachsüchtig dieses Spiel eingefädelt und sie damit allein gelassen hat. Warum hat denn das Schicksal den Andreas kein anderes Mädchen kennen lernen und lieben lassen? Dann wäre nämlich alles in schönster Ordnung, die Kinder brauchten sich nicht abzuquälen, und sie, die Mutter, brauchte jetzt nicht durch dieses dunkle Tal der peinigenden Gewissensbisse zu schreiten.

In dieser Nacht, es ist so etwa Mitte August und auf den Feldern stehen schon die Korn- und Weizenmandl, liegt Sophie schwer atmend in ihrem Bett. Am Nachmittag hat sie einen neuen Herzanfall gehabt, und der Arzt hat bedenklich die Stirn gerunzelt. Nach seiner Ansicht wird es mit der Sophie plötzlich einmal Schluss sein, wenn sie sich nicht mehr schont.

Draußen in der Stube sitzen die beiden jungen Menschen. Der Mond scheint so hell durch das Fenster, dass sie keine Lampe einzuschalten brauchen. Sophie hört ihr Geflüster. Wahrscheinlich nehmen die beiden an, dass die Mutter schläft, denn Andreas sagt einmal:

»Manchmal habe ich das Gefühl, als merke die Mutter, wie es um uns steht. Und dann schäme ich mich vor ihr.«

Johanna antwortet darauf:

»Ich habe es mir schon oft vorgenommen, es ihr zu sagen. Aber was gibt es in dem Fall zu sagen, Andreas? Das wird kein Mensch verstehen, und auch die Mutter nicht. Und selbst wenn sie es verstehen würde, sie könnte uns nicht helfen, weil es doch so etwas Absurdes ist.«

»Doch, doch, ich verstehe es gut«, haucht die Mutter draußen in die Kissen hinein. Es ist ihr dabei, als müsse sie sich aufrichten und die Wahrheit hinausschreien in die mondbeschienene Stube. In diesem Augenblick aber sagt Johanna:

»Wenn ich mit dem Stephan Reischl verheiratet bin, dann wird schon alles gut werden, Andreas.«

Das hat sie also doch noch im Sinn? Sophie labt sich an dieser Versicherung wie an einem frischen Getränk an einem heißen Sommertag und ruft nun nicht mehr hinaus. Johanna erwartet ein sorgenloses Leben an der Seite eines aufrechten Mannes. Das Schicksal hat es so gefügt, und man soll dem Schicksal in seinem unbegreiflichen Walten nicht in die Arme fallen.

Bald darauf kommt Johanna in die Kammer und legt sich, ohne ein Geräusch zu machen, zu Bett. Sophie hört, wie das Mädchen einmal hart aufschluchzt, und sie duckt sich tief unter das Deckbett, um es nicht mehr hören zu müssen. Sie begreift selber nicht, woher sie nun die Kraft nimmt, dieses Schweigen zu bewahren.

»Du lieber Gott«, fleht sie lautlos vor sich hin, »gib mir doch ein Zeichen, was ich tun soll! Oder wenn du meinst – dann nimm mich zu dir. Ich glaube bestimmt, dass ich sonst alles richtig gemacht habe, sodass mich das Sterben nicht erschrecken kann. Aber ich bitte dich, hilf mir und erhöre mich ...«

Ursprünglich hat ja Stephan Reischl gleich nach Kriegsende heiraten wollen. Es wäre auch nicht verwunderlich, wenn der Mann, den doch die Jahre nicht jünger machen, Johannas Wort endlich eingelöst haben wollte.

Aber da ist noch so viel dazwischengekommen jetzt, in den Wochen und Monaten. Zuerst hat man das Sperrholzwerk stillgelegt. Stephan Reischl steht auf der Liste der Kriegsgewinnler. Und erst, als man ihm das nicht beweisen kann, wozu ihm die Kriegsgefangenen, die bei ihm arbeiten mussten, zum Dank für die gute Behandlung mit rührender Solidarität verhelfen, darf er wieder Sperrholzfabrikant sein und braucht keinen sogenannten Treuhänder.

Jedoch, es sind jetzt keine Aufträge mehr da, der Krieg ist zu Ende, die Wirtschaft liegt noch brach. Nur die amerikanischen Soldaten brauchen Sperrholz für ihre Jeeps, die sie verkleiden, damit sie nicht mehr nass werden.

Die ausländischen Kriegsgefangenen sind in ihre Heimatländer zurückgekehrt, und wo es früher hundertfünfzig Arbeiter und Angestellte gewesen sind, sind es jetzt noch dreißig, mit denen Stephan Reischl sich auf die Fabrikation von Zwirnfadenspulen verlegt. Es ist kein großes Geschäft, es tröpfelt halt so dahin. Aber die Leute, die jetzt so zufällig in die Ämter hineingerutscht sind und Macht ausüben, obwohl einige von ihnen selbst das Alphabet kaum beherrschen, kennen den Stephan Reischl nicht. Der verfügt über eine große Geduld, über eine ungeheure Zähigkeit und vor allem einen makellosen Fragebogen. Er tritt auf, als wehe ein frischer Wind vor ihm her. Wäre ja gelacht! Der Kranbichler braut sein Bier wieder, weil die Amerikaner erkannt haben, dass dieser Gerstensaft so gut mundet. Warum soll er sein Sperrholzwerk nicht wieder in Gang bringen? Und tatsächlich, kein Mensch kann erklären, wie es zugegangen ist, das Sperrholzwerk läuft wieder. Herr Reischl hat Aufträge, die mit Dollar bezahlt werden, und kann seine Leute wieder einstellen.

Als er nun saniert ist nach allen Seiten hin, kommt wieder das alte Ziel in sein Blickfeld, und er will Hochzeit halten. Das sagt Johanna jedenfalls ihrem Bruder und fügt hinzu:

»Ich werde es nun doch tun, Andreas. So kann es auch nicht weitergehen. Wir bringen uns sonst noch gegenseitig um mit unserer Sehnsucht nach einander.«

»Es wird das Beste sein, Johanna. Wenn wir uns nicht mehr täglich sehen, werden wir vielleicht voneinander geheilt und können lachen. Ich hoffe, dass ich bald nach Weihenstephan gehen kann. Einige Schulen sollen bereits wieder aufgemacht haben. Ich mache mir nur Sorgen wegen der Mutter. Sie wäre ja dann ganz allein.«

Johanna beschwichtigt sofort seine Bedenken.

»Ich werde sie selbstverständlich zu mir nehmen. Stephan besteht auch darauf. Als ich heute früh bei der Palmbräuin war, hat mich Stephan so dringend gebeten, die Hochzeit nun nicht mehr hinauszuschieben.«

»Ich verdenke es ihm nicht«, antwortet Andreas, und es klingt wie ein schwerer Verzicht.

Ein paar Tage später bringt Stephan Reischl weiße Seide für ein Brautkleid. Es ist ein Wunder, wo er in dieser Zeit immer alles hernimmt. Er drängt auch darauf, dass Sophie von einem Herzspezialisten untersucht und behandelt werden soll. Auf seine Kosten natürlich.

Immer schweigsamer werden die Geschwister miteinander. Sie getrauen sich nicht einmal mehr sich in die Augen zu sehen aus Angst, Johanna könnte sonst ihren Entschluss wieder rückgängig machen. Nur Sophie wird ruhig dabei, und ein seliges Lächeln liegt jetzt oft auf ihrem müd gewordenen Gesicht.

Ein paar Tage vor dem festgesetzten Hochzeitstermin kommt die Näherin und probiert das Brautkleid an. In wunderbaren Falten umschließt die reine Seide den jungen Körper.

Mit aschfahlem Gesicht sitzt Andreas in der Stube. Nur seine Augen brennen.

»Wie schön du bist«, schluckt er. »So wunderschön ...«

Er ruft sich die schwersten Augenblicke seines Lebens ins Gedächtnis und es mag wohl die schwerste Lage gewesen sein, als er mit seiner Handvoll Gebirgsjäger von einer zehnfachen Übermacht umzingelt gewesen ist und sich trotzdem durchgeschlagen hat in blutigem Nahkampf. Vielleicht ist dieser Augenblick jetzt genauso grauenhaft. Damals hat er keine Sekunde seinen Verstand verloren, und jetzt will und darf er es eben auch nicht. Sein Mund presst sich hart zusammen, er lehnt den Kopf zurück und schließt die Augen, bis ihn Motorengeräusch aufschreckt.

Stephan Reischl ist vorgefahren, und Johanna schlüpft schnell aus dem Brautkleid, damit der Bräutigam die Braut nicht vor dem Hochzeitsmorgen im Brautkleid sieht.

Mit einer herzlichen Geste streckt Stephan Reischl Andreas die Hand hin, ja, er ist so glücklich heute, dass er seinen jungen Schwager förmlich von der Bank hochzieht, an seine Brust reißt und seinen Rücken klopft. Dann wendet er sich Johanna zu.

Immer ist dieser Mann rücksichtsvoll und geduldig gewesen. Aber nun, da er so nahe an seinem Ziel ist, überwältigt ihn der Anblick seiner schönen Braut so sehr, dass er den Arm um ihre schmalen Schultern legt und ihren Mund sucht.

Rasch dreht sich Andreas um und rennt hinaus. Zuerst steht er eine Weile ganz stumm und streckt die Arme wie anklagend gegen den Himmel. Dann geht er mit weiten Schritten den Hang hinunter, geht immer schneller, zuletzt beginnt er zu laufen, bis er plötzlich vor der Mühlenvilla steht. Ohne sich zu besinnen, drückt er auf den Klingelknopf und taumelt wenig später schweißüberströmt in Julias Arme.

»Um Gottes willen! Was ist denn geschehen, Andreas?«, fragt Julia und führt ihn ins Wohnzimmer. Sie setzt sich neben ihn und streichelt seine zitternden Hände.

Plötzlich sinkt er überwältigt in sich zusammen und schluchzt:

»Hilf mir, Julia, hilf mir! Ich ertrage das nicht mehr!«

»Was denn? Was drückt dich denn so sehr?«

»Ich kann nicht dabei sein, wenn Johanna – Hochzeit hält.«

Julia erschrickt so sehr, dass nun auch ihre Hände zu zittern beginnen. Wie ein Vorhang teilt es sich vor ihr, alles, was an Leid und Qual zwischen den Geschwistern steht, sieht sie plötzlich ganz klar.

»Das ist ja furchtbar!«, flüstert sie erschüttert. »Warum hast du mir denn noch nie etwas davon gesagt? Liebst du sie so sehr – deine Schwester?«

»Ich fühle nur, dass ich weder leben noch sterben kann ohne sie.«

»So tief ist das in dir?«

»In uns«, schluchzt Andreas auf. »Bei Johanna ist es ja das Gleiche. Mit dieser Hochzeit opfert sie sich nur selber, um mich zu erlösen von meiner Qual. Ich weiß, es ist verboten, es ist für einen Außenstehenden unmoralisch. Aber wir können uns einfach nicht helfen. Wir wissen, dass wir einander nicht gehören dürfen und doch treibt uns eine geheimnisvolle Macht immer wieder aufeinander zu.«

Stille, nur die Wanduhr tickt monoton. Draußen sinkt schon die Dämmerung. Ganz starr und aufrecht sitzt Julia, und ihre Hände streicheln über sein Haar.

»Und von mir erwartest du Hilfe?«, fragt sie schließlich.

»Ach, ich weiß ja, dass das nicht geht. Du hast mir immer geholfen, aber hier bist auch du ohnmächtig. Aber es ist gut, dass ich mich bei dir aussprechen kann.«

Wieder eine lange, pochende Stille. Julia hört ihr eigenes Herz klopfen, laut und schnell, und es kann sein, dass es auch Andreas wahrnimmt. Dann steht sie plötzlich auf.

»Jetzt hör mir einmal zu, Andreas. Du legst dich jetzt ein bisschen hin und wirst schlafen und – ganz ruhig werden. Danach sprechen wir weiter, und – ich glaube – dass ich dir helfen kann.«

Er folgt ihr wie ein Kind. Und da er seit Wochen nicht mehr richtig ausgeschlafen hat, wirkt die eine Tablette, die sie ihm gibt, fast augenblicklich. Lang ausgestreckt liegt er auf dem Sofa, ruhig geht sein Atem aus und ein, und das Starre, Verkrampfte in seinem Gesicht löst sich. Nur die tiefen Schatten unter seinen Augen bleiben.

Julia beugt sich zu ihm herab, ganz leise berühren ihre Lippen seinen Mund, als ob sie einem kleinen Kind den Gutenachtkuss gäbe. Dann geht sie hinaus.

In der Mühle ist es bereits still, nur im Bauhof brennen die Lichter im Stall. Man hört das Geschepper von Milchgeschirr, einmal brüllt eine Kuh. Julia hätte sowieso etwas tun müssen mit diesem Bauhof, die Frau des gefallenen Pächters kann es mit den Kindern allein nicht mehr lange schaffen.

Tau befeuchtet ihre Füße und sie spürt die Kühle der

nächtlichen Erde bis in ihr Herz hinein. Hinter den dunkelnden Wäldern steigen schwarz die Felsen auf, über denen wie zum Trost die Sterne funkeln.

Lautlos gehen Julias Schritte über die Erde, so lautlos, wie über zwanzig Jahre das schlechte Gewissen neben ihr hergegangen ist, von dem sie niemand hat befreien können.

Bis zum kleinen Bergfriedhof geht sie und steht am Grab ihres Mannes, als erhoffe sie von ihm einen Rat. Und wie sie so vor dem Grab steht, hört sie eine andere Stimme, die da sagt:

»... es ist keine Schande, tapfer zu sein – im Leben. Und vor allen Dingen muss man immer den Mut zur Wahrheit haben ...«

Julia weiß genau, dass der Captain Steinwell diese Worte auf sie gemünzt hatte. Sie ist nicht tapfer gewesen, sie ist feige gewesen. Sie hat den Mut zur Wahrheit nicht gefunden.

»Ich muss ihm helfen«, spricht sie laut vor sich hin. »Ich muss ihm die Wahrheit sagen, ehe es in ihm weiterfrisst und seine Wurzeln zerstört.«

Wie eine schwere Last fällt es von ihr ab. Sie weiß nun, was sie tun muss, ungeachtet dessen, wie Andreas es aufnehmen wird. Es kann sein, dass er sie verachtet, dass er sie verleugnet, so wie sie ihn verleugnet hat, ein halbes Leben lang.

Ihr Plan ist jetzt klar. Andreas bekommt zunächst einmal den Bauhof mit seinen dreihundert Tagwerk Wiesen, Feldern und Wäldern. Nur die Mühle will sie vorerst noch behalten und verpachten. Später kann Andreas auch dies haben. Und das Wichtigste von allem ist, er kann Johanna heiraten, darf glücklich sein und ist entschädigt für alles Leid, das ihm zugefügt worden ist durch ihre Schuld.

Sie ist sich nun über ihre Pflicht im Klaren. Und weil sie sich zu diesem Entschluss durchgerungen hat, fühlt sie sich wunderbar gekräftigt.

Langsam geht sie wieder zurück. Andreas schläft immer noch. Leise setzt sie sich zu ihm, hört seinem ruhigen Atem zu und wartet mit Angst in der Seele auf sein Erwachen. Von ihr aus dürfte er ruhig drei Tage so fest schlafen. Aber er muss ihren Blick auf seinem Gesicht fühlen, denn plötzlich schlägt er die Augen auf. Verwundert schaut er um sich, und als sein Blick den ihren trifft und dann wie hilfesuchend an ihr hängen bleibt, da strömt eine merkwürdige Kraft in sie hinein. Sie lächelt ihn an und sagt:

»Ich will – und kann dir helfen, Andreas.«

Wie elektrisiert richtet er sich auf.

»Wie sollte denn das möglich sein?«

»Ich möchte dir vorher ein Versprechen abverlangen«, spricht sie leise weiter. »Du musst mir versprechen, dass du mich nicht verachtest, wenn ich dir die Wahrheit gesagt habe. Wenn du es trotzdem tust, dann habe ich es nicht anders verdient und will es ertragen.«

»Verachten?«, fragt er. »Ich dich verachten? Dich, die mir so viel Gutes getan hat?«

»Geht es, Andreas, dass du die Augen schließt? Ich kann dann vielleicht leichter sprechen.«

Gehorsam schließt er die Augen und lässt sich wieder zurückfallen. Und er hört, wie Julias Stimme leise und ruhig wie ein Ackerwind über ihn hinweht. Ganz, ganz weit steigt sie hinunter, bis in ihre eigene Jugend hinab. Wie im Traum hört er sie sprechen, aber dann werden ihre Worte rascher, drängender, der Traum artet zu einer rauen, unbegreiflichen Wirklichkeit aus. Er fühlt, wie ein ungeheures Schicksal auf ihn zukommt. Zum Schluss vernimmt Andreas noch die Worte: »Und dann – habe ich dich unter Sophies Fenster auf der Kaindlhütte gelegt …«

Es trifft ihn wie ein Schlag. Unfähig ist er, sich zu rühren. Dann erst schreit er wie von Sinnen:

»Nein! Nein! Nein! Das lügst du doch alles!«

»Ich habe lange gelogen, jetzt habe ich die volle Wahrheit gesagt, Andreas – bitte lass die Augen noch zu, ich kann sonst nicht mehr weitersprechen. Glaub mir, ich habe schwer unter meiner Schuld gelitten, das Gewissen ließ mir keine Ruhe, es lag wie ein Stein auf meiner Brust. Ich weiß jetzt, dass diese Stunde kommen musste, die mich erlöst aus meiner Qual. Und eine Qual war es, denn ich habe dich lieb, Andreas. Manchmal habe ich gedacht, du müsstest es fühlen, dass uns etwas Gemeinsames verbindet.«

Nun hält er es nicht mehr aus. Mit einem Ruck steht er auf den Beinen, verschränkt die Hände hinter dem Rücken und durchmisst mit großen Schritten das Zimmer. Plötzlich bleibt er vor ihr stehen.

»Wie hätte ich es denn fühlen sollen, wenn du doch gleich mit der Nabelschnur alles Gemeinsame zwischen uns zerschnitten hast?«

»Andreas …«, wimmert sie wie unter einem Schlag.

Als begreife er erst jetzt die ganzen Zusammenhänge, fragt er:

»Dann ist also – Sophie gar nicht meine Mutter?«

Julia schüttelt stumm den Kopf.

»Warum hat sie diese Lüge aufrecht erhalten?«

»Aus Liebe zu dir. Du hast ihrem Leben erst einen Sinn gegeben, du bist ihr zum freundlichen Licht in der Dunkelheit geworden. Ich habe nie einen Menschen höher geachtet als sie.«

Angewidert wendet er sich ab und geht wieder durch das Zimmer.

»Das sind ja nette Eröffnungen. Meine Mutter hat mich also weggeschenkt. Und mein Vater ... ja, wie ist mir denn? Dann war ja der Sudmeister Haller auch nicht mein Vater?«

»Nein, aber er hat es dich nie fühlen lassen.«

»Ich sehe nun immer klarer«, spricht Andreas mit beißendem Spott weiter. »Wahrscheinlich war mein Vater irgendein Landstreicher oder sonstiger Taugenichts. Oh, ich begreife nun wunderbar. Man hat sich geschämt wegen des Vaters und hat den kleinen Wurm um der Schande willen unter das Fenster einer armen Magd gelegt. Um ihren Ruf ist es ja nicht schade gewesen. Nur um den Ruf der angesehenen Bauerstochter Julia Niedermayer von Hochreit. Wunderbar ist das alles!« Seine Stimme steigert sich in rasenden Zorn. »Wer ist mein Vater?«

»Auch den hast du kennen gelernt«, antwortet Julia völlig eingeschüchtert von seinem Zorn. »Es war – jener Captain John Steinwell, der dir die Freiheit gegeben hat. Damals hieß er Hannes Steinwallner und war Praktikant auf dem Hof meines Vaters.«

Andreas steht wie vom Donner gerührt. Dann geht ein mildes Lächeln über seine Züge.

»Für meinen Vater brauche ich mich wenigstens nicht zu schämen. – Hast du es ihm gesagt?«

Ganz tief senkt Julia den Kopf. Das Licht der Lampe fällt auf ihren Scheitel und umfließt ihre Schultern.

»Darum hat er doch gesagt, dass man immer den Mut zur Wahrheit haben soll. Nun habe ich ihn gehabt und – nun schämst du dich für mich und – verachtest mich ...«

Lange sieht er auf sie herunter, sieht, wie ihre Schultern leise zucken und findet doch nicht die richtigen Worte, weil er nicht mehr weiß, ob Zorn in ihm ist oder Mitleid oder beides zugleich. Er sieht aber nun, wie auch ihr Mund hilflos zuckt, wie sie sich alle Mühe gibt, die Tränen zurückzuhalten.

Da beugt er sich nieder zu ihr, nimmt ihr Gesicht in seine Hände und zwingt sie, ihn anzusehen. Er weiß auch auf einmal, welches Gefühl ihn nun so stark beherrscht. Dankbarkeit ist es, eine grenzenlose Dankbarkeit, weil sie endlich den Mut zur Wahrheit gefunden hat, durch die er und Johanna jetzt aus ihrer Qual erlöst werden können.

»Dann steht ja gar kein Hindernis zwischen mir und Johanna?«

Sie schüttelt nur stumm den Kopf.

»Darum hab ich doch jetzt geredet, damit mich nicht diese Schuld auch noch trifft. Ich bereite dir eine Existenz, Andreas – ihr könnt alles von mir haben, nur – verachten sollt ihr mich nicht.«

»Lass nur gut sein«, antwortet er, schon milder gestimmt. »Es ist nur alles so unfassbar für mich im Augenblick. Aber ich bin dir nicht böse, ich weiß, dass ich dir niemals böse sein kann. Julia – Mutter. Du hast dich mir zuliebe überwunden. Willst du jetzt auch noch das andere für mich tun, oder soll ich selber den Weg gehen und die Worte finden, die Stephan Reischl, den ich sehr schätze, schwer treffen müssen?«

»Lass mich es für dich tun, mein Sohn«, weint sie nun hemmungslos. »Es ist meine Pflicht, dir nun jeden Stein aus dem Weg zu räumen für dein Glück. Und du sollst von mir nie mehr sagen können, dass ich feige sei.«

Dann hält es ihn aber nicht mehr länger. Mit brennender Ungeduld drängt es ihn, Johanna aus ihrer Not zu erlösen und das Tor zum Wunder aufzustoßen.

»Lass mich mitkommen«, bettelt Julia.

Die Nacht ist jetzt hell und schön. Um den Mond herum stehen funkelnde Sterne wie goldene Blumen auf einer Wiese. Ein leiser Wind weht.

Als sie auf den Kranzhügelhof zukommen, hebt sich ein schmaler Schatten von der mondbeschienenen Hauswand ab und geht auf sie zu. Es ist Johanna, die in Angst und Sorge auf Andreas gewartet hat, nachdem er so unvermittelt fortgerannt war.

In der Gegenwart Julias reißt Andreas das Mädchen in seine Arme und küsst es.

»Ein Wunder – Johanna, ein großes Wunder! Wir dürfen uns lieben! Komm, lass uns zuerst noch zur Mutter gehen!«

Bei ihrem Eintritt stemmt Sophie sich mühsam in den Kissen hoch. Es ist merkwürdig, sie weiß sofort mit untrüglichem Instinkt, was geschehen ist. Ihre Augen weiten sich schreckhaft.

Vielleicht ist dieses Bild auch für ihre Augen zu schwer zu ertragen, denn Andreas hat, gerade, als wolle er damit etwas klarstellen, den einen Arm um Johannas, den anderen aber um Julias Schultern gelegt.

»Mutter …«, spricht er. »Liebe Mutter Sophie.«

Da begreift Sophie vollends, denn Mutter Sophie hat Andreas noch nie gesagt. Sie will schreien und hat die Kraft nicht mehr dazu.

»Es soll leben …«, flüstern ihre welken Lippen, dann zieht ein kalter Hauch von irgendwoher, eine Hand hebt sich lautlos aus der Dämmerung des Raumes und legt sich auf ihren Mund, auf dass er für ewig verstumme.

Niemand hat gesehen, dass auch der Tod im Raum gewesen ist. Mit einem leichten Zucken fällt Sophie zurück und stellt den Atem ein. Das Schicksal ist barmherzig mit ihr gewesen und will ihr Schweres ersparen, denn ihr Leben ist nichts anderes gewesen als Barmherzigkeit und – Liebe.

Es dauert einige Wochen, bis sich die Gemüter der Menschen in Wendhofen und darüber hinaus etwas beruhigt haben. Aber dann geht das Zeitgeschehen auch über dieses Ereignis hinweg, das in seiner Art wohl aufregend und ungewöhnlich gewesen ist. Die Menschen finden wieder einen anderen Gesprächsstoff als den, dass zwei Geschwister plötzlich keine Geschwister mehr sind.

Der Mann im Grottental ist zunächst wie vor den Kopf gestoßen. Er lässt seine schweren Hände ruhen und weiß nicht recht, ob es sich jetzt noch lohnt, zu leben. Aber dann atmet er tief ein und richtet sich wieder auf, schüttelt den Traum ab, der für ihn nicht mehr Wirklichkeit werden kann, und geht wieder mit breitem Schritt und scharfem Blick durch sein Werk, das wieder wachsen will.

Es wird noch ein wunderschöner, milder Herbst. Selten hingen so viele Früchte an den Bäumen, obwohl Schnee in die Blüten gefallen war in einer Maiennacht.

Über die Wiesen und Felder des Bauhofs bei der Mühle gehen zwei junge Menschen, halten sich an den Händen und haben das Lachen ihrer unbeschwerten Kindheit wieder gefunden. Sie wissen, dass sie sich nun immer bei den Händen halten dürfen und niemand mehr kommt, um sie zu trennen. Wie ein böser Traum liegt ihre Qual hinter ihnen.

Sie sprechen von der Zukunft und tragen ihre Köpfe wieder hoch und frei. Voll innerer Ruhe sind sie nun geworden, kein Aufruhr der Sinne mehr, keine Einsamkeit mehr, nur noch das köstliche Glück der uneingeschränkten Nähe des anderen.

Wenn sie dann von dieser gemeinsamen Wanderung zurückkommen, steht Julia unter der Tür des weißen Hauses; eine hohe Gestalt mit blondem Haar und meerblauen Augen, alles in allem noch eine schöne Frau in ihrer herben Reife. In ihrem Gesicht blüht ein befreites Lächeln, weil sie die Kraft zur Wahrheit gefunden hat, ohne die es keine innere Freiheit gibt.

Der liebe Gott hat, denkt sie dann ab und zu, seine Hand erhoben und auf den Weg hingewiesen, der uns aus dem Dunkel herausgeführt hat – mich, Johanna und Andreas und vielleicht auch den Mann im Grottental, der mit einer unnachgiebigen Entschlossenheit sein Werk auf eine Höhe führt, auf der es vorher nie gewesen ist.

Man sieht ihn ab und zu mit der jungen Witwe Julia Lindner da und dort sitzen und es ist nicht anzunehmen, dass sie nur von den reifenden Feldern reden, die dieser Andreas so vortrefflich und nach den neuesten Erkenntnissen bestellt.

Stephan Reischl und die Müllerin Julia Lindner. Wer weiß, wer weiß?

Der Mensch geht oft so verschlungene Wege und dann ist es die Güte des Schicksals, das einem die Fallstricke aus dem Weg räumt, damit man in seiner menschlichen Unvollkommenheit nicht mehr ins Stolpern kommt, sondern den Weg findet zur Zufriedenheit, auch wenn dieser Weg manchmal weit ist.